KB058705

빨간 마후라 신영균의

엔딩 크레딧

일러두기

이 책에 실린 사진은 신영균예술문화재단과 한국영상자료원, 중앙포토, 한국원로
영화인회, 중앙일보 권혁재 사진전문기자, 박정호 논설위원, 김경희 기자로부터
제공받았습니다.

빨간 마후라
신영균의

엔딩 크레딧

신영균 지음

RHK
알에이치코리아

후회 없이 살았다

영화배우라는 직업을 천직으로 알고 살았다. 그 삶을 후회하지 않는다. 내일 당장 땅에 묻힌다 하더라도 여한이 없다. 사람들이 종종 묻는다. 정말 후회가 없느냐고. 후회 없는 삶이 세상 어디에 있느냐고. 맞는 말이다. 2020년 올해로 만 아흔둘, 길다면 길고 짧다면 짧은 인생 항로에서 어찌 잘한 일만 있겠는가. 미약한 인간이기에 허물이 많았고, 실수도 잦았다. 가족이나 주변 사람들에게 폐를 끼친 일도 셀 수 없을 것이다.

독일의 대문호 괴테는 《파우스트》에서 일갈했다. "인간은 노력하는 한 방황하게 마련이다." 너무 유명하기에 진부하게 들리겠으나 인간의 조건과 한계를 이만큼 간명하게 표현한 문구도 드물 것이다. 그렇다. '노력하는 인간'은 내 삶을 꿰는 키워드다. 남들보다 특별히 잘난 것도, 뛰어난 것도 적지만 노력 하나에서 만큼은 그 누구에 뒤지지 않았다고 자부한다. 순간순간 고달프고 힘들었다. 그럼에도 내일과 성공이라는 목표를 향해 한 걸음 한 걸음 내디뎠다. 거북이걸음이자 황소걸음이었다. 덕분에《파우스트》의 주인공과 달리 방황과 일탈은 상대적으로 적었다. 참으로 운이 좋은, 행복한 삶이었다. 감사한 일이다.

92년 전으로 되돌아가 본다. 1928년 11월 6일, 지금은 38선으로 가로막힌 황해도 평산에서 태어났다. 여섯 살 때 아버지를 잃고 홀로 남은 어머니를 따라 남한에 내려와 갖은 고생을 하며 성장했다. 연극배우를 꿈꾸다 치과의사가 되었고, 소년 시절 꿈을 좇아 충무로 영화판에 뛰어들었다. 이후 사업가와 국회의원으로도 활동했다. 이른바 성공의 탄탄대로를 걸었다. 가정생활도 원만하니 더 이상 바랄 게 없다. 아들딸, 손자, 증손자까지 가족 15명이 오순도순 지내고 있다. 다만 한 가지 소망이 남았다. 진정 멋진, 훌륭한 마무리를 하고 싶다. 노욕, 혹은 과욕이라고 비판해도 달게 받겠다. 호랑이처럼 화려한 껍질은 남기지 못하더라도 신영균이란 배우가 이 땅을 거쳐 간 작은 흔적이라도 남기고 싶다.

그 궤적의 한바탕에는 어머니가 있다. 그리고 신앙이 있다. 어머니와 신앙, 구순의 노배우를 지금까지 든든하게 받쳐온 두 버팀목이다. 아니 어머니와 신앙은 동전의 앞뒷면과 같다. 둘은 절대 떼려야 뗄 수가 없다. 어머니가 곧 신앙이었고, 신앙이 곧 어머니였다. 이를테면 일란성 쌍생아인 셈이다.

일평생 교회를 다녔다. 어린 시절엔 어머니 손을 잡고 따라 갔고, 요즘에는 가족들과 함께 간다. 온 가족이 참여하는 주일 예배는 지난 한 주를 마감하는 종착역인 동시에 새로운 한 주를 여는 출발역이다. 굳이 기독교가 아니더라도 좋다. 종교의 자유 는 누구에게나 허락된 권리라는 것을 안다. 다만 믿음과 신앙이 있는 삶을 권한다. 언제라도 흔들릴 수 있는 삶을 다잡아 주는 구심점이 되기 때문이다.

서울 종로구 평창동에 위치한 예능교회(예전 연예인교회)는 1993년 북한산 자락 현재 자리에 새 건물을 지었다. 1976년 3월 아세아연합신학대학 채플에서 출발한 창립 시절부터 따지 면 벌써 반세기 가까이 이곳에서 예배를 드렸다. 매주 일요일, 불가피한 일이 있지 않고선 예배를 거르지 않았다. 보통 정오 예 배에 참석하고, 가족들과 점심을 함께하며 못다 한 얘기도 나누 며 새로운 활력을 얻는다.

평소 아끼는 물건이 하나 있다. 2018년 아흔을 맞아 저 세상 에 계신 어머니를 그리며 만든 〈어머니의 기도〉 동판이다. 지금 은 서울 장충동 집에 보관 중인데, 어머니가 생각날 때마다 한 번씩 꺼내보곤 한다. 어느덧 100세를 바라보고 있지만 어머니 앞에선 한없이 작아지는 건 어쩔 수 없는 모양이다. 그 동판에 마음을 다해 다음과 같이 한 자 한 자 새겨놓았다. 다소 길지만 그 기도를 옮겨 적는다.

나 신영균 장로는 일생 동안 어머니의 기회를 생각하며 90세를 맞이합니다.

37세에 독신이 되신 어머니는 일제강점기 황해도 평산에서 어린 삼남매의 손을 잡고 서울로 내려온 후 모진 고생을 하시며 오로지 주 예수님만을 의지해 기도로 살면서 자식들 뒷바라지에 희생의 생애를 보내셨습니다. 어머니의 기도와 헌신으로 나는 서울대학교 치과대학을 졸업하고 의사를 거쳐 영화배우가 되었습니다.

오직 예수 그리스도의 품 안에서 자식들의 성공을 바라며 밤을 새워가며 기도를 하신 곳이 바로 이곳 삼각산 밑 평창동입니다. 예능교회 장로가 된 것도 어머니의 기도 덕분입니다.

우리 예능교회 교우들을 포함해 모든 크리스천 가족들이 주님의 은총 아래 기도와 더불어 살면서 행복과 건강을 함께하고 서로 사랑을 나누게 되기를 주님의 전지전능한 이름으로 간절히 기원 드립니다.

〈어머니의 기도〉는 나만의 기도가 아니다. 세상의 모든 어머니에게 바치는 기도다. 한국인이라면 누구나 공감하지 않을까. 20세기 격동의 세월과 맞서며 가정을 지켜온 우리네 어머니들이 있었기에 대한민국의 오늘이 있을 수 있다고 생각한다. 그런 어머니들에게 감사하는 마음을 안고, 한 세기에 가까운 나의 인생을 풀어놓는다. 아흔둘 노인의 사모곡에 해당한다. 어쭙잖은 회고록이지만, 하늘나라에 계신 어머니께서 내려다보시며 "우리

아들 수고했네"라며 격려해 주실 것 같다.

　40~50년 매만져 이제는 가죽마저 해어진 성경책 한 권이 있다. "언젠가 이 세상을 떠나는 날이 온다면 이 성경책 한 권만 관속에 넣어달라"고 아들과 딸에게 유언처럼 부탁해 놓았다. 그중 가장 좋아하는 성경구절, 고린도전서 15장 10절을 소리 내어 읽어 본다. 자연인 신영균이 지금껏 반석으로 삼아온 말씀이다.

　내가 나 된 것은 하나님의 은혜로 된 것이니 내게 주신 그의
　은혜가 헛되지 아니하여 내가 모든 사도보다 더 많이 수고하
　였으나 내가 한 것이 아니요 오직 나와 함께하신 하나님의 은
　혜로다.

　책 제목을 《빨간 마후라 신영균의 엔딩 크레딧》으로 달았다. 영화가 끝난 후 깜깜해진 극장에 다시 불이 켜지면, 화면에 감독과 작가, 배우뿐 아니라 이 한 편의 영화가 상영되기까지 힘을

보태준 모든 이의 이름이 올라간다. 배우 신영균의 과거와 현재 역시 홀로 이뤄진 것이 아니다. 지난 92년을 함께해 온 모든 분 덕택에 배우 신영균, 스타 신영균이 탄생할 수 있었다. 그 고마운 분들의 정성과 헌신을 잊지 않는 마음에서 조심스럽게 이야기 보따리를 풀어보려고 한다.

영화에는 '엔딩 크레딧'이 있지만 우리네 인생에선 사실 '엔딩 크레딧'이 없지 않을까. 하루하루가 시작이자 끝이다. 그 순간순간이 쌓여 역사를 이루고, 새날을 열어간다고 믿는다. 인생이라는 기차의 마지막 칸에 올라선 이 노배우의 서투른 고백이 기성세대에게 추억과 위로를 안기고, 미래를 책임질 젊은이들에게 희망과 용기를 불어넣을 수 있다면 더는 바랄 게 없겠다. 충무로를 든든히 받쳐온 영화팬들의 과분한 사랑과 관심에 보답하는 마음에서 한국영화 100년 속으로 시간여행을 떠나고자 한다. 한국 현대사의 또 다른 발자취를 만날 수 있을 것이다.

빨간 마후라의

탄생

영화배우 신영균

.

2020년은 한국전쟁이 일어난 지 꼭 70년이 되는 해다. 1950년 6월, 북한 인민군이 서울로 밀고 들어오자 어머니와 헤어진 채 서둘러 피난길에 나섰던 게 어제 일만 같다.

나는 임시수도 부산까지 내려가 어렵게 연극을 하며 주린 배를 채웠다. 그러면서도 부산에 세워진 전시연합대학에서 치과의사 공부를 이어갔다. 생존과 공부, 둘 다 포기할 수 없는 1950년대 가난한 청춘의 자화상이다.

한국전쟁은 충무로에도 큰 영향을 미쳤다. 1953년 휴전 이후 사회가 조금씩 제자리를 찾아가면서 충무로에도 활기가 돌기 시작했다. 전쟁의 상처와 후유증을 다룬 작품들이 잇달아 출시됐다. 전쟁영화는 한국영화의 전성기로 불리는 1960년대에도 꾸준히 제작됐다. 신상옥 감독의 〈빨간 마후라〉(1964)도 한국전

쟁이 낳은 찬란한 유산이다. 영화배우 신영균이란 이름 석 자를
가장 뜨겁게 달궈줬을 뿐 아니라, 이제 아흔이 넘은 노배우, 영
화계 일선에서 물러난 원로배우를 사람들이 잊지 않고 찾아주
는 데도 〈빨간 마후라〉의 공이 가장 크다고 할 수 있다.

2019년 10월, 가을이 한창 익어갈 무렵이었다. 제주 서귀포
시 남원읍 바닷가에 있는 신영영화박물관에 내려갔다. 1999년
6월 사비를 들여 건립한 국내 최초의 영화 전문 박물관이다. 영
화 기자재와 촬영 소품, 포스터 등을 두루 갖추고 있다. 영화배
우 신영균을 대표하는 작품도 일별할 수 있다. 박물관 바로 옆에
는 공룡을 주제로 꾸민 어린이 테마파크 '대발이 에코파크'가 있
어, 가족 단위 관람객이 적잖이 찾아오는 편이다.

그날도 박물관을 잠시 둘러보고 있는데, 한 30대 부부가 반
갑게 내게 인사를 건넸다. "신영균 선생님 아니세요? 저희 어머
니가 대단한 팬이셨어요." 그러고는 함께 온 꼬마아이에게 나를
소개했다. "저 분이 그 빨간 마후라 할아버지야." 우리는 다정하
게 기념사진을 남겼다. 아흔이 넘은 파파 할아버지가 됐는데도
나를 기억해 주는 그들이 고마웠다.

번개처럼 지나간 나관중의 시절

그렇다. 300편 넘는 출연작 가운데 오늘의 나를 있게 해준 인
생작을 꼽으라면, 단연 〈빨간 마후라〉다. 배우 신영균은 몰라도

제주신영영화박물관에서 〈빨간 마후라〉의 나관중 소령과 함께

영화를 아는 젊은이가 많다. 사실 나는 해군 군의관 출신인데, 여전히 많은 사람이 내가 공군에서 근무했으리라 오해하는 것도 영화 때문이다.

〈빨간 마후라〉 이야기엔, 2018년 4월에 고인이 된 배우 최은희도 빠질 수 없다. 2013년 7월, 경기도 수원 제10전투비행단에서 조종사의 날을 맞아 우리 두 사람을 초청했다. 우리는 그렇게 〈빨간 마후라〉 촬영지를 다시 찾았다. 비행장 사령부 건물에 들어서니 우리의 얼굴이 크게 그려진 영화 포스터가 걸려 있었다. 영화에서처럼 F-5 전투기 조종석에 앉자, 반백년 전으로 돌아간 기분이 들었다. 실제 영화에 등장했던 F-86 세이버 전투기 앞에서 기념사진도 찍었다. 전투 조종사 복장으로 갈아입은 후 엄지를 치켜세우면서 내 이름을 말하려다 그만, "49년 만에 돌아온 나관중 소령이다!"라며 영화 속 주인공 이름을 외치고 말았다. 영화와 현실을 잠시 헷갈릴 만큼 흥분했던 모양이다. 동행한 최은희도 감격스러워했다. "대한민국이 발전한 것처럼 공군도 못지않게 발전했네요. 마음 든든합니다."

군악대의 환영 주악과 함께 영화 주제가가 울려 퍼졌다. 영화가 크게 히트한 이후 〈빨간 마후라〉는 공군의 상징이 되고, 동명의 주제가는 공군의 대표곡이 됐다. 내가 지금도 외워 부르는 노래는 이 곡과 또 다른 대표작 〈미워도 다시 한번〉(1968)의 주제가 두 곡뿐이다. 영화 못지않게 사람들이 즐겨 부른 〈빨간 마후라〉 주제가 1절 가사는 이렇다.

빨간 마후라는 하늘의 사나이

하늘의 사나이는 빨간 마후라

빨간 마후라를 목에 두르고

구름 따라 흐른다 나도 흐른다

아가씨야 내 마음 믿지 말아라

번개처럼 지나갈 청춘이란다

내게 이 노래를 가르쳐 준 사람은 가수 현미다. 1968년에 LP 음반을 내기도 했다. 1989년에는 '쟈니윤 쇼'에 출연해 최은희, 최무룡과 함께 합창한 기억도 난다. 요즘에도 종종 이 노래를 부른다. 배우 시절, 하도 큰소리를 내서인지 기관지가 약해져서 예전처럼 힘차게 부르지는 못하지만 말이다.

1960년대 초·중반은 전쟁영화 전성기였다. 한국전쟁의 상처에서 벗어나 국가를 재건하자는 바람이 불었고, 새날에 대한 희망이 싹텄다. 〈빨간 마후라〉도 그런 시대적 분위기를 담아냈다. 1952년 평양에서 10km 떨어진 승호리 철교 폭파작전에 투입됐던 실존 인물, 유치곤 장군(1927~1965)과 그에 얽힌 스토리를 실감 나게 다뤘다. 영화 속 주인공 나관중의 실제 모델인 유치곤 장군은 별명이 '산돼지'였다는데, 6·25전쟁 당시 한국공군 전투기 조종사로는 유일하게 203회 불멸의 출격 기록을 수립한 것으로 유명하다.

영화에서 편대장 조종사인 나관중이 전투에서 죽기 전 부하들에게 남긴 대사는 지금도 생생하다. "내가 죽는 건 몰라도 너

제주신영영화박물관 내부

희들은 절대 죽어서는 안 된다. 전쟁이 휩쓴 잿더미 위에서 이 나관중이는 거름이 되면 그만이다." 자기보다 동료들의 안위를 걱정하는 마음이 가슴 뭉클하다.

하지만 나관중은 사랑 앞에선 서툴렀다. 전사한 조종사 노도순(남궁원)과 각별한 동료였다는 이유로 그의 아내 지선(최은희)을 마음에 품고도 고백하지 않는다. 심지어 나관중은 그녀가 외롭지 않도록 후배 조종사인 배대봉(최무룡)을 연결해 주기까지 한다. 이를 답답하게 여긴 이들도 있지만, 나는 그 나름대로 사랑을 지키는 방식이었다고 생각한다. 60년 전 사나이들의 사랑에는 그런 낭만이 있었다.

1964년 명보극장에서 영화가 개봉했을 때 〈빨간 마후라〉의 인기는 대단했다. 서울 명보 매표소부터 늘어선 관객 줄이 을지로 상가까지 이어졌다. 그때가 바로 '암표'라는 게 탄생한 시점이라고 말할 정도다. 관객 수 25만 명을 동원하면서 그해 흥행 1위작이 됐다. 당시 서울 인구가 100만 명이었으니 서울 사람 중 4분의 1이 영화를 본 셈이다.

실탄이 날아다니던 촬영장

요즘에도 나는 종종 〈빨간 마후라〉를 본다. 그 시절에 이렇게 실감 나는 공군 영화를 만들었다는 것이 새삼 놀랍다. 신상옥 감독과 배우들의 열정, 공군의 전폭적인 지원이 없었다면 불가능했을 것이다. 신 감독은 위험을 무릅쓰고 비행기에 올라타 공중 촬영을 했다. 감독이 목숨을 거는데 어찌 배우가 몸을 사릴 수 있었겠는가. 나관중이 전투기에서 적군의 총탄에 맞아 죽어가던 장면에서 정말 실탄을 썼다고 하면 믿을까. 지금처럼 특수촬영 기법이란 게 없던 시절이었다.

신상옥	신영균 씨, 우리 실감 나게 한번 찍어보자. 카메라에 나오면 안 되니까 한 10m 뒤에서 총을 쏠 거야.
나	실탄을 쏜다고요?
신상옥	일등 사격수를 데려왔으니 걱정 마시게.

신 감독은 내게 연기에만 집중하라고 했다. 대수롭지 않은 척했지만, 속으로 '이렇게 죽을 수도 있겠구나' 하는 생각이 스쳐 갔다. 식은땀이 흐르는 건 어쩔 수 없었다. 촬영장에서 이 모습을 지켜보던 아내도 두 눈을 질끈 감고 기도했다고 한다. 다행히 큰 사고 없이 촬영이 끝났고, 총알이 내 머리를 스쳐 조종석 앞 유리를 뚫고 지나가는 장면은 그렇게 탄생했다.

〈빨간 마후라〉는 대만, 홍콩 등에 수출되면서 한국영화의 무대를 넓혔다. 대만에서 영화가 개봉했을 때는 인파가 몰려 경찰 기마대가 동원되기도 했다. 이후 일본을 비롯한 동남아시아에 정식으로 수출되어 제대로 흥행에 성공한 것은 한국영화 중 〈빨간 마후라〉가 최초다. 이 영화로 신 감독은 제11회 아시아영화제에서 감독상을, 나는 남우주연상을 받았다.

영화 〈빨간 마후라〉 속
장면들

아찔했던 키스의 추억

〈빨간 마후라〉에는 지금도 계면쩍은 장면이 하나 있다. 영화를 찍은 지 반세기가 넘었는데도 그때를 떠올리면 설핏 웃음이 나온다. TV 방송에 출연해 관련 얘기를 꺼낼 때마다 방청석에선 폭소가 터졌다. 아무리 영화라고 하지만 아내가 빤히 바라보고 있던 상황이라 다소 곤혹스러웠던 것도 사실이다. 스타의 아내로서 이것저것을 모두 겪은 아내는 "무슨 그 정도 가지고~"라며 대범하게 넘겼지만 말이다.

〈빨간 마후라〉는 전쟁영화이지만 휴머니즘을 노래한다. 총성과 포성이 오가는 전장에서 피어나는 사랑과 우정을 다뤘다. 21세기 오늘날까지 이 영화가 회자되는 건 그런 보편적 주제 덕분일 것이다. 반면 지금 돌아보면 쑥스러운 구석도 있다. 요즘 관객들이 보면 "너무 낡아 보인다. 어깨에 힘이 너무 많이 들어

27

갔네" 하며 꼬집을 수도 있다. 그런데 그 시절의 관객들은 이런 장면을 보며 기쁨과 슬픔을 나눴다.

앞에서 언급했듯, 내가 연기한 〈빨간 마후라〉의 공군 조종사 나관중 소령은 사랑에 매우 서툴다. 영화 속 또 다른 헤로인은 배우 윤인자로, 그는 나 소령을 짝사랑한 술집 마담 역할을 맡았다. 출격을 앞둔 나 소령이 클럽에서 술을 마시며, 마치 자신의 죽음을 예감한 듯 괴로워하고 있을 때, 옆에 있던 마담이 그간 숨겨온 사랑을 고백하는 대목이 있다.

마담   기운을 차려요. 나관중은 싸움을 하러 이 세상에 나왔어요. 당신에겐 철저한 보호자가 필요해요. (술 잔을) 듭시다, 내가 각오를 했으니까.

나관중   내 보호자가 되겠단 말이지? 오케이. 언젠가 (네가) 조종사를 사랑하는 년은 미친년이라 그랬지. 너는 멋진 여자다.

문제는 그다음 키스 장면이었다. 1960년대는 영화 검열이 심해서 배우들의 스킨십이 자유롭지 않았다. 키스신이라고 해봐야 입술을 맞붙이는 정도에 그쳤다. 그마저도 감독이 '컷'하면, 서로 머쓱해서 눈도 안 마주치고 딴짓을 하던 시절이다.

윤 씨는 달랐다. 그냥 흉내만 낼 것으로 생각하고 있었는데, 갑자기 내 입안으로 그의 혀가 쑥 들어왔다. 내가 깜짝 놀라 몸을 움찔하는 바람에 NG가 나고 말았다.

영화 〈빨간 마후라〉 속 윤인자와 함께

"죄송합니다, 윤인자 씨가 갑자기 장난을 치는 바람에…" 당황한 나는 그렇게 말했지만, 화를 낼 줄 알았던 신상옥 감독은 '컷'도 외치지 않고 우두커니 앉아 있었다. 그러더니 아내 최은희를 불러 말했다. "최 여사, 당신은 집에 가서 연탄이나 갈지? 영화배우 하지 말고…" 키스 연기에선 윤 씨가 최 씨보다 한 수 위라는 얘기였다. 영화를 위해서라면 그 어떤 것도 불사한 신 감독이었지만, 사람들 앞에서 아내에게 무안을 주니 너무하다는 생각이 들었다.

사실, 윤 씨와 나의 키스신은 애초 대본에 없었다. 나관중 소령의 중재로 달콤한 연인 사이로 발전한 최은희와 최무룡 커플의 키스신이 맘에 들게 나오지 않자, 갑자기 신 감독이 집어넣은 장면이다. 처음에는 싫다며 버티던 윤 씨도 스태프들이 밤늦게까지 고생하는 걸 보면서 마음을 돌렸다.

윤 씨는 '이왕 하는 거 화끈하게 한번 보여주자'고 생각했다는데, 난 영문도 모르고 당한 꼴이 됐다. 키스신에서 실수를 낸 게 재미있었는지 윤 씨는 이후에도 종종 나를 놀려댔다. "신영균 씨가 원래 거칠었는데, 입 한번 맞춰줬더니 '레이디 퍼스트'를 외치며 나긋나긋해졌다"는 식으로 말이다.

윤 씨는 성격이 활달했다. 일반인에겐 덜 알려졌지만, 한국영화사 최초의 키스신과 누드신 기록을 남긴 그다. 한형모 감독의 〈운명의 손〉(1954)에서는 술집 마담이자 간첩이었던 윤 씨가 국군 대위 이향에게 입술을 허락하는 장면이 나온다. 키스신이라고 해봐야 입술에 셀로판지를 붙인 채 한 5초 정도 맞댄 게 전부였지만, '드디어 한국영화에도 키스신 등장하다!'란 제목의 기사가 대서특필됐다. TV 드라마에도 키스신이 서슴없이 등장하는 요즘과는 완전히 다른 세상이었다. 우리 사회가 지난 짧은 시간 동안 얼마나 급격하게 변해왔는지를 알 수 있다.

또 조정호 감독의 〈전후파〉(1957)에서는 미모의 호스티스인 윤 씨가 목욕하는 장면이 나온다. 어깨선과 가슴골을 노출한 정도였지만, 당시로서는 엄청난 파격이었다. 김한일 감독의 〈그 여자의 일생〉(1957)에서는 좀 더 과감한 상반신 노출을 시도했다. 이때부터 윤 씨에게는 '원조 섹시스타', '육체파 배우' 등의 수식어가 따라붙었다.

윤 씨는 충무로의 군기반장으로도 유명했다. 그의 표현을 옮기면, '호랑이 짓거리'를 했다. 한국영상자료원에서 낸 구술록에서 그는 "엄앵란이도 내가 들어가서 있으면 신발 바로 놓고, 내가 숟갈 든 다음에 숟갈을 들었어. (내게) 귀싸대기 안 맞은 여배우가 없었지. 그 대신 우리 선배들한테는 깍듯이 해드렸어. 그렇게 해서 기강을 잡았지"라고 서슴없이 털어놓았다.

스크린 속 연인들

그에 비하면 충무로 초창기 시절의 나는 남녀 간 사랑 표현이 어쩐지 어색했던 것 같다. 어린 시절부터 몸에 배인 기독교의 영향이 컸을지도 모르겠다. 스크린 데뷔작인 〈과부〉(1960)에 이어

〈연산군〉(1961), 〈열녀문〉(1962) 등에서 내가 맡은 역할은 주로 머슴이나 임금 같은 '상남자' 스타일이었다. 레슬링으로 다진 당당한 체구 때문인지 정통사극이나 전쟁영화가 잘 맞았다.

반면 세밀한 감정 표현이 필요한 '러브신' 장면에서는 배워야 할 게 많았다. 연기하는 순간만이라도 상대 배우와 사랑에 빠졌다면 좀 쉬웠을지도 모르겠다. 강대진 감독의 〈외나무 다리〉(1962)에서 주연한 김지미와 최무룡의 러브신이 실감 난다는 평이 많았는데, 그때 두 사람이 열애 중이었던 걸 보면 말이다.

내 입으로 말하기는 좀 그렇지만, 나는 가정을 지키기 위해 최선을 다했다. 여배우들이 더없이 아름다웠던 건 사실이지만, 그저 스크린 속의 애인과 아내로만 생각했다. 영화와 일상을 엄격히 구분했다. 공석에서나 사석에서 사람들이 단골로 묻는 질문이 있다. "영화 속에서 수많은 여인과 만났는데, 누가 가장 기억에 남나요?", "어떤 배우와 호흡이 잘 맞았어요?", "다시 한번 함께 연기하고 싶은 여배우가 있나요?" 등이다. 그럴 때마다 대답은 한결 같다. "모두 각자의 개성이 있습니다. 특정인을 꼽을 수가 없어요, 열정을 다해 스크린을 불태운 배우들인걸요." 싱거운 대답에 사람들은 실망스러운 표정을 감추지 않는다. "어찌 그럴 수가 있죠. 재미없어요." 하지만 어쩔 수 없다. 일부러 거짓말을 지어낼 수는 없지 않은가.

남들이 부러워하는 치과의사를 관두고 갑자기 영화계에 뛰어들면서, 나는 아내에게 한 가지 약속을 했다. 절대 한눈팔지 않겠다고 말이다. 국내 촬영은 물론 해외 로케이션에도 아내와 동

'쟈니윤 쇼'에 함께 출연한 최은희와 최무룡,
영화 〈빨간 마후라〉에서 마주한 윤인자와 최은희

행한 경우가 많다. 아내는 지금도 60년 전의 약속을 지켜준 것을 고마워한다. 신뢰는 부부 사이에서 사랑 못지않게 중요한 것이다. 아내의 뒷받침이 없었다면 배우 신영균 또한 없었을 것이 분명하다.

1989년 당시 KBS 인기 토크쇼였던 '쟈니윤 쇼'에 출연했을 때, 나는 〈빨간 마후라〉 키스신의 비하인드 스토리를 소개했다. 스튜디오가 웃음바다가 되었다. 같이 출연한 최은희가 옆에서 숨넘어갈 듯 깔깔댔고, 최무룡은 "솔직히 윤인자 씨랑 연애했던 것 아니냐"며 너스레를 떨었다.

요즘의 영화나 드라마를 생각하면 이해가 안 되겠지만, 그 당시엔 키스신 하나도 이렇게 화젯거리였다. 물론 남녀 정사情事 장면도 실감 나게 찍을 수 없었다. 밭을 가는 소의 울음소리로 표현한다든지, 천둥번개가 치며 땅이 흔들리는 모습을 비추는 식이었다. 전설 따라 삼천리 얘기가 아니다. 고작 반세기 전 충무로의 얼굴이다.

2019년은 한국영화 100주년이었다. 지난 한 세기를 돌아보면서 새삼 격세지감을 느꼈다. 키스신, 누드신, 베드신이 엄연한 예술의 영역으로 존중받게 됐으니 말이다. 윤 씨 같은 '센 언니'들이 하나씩 금기를 깨고 버팀목 역할을 해준 덕이라는 걸, 후배 연기자들이 잊지 않았으면 한다.

나의 살던 고향은

1961년 개봉한 신상옥 감독의 〈연산군〉은 내 출세작이다. 이 영화 덕분에 시쳇말로 벼락스타가 됐다. 연산군은 어머니인 폐비 윤씨가 중상모략을 당해 돌아가셨다는 이야기를 듣고 피의 복수를 시작하는데, 영화 이후 '사극=신영균'이란 등식이 생겼다. 영화에선 잔인한 폭군 이미지가 부각되지만, 나는 어쩐지 연산군에 많은 연민을 느꼈다. 연산군이 어머니의 억울한 죽음에 분통해하는 장면에서는 나도 모르게 흐르는 눈물을 주체할 수 없었다. 잠시 연기를 멈추고 숨을 골라야 했을 정도다. 영화를 찍으며 일평생 자식들을 위해 헌신한 어머니가 생각나서다.

내 고향은 황해도 평산군 금암면 필대리의 작은 마을이다. 지금은 갈 수 없는 38선 북쪽에 있다. 1928년 11월 6일, 아버지 신태현, 어머니 신순옥의 차남으로 태어났다. 아버지는 50호가

량 되는 작은 동네 면장이자 소학교(초등학교) 이사장이었다. 나름 부농 집안이었기에 유복하게 자란 편이다. 개천에서 고기 잡고 산에 밤 따러 다니던 기억이 생생하다. 동네 사람들이 "도련님 도련님" 하며 따라다니곤 했다. 누구나 그렇듯 어린 시절의 추억만큼 소중한 게 또 있을까.

순탄했던 삶은 오래가지 않았다. 여섯 살 때 아버지가 병환으로 돌아가시면서 가세가 급격하게 기울었다. 사실 너무 어릴 때라 아버지에 대한 기억은 많지 않다. 요즘으로 치면, 구청장쯤 되지 않았을까 싶은 아버지는 집에서 학교까지 말을 타고 다니셨는데, 그 모습이 어렴풋이 떠오른다. 어린 내 눈에도 꽤나 늠름해 보였다. 사진을 비롯한 아버지의 유품이 일부 남아 있었는데, 아쉽게도 6·25 전쟁통에 모두 사라졌다.

아버지가 왜 아프셨는지는 정확히 기억나지 않는다. 어머니에 따르면, 시골에서 치료할 수 없어 아버지가 서울역 앞 세브란스병원에 입원하셨다고 한다. 어머니는 고향에서 개성을 거쳐 서울역 앞 병원까지 왕래하면서 아버지를 간호하셨다. 하지만 가족들의 노력에도 불구하고 아버지는 끝내 병원 침대에서 운명하셨다.

30대에 홀로된 어머니는 어린 삼남매를 키우느라 갖은 고생을 하셨다. "영균아, 너는 절대 탈선하지 마라. 교회도 열심히 다녀야 한다." 신앙이 두터웠던 어머니는 아침저녁으로 기도하셨다. 자녀들이 '아비 없는 자식'이란 소릴 듣는 걸 가장 경계하셨던 것 같다. 내가 평생 술과 담배를 멀리한 것도 어머니의 영향

생전 어머니와 함께 찍은 가족사진

이다. 교육열도 남다르셨다. 추운 겨울에도 나는 교복 안에 솜바지 저고리를 껴입고 10리 길을 걸어 꼬박꼬박 학교에 갔다.

내 나이 열 살 무렵, 어머니가 용단을 내리셨다. 교육만이 아이들의 살 길이라고 믿으며 자녀들의 장래를 위해 서울로 거처를 옮기셨다. 우리들이 장성한 후에도 어머니는 종종 "너희들을 제대로 공부시키려고 서울로 내려왔지"라고 말씀하셨다.

새로운 터전 그리고 6·25

우리 가족은 서울 신설동에 자리를 잡았다. 나는 동대문 인근 흥인 국민학교에 다녔다. 하지만 서울 셋방살이 생활은 녹록지 않았다. 어머니는 생계를 위해 삯바느질은 물론, 채소나 참기름 장사도 가리지 않았다. 우리는 고향 평산에서 농사지은 쌀을 가져다 먹곤 했는데, 그때만 해도 한국전쟁이 일어나기 전이라 38선을 왕래하던 시절이었다. 한번은 나도 어머니를 따라 평산에 다녀온 적이 있다. 머리에 이고 등에 지고, 최대한 많은 양의 쌀을 챙겨서 임진강 다리를 건너던 어머니의 모습이 지금도 선하다. 어린 나이에도 '어머니께서 이렇게 고생하시면서 우리를 키우시는구나' 생각했다.

어머니가 정든 고향을 등지고 서울로 내려오신 데는 나름 서글픈 사연이 있다. 사실 어머니는 아버지의 둘째 부인이셨다. 첫 부인과 일찍 사별한 아버지가 우리 어머니와 재혼하셨다. 아버지는 첫 부인 사이에 아들 삼형제를 두셨는데, 아버지께서 돌아가신 후 삼형제 간에 재산 다툼이 벌어졌다. 배다른 형님들은 새어머니를 배려하지 않았다. 유산 전부를 차지하려 드는 그들 사이에서 어머니는 뒷전으로 밀려났다. 몇 년 동안 설움을 당하던 어머니는 결국 우리 삼남매를 데리고 서울에서 새로운 출발을 하기로 결심하셨다.

문제는 서울은 만만한 곳이 아니었다는 것이다. 하루하루를 힘겹게 지냈다. 하지만 나는 기가 죽지 않았다. 원래 성격이 밝은 편이었고, 일찍 아버지를 여읜 까닭에 또래들보다 빨리 철이 들었던 것 같다. '하루라도 빨리 커서 어머니를 도와드려야지' 하는 생각뿐이었다.

국민학교를 졸업한 뒤 6년제 한성중학교(고교 과정 포함)에 진학했다. 배우라는 꿈을 본격적으로 꾸게 된 것도 그 시절이다. 한성중 시절 본격적으로 연극을 시작하게 되었고, 고교 시절에는 제법 이름을 날리며 인기도 끌었다. 배우 신영균의 밑바탕을 닦은 시기였다. 뒤에서 자세히 이야기하겠지만, 생활고에 시달려야 하는 배우 생활에 위기감을 느끼고, 배우의 꿈을 잠시 접은 채 치과대학 입학을 준비해야 했지만 말이다.

우리 가족도 한국전쟁을 피해갈 수는 없었다. 온 가족이 생이별을 해야 했다. 내가 서울대 치대에 입학하고 얼마 되지 않아, 6·25가 터졌다. 한강 다리가 폭파될 거란 소식을 듣고 형과 함께 확인하러 가보니, 이미 피난민들로 인산인해였다. 준비를 할 겨를도 없이 형과 나는 어머니와 여동생을 남겨 둔 채 갑자기 서울을 떠나게 되었다. 어머니는 아들들이라도 먼저 피난을 보내야겠다고 판단하신 것 같다. 한강에 도착한 우리 형제는 떠밀리듯 목선 한 척에 올라탔다. "군인들이 내리라고 하면 우리가 배의 주인인 척해, 알았지?" 세 살 많은 형이 기지를 발휘한 덕에 무사히 한강 이남으로 넘어갈 수 있었다. 일단 수원에 도착했는데, 주머니에는 어머니가 혹시 모른다며 챙겨주신 만 원이 전부였다. 지금으로 치면 얼마나 될까. 100만 원가량 될까?

형과 나는 우선 쌀과 간장 두 개만 사서 끼니를 때우며 버텼다. 잠자리는 교회를 전전하며 해결했다. 생명이 오가는 위기의 순간도 있었다. 피난길 비행기에서 쏘아대는 기관총에 맞을 뻔도 했다. 논두렁에 엎드려서 한참 머리를 수그리고 있다가 다시 길을 떠났다. 하루이틀 지나면 서울로 돌아갈 수 있을 줄 알았는데, 상황은 계속 악화되기만 했다. 걷고 또 걸었다. 대전, 대구를 거쳐 마침내 부산에 도착했다.

운명 같은 재회

다행히 친구의 도움을 받아 나는 부산의 전시연합대학에서 학업을 이어갈 수 있었다. 형님은 임시로 경찰에 들어갔다. 어머니가 주신 비자금이 바닥날 때쯤, 고교 시절 극단 청춘극장에서 인연을 맺었던 배우 전옥 씨(배우 최민수의 외할머니이자 강효실 씨의 어머니)를 만나게 되었다. 전 씨는 내게 가극단에서 연극을 하면 돈을 벌 수 있다고 귀띔해 주었다. 다시 무대에 오르면서 나는 생활비를 보낼 수 있었다. 당시 가극단 공연은 대개 1부는 연극, 2부는 가수들의 무대로 꾸려졌는데, '신라의 달밤'의 현인이나 '목포의 눈물'을 부른 이난영 같은 가수들의 인기가 대단했다. 인기 가수들은 노래 한두 곡을 부르고도 연극배우보다 5배가량 많은 출연료를 받는데, 부럽기만 했다.

전쟁 내내 서울에 남은 어머니와 여동생이 걱정됐지만, 돌아갈 방법이 없었다. 여섯 살 아래 여동생 정옥이 혹시 군인들에게 나쁜 일을 당하진 않을까 눈에 밟혔다. 여동생만 내 앞에 데려다주면 팔이라도 하나 잘라주고 싶은 심정이었다. 그렇게 3년 남짓의 시간이 흘렀다. 전쟁이 모두 끝난 뒤 우리 가족은 운명처럼 다시 만날 수 있었다.

나는 어머니께 못다 한 효도를 하고 싶었다. 그래서 아내와 결혼하고 충무로에서 셋방살이할 때부터 집을 장만해 어머니가 돌아가실 때까지 16년을 함께 살았다. 어머니는 약간의 당뇨 증상을 빼고는 정정하신 편이었는데, 돌이켜 보니 당시에 나는 당뇨에 관한 이해가 부족했던 것 같다.

어머니는 종종 "애미야, 이상하게 자꾸 허전하다. 나는 '괴기'를 좀 먹어야겠다"라고 하셨는데, 아내가 기름 없는 부위로 고기를 사다가 냉동해 놓으면, 어머니는 밤낮 숯불에 고기를 구워 드셨다. 보리밥에 나물 반찬만 드시는 게 허전하신가 싶다가도 손주들이 가끔 한입 달라고 하면 "약은 혼자 먹는 거야"라고 거절하시는 어머니에게 조금 섭섭할 때도 있었다. 하지만 일흔둘에 어머니가 폐암으로 돌아가시자, 아내는 "그때 탄 고기를 드신 게 안 좋았던 것 아닌가 싶다"며 마음 아파했다.

1972년 돌아가신 어머니를 경기도 파주에 모셨다. 나는 묘비에 이렇게 적었다. '장하신 우리 어머님이 계신 곳.' 내 소원은 죽기 전에 고향 땅을 꼭 밟아보는 것이다. 북녘에 계신 아버지를 모시고 와서 어머니와 한곳에서 주무시게 하고 싶다. 그런 날이 생전에 올 수 있을까. 쉽게 이뤄질 수 없다는 걸 알지만, 희망마저 포기하고 싶진 않다. 고향의 산하가 두고두고 그립다.

대배우의 꿈이 시작된 곳

2019년 10월 23일, 서울 단성사에서 뜻깊은 행사가 열렸다. 1907년 설립된 단성사는 최초의 한국영화인 〈의리적 구토〉를 1919년에 상영한 곳이다. 1993년 한국영화 최초로 관객 수 100만 명을 돌파한 임권택 감독의 〈서편제〉를 선보인 곳으로도 유명하다. 이를테면 한국영화의 산파와 같은 곳이다. 아쉽게도 지금은 극장 문을 닫고 보석상가로 운영되고 있지만, 이날 한국영화 100주년을 맞아 단성사 지하에 영화역사관이 새로 만들어 졌다. 영화 포스터, 전단, 시나리오, 촬영 현장 사진, 영화 관련 장비 등 한국영화가 지난 한 세기 걸어온 길을 압축해 보여주는 자료들을 모았다.

이날 개관식에는 임권택 감독, 이장호 감독, 배우 김혜자 등 영화계 인사들이 다수 참여했다. 충무로의 원로인 나도 초청을

단성사 한국영화 100주년 행사

받았는데, 한국영화 100주년을 축하하는 인사말까지 요청받고 마이크를 잡았다.

> "지금으로부터 100년 전 단성사에서 〈의리적 구토〉가 개봉했습니다. 1926년 나운규 선생의 〈아리랑〉이 단성사에서 상영됐고, 저는 그다음 다음 해인 1928년에 이 세상에 태어났습니다. 한국영화 100년을 기쁘게 생각합니다."

전시장을 둘러보았다. 〈빨간 마후라〉, 〈연산군〉, 〈미워도 다시 한번〉 등 내 청춘을 바친 영화 포스터도 걸려 있었다. 촤르르르, 옛날 영화 필름이 한 컷 한 컷 돌아가는 듯한 기분이었다. 영화배우로서의 지난 시간이 주마등처럼 스쳐 지나갔다. 말 그대로 행복한 '시네마 천국'이자 '아름다운 시절'이었다.

어릴 적부터 배우의 꿈을 키웠다. 초등학교(당시 소학교) 5학년 때부터다. 서울로 이사한 뒤 어머니를 따라 교회에 다니다가 주일학교 연극 무대에 처음 서게 됐다. 당시 유명 배우 윤정란 씨가 연출한 크리스마스 성극聖劇에서 단역 하나를 맡았다.

워낙 작은 역할이라 단지 한마디 내뱉고 지나가는 정도였는데, 80년이 지난 지금도 그 대사가 기억이 난다. "모두 여기에 좀 와 봐. 작은 개미가 자기보다 더 큰 벌레를 등에 지고 간다." 대략 이런 뜻의 일본어 대사였다. 어린 마음에 잘해내고 싶어 부단히 연습했다. 어쩌면 이 한마디가 내 삶을 바꿔놓은 건지도 모른다. 자그마한 소년이 한국 최고의 배우가 되겠다는 원대한 꿈을 품게 됐으니 말이다.

그때부터 나는 용돈이 생길 때마다 집 근처의 왕십리 광무극장을 찾았다. 어리다는 이유로 출입이 막히면 모자 같은 걸 뒤집어쓰고서라도 몰래 들어갔다. 말 그대로 못 말리는 아이였다. 특히 심영, 황철, 김승호 같은 유명 배우들의 연극을 빠짐없이 보러 다녔다. 어린 나이에도 그들의 대사와 동작 하나에 푹 빠져들었다. 대단히 멋져 보였다.

아, 나운규!

내가 어릴 때만 해도 한국영화를 접할 기회는 그리 많지 않았다. 하지만 우연히 본 나운규 선생의 〈아리랑〉이 기억에 강렬하게 남았다. 내가 태어나기도 전에 개봉한 영화이지만, 1945년 해방 전까지 종종 재상영됐다. 무성영화인데도 그의 표정과 몸짓 하나하나에 혼이 담겨 있는 듯했다. 일본의 검열이 극심할 때 우리 민족의 저항 정신이 깃든 영화를 만들었으니, 나운규 선생은 이루 말할 수 없는 고초를 당했을 것이다. 그 정신을 제대로 기려야 한다고 생각한다.

한국영화에서 〈아리랑〉이 차지하는 비중은 두말할 필요가 없다. 나운규 선생은 이 영화에서 감독과 주연을 맡은 한국영화사의 신화 같은 인물이다. 나라를 빼앗긴 후 인간 취급조차 받지 못한 조선 민중들의 울분을 달래준 그의 영화는, 한국영화 최초

악덕 부호를 물리치고 정의를 찾는다는 내용의 〈들쥐〉(1927) 속 나운규

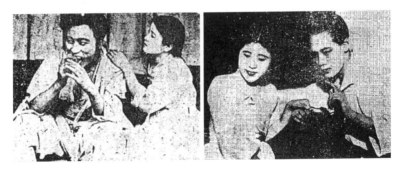

항일 민족의식을 일깨운 〈아리랑〉 속 장면들

로 민족주의 이념을 제시한 작품으로 평가받는다.

〈아리랑〉은 내게도 막대한 영향을 미쳤다. 나는 여의도 국회의원 시절에도 영화 〈아리랑〉의 원본 필름을 찾고자 부단히 노력했다. 당시까지도 아베 요시시게安部善重라는 일본의 영상수집가가 소장하고 있다거나 북한에 자료가 있다는 등 소문은 무성했지만 실체가 파악되지 않았다. 나는 1997년 문화체육부 국정감사에서 한국영상자료원에 "국가적인 차원에서 일본과 교섭해 〈아리랑〉의 원본 필름 확보에 최선을 다해달라"고 당부했다. 나역시 일본 인맥을 동원해 백방으로 수소문을 했다. 하지만 아베라는 인물은 필름의 정확한 소재도 알려주지 않은 채 세상을 떠나버렸다. 결국 우리 영화계 맏형 같은 작품의 원본 필름을 여태 찾지 못하고 있으니, 참 안타까운 일이다. 언젠가 꼭 나타나길 바라는 마음뿐이다.

나운규 선생은 어린 시절 나의 우상이자 연기의 멘토 같았다. 그저 막연하게 배우의 삶을 동경하던 나는 그의 영화를 본 후엔 더 큰 꿈을 꾸게 되었다. 꿈을 이루려면 무엇보다 실력을 키워야 했다. 따로 연기 선생님을 둘 처지는 못 됐다. 그래서 틈나는 대로 동네 뒷산이나 남산에 올라가거나, 아무도 없는 텅 빈 창고에 들어가 발성 연습을 했다. 배우는 우선 울림통이 커야 한다는 생각에, 목이 터져라 소리를 내며 단련하고, 또 단련했다. 일본 사무라이 액션영화를 보고 나서는 반도 쓰마사부로阪東妻三郎 같은 일본 배우들의 칼싸움과 대사를 따라 하기도 했다. 몸은 힘들었지만 그만한 기쁨과 즐거움이 없었다. 주먹구구로 흉내 내는 것에 불과했어도, 하루 연습을 끝내고 나면 가슴 벅찬 성취감마저 느꼈다.

반면 어머니의 걱정은 커졌다. 자녀 교육을 위해 무리해서 서울로 내려왔는데, 아들 녀석이 하라는 공부는 안 하고 틈만 나면 산에 가서 소리를 질러댔으니 말이다. '우리 아들이 혹시 미치지는 않았나' 하며 걱정하셨다고 한다. 요즘 아이들의 장래 희망 1순위에 연예인이 오른다지만, 그때만 해도 연예인은 '딴따라'로 불리며 천대받는 직업이었고, 배우는 밥값도 벌기 어려웠다. 하지만 자식을 이기는 부모가 있으랴.

간절함은 하늘에 닿는다

지성이면 감천이랄까. 1945년 해방 이후 드디어 기회가 왔다. 고등학생 때 극단 청춘극장 오디션에 합격하면서다. 물론 한동안 제대로 된 역할을 얻기는 힘들었다. 어린 신인이 할 수 있는 역할은 거의 없었다. 선배들 잔심부름을 하거나 창을 들고 서 있는 엑스트라 역이 고작이었다. '내가 정말 배우가 될 수 있을까?' 종종 회의감에 빠졌다. 그러다 연극 〈대원군〉에서 겨우 단역을 하나 맡게 됐다. 하지만 나의 포부는 그 정도가 아니었다. 대원군은 아니더라도 주연급인 김아지 역할(양반 계급에 반기를 든 상놈)을 따내고 싶었다.

나름 작전을 세웠다. 여관에서 연극 단장이 머무는 옆방에 들어가, 큰 소리로 김아지 대사를 연습하기로 한 것이다. 내가 할 수 있는 최선의 방법이었다. 그렇게 며칠을 반복하며 대사 전체를 외웠다. 홀로 거울 앞에 서서 연기 연습을 했다. 처음엔 단장도 시끄럽다고 짜증을 냈지만, 점차 관심을 기울이기 시작했다. 드디어 행운이 찾아왔다. 연극을 무대에 올리기 열흘 전쯤, 갑자기 김아지 역을 맡았던 선배 배우가 기관지염으로 드러눕게 된 것이다. 사정이 급해진 단장이 조용히 나를 불렀다. 하늘이 준 기회와 같았다.

단장	김아지 역할을 한번 해볼 수 있겠나?
나	아, 그럼요. 기회만 주신다면.

그 자리에서 나는 평소 갈고닦은 실력을 뽐냈다. 최선을 다했다. 언제 다시 올지 모르는 무대였다. 단장은 주먹으로 책상을 내리치며 환호했다. "잘했네. 이런 역할은 자네 일생에 몇 번 있을까 말까 한 것이니 열심히 하게!"

지금도 종종 젊은이들을 만나면 이런 충고를 한다. "성공하고 싶은가. 그러려면 정말 좋아하는 일을 해라. 그리고 끝까지 해라. 다른 지름길은 없다." 지극히 상식적이지만, 상식을 벗어난 진실은 없다. 성공의 사다리가 갈수록 좁아지는 현실이 안타깝지만, 준비와 예열이 없는 도약과 폭발은 존재할 수 없는 법이다.

연극 〈대원군〉은 성공을 거뒀다. 신인을 기용하면 흥행에 실패할 것이라며 단장을 말리던 주변 사람들도 나를 정식 배우로

인정해 주기 시작했다. 탄력을 받은 나는 이후 청춘극장의 주연
을 도맡게 되었고, 팬들도 조금씩 생겨났다. 내 삶 깊숙한 곳에
연기 인생이 뿌리내리는 순간이었다. 당시 나를 발탁한 청춘극
장 단장은 김춘광 씨다.

첫 월급 700원

"새 이름으로 '신일천申一天'이 어떤가? 연기에 뛰어난 소질이
있으니 '천하에서 제일'이라는 뜻으로 생각해 봤네."

1945년 광복 이후 극단 청춘극장을 만든 김춘광 단장은 내
게 그렇게 말했다. 배우로서의 내 재능과 노력을 처음 인정해 준
분이었기에, 1960년에 영화계에 데뷔하기 전까지 나는 그가 지
어준 예명 '신일천'으로 연극 활동을 했다. 그리고 1960년 충무
로에 들어와서는 부모님이 지어준 이름을 쓰는 게 효도라는 생
각에 본명을 쓰게 됐다.

김 단장과 첫 인연을 맺은 것은 앞서 말했듯 한성고 재학 시
절이다. 당시 나는 신설동 집 근처에 있는 종로 YMCA 레슬링
도장에 다녔는데, 함께 운동하던 한상룡이란 친구가 김 단장의

아들인 김일봉에게 나를 소개했다. 내가 틈만 나면 연기 연습을 하는 걸 보더니 김 단장에게 한번 테스트를 받게 해달라고 부탁한 것이다. 그렇게 인연은 인연을 낳는 모양이다.

레슬링과 연극, 이어진 고리

레슬링은 취미로 시작한 것이었다. 하지만 나는 아마추어 대회에서 웰터급으로 2년 연속 우승할 만큼 실력을 쌓았다. 아흔이 넘은 지금까지 나름 단단한 체형을 유지하게 된 것도 그때 단련한 레슬링 덕이 아닐까 싶다. 올림픽이나 아시안게임에서 레슬링 경기를 보면 선수들의 귀가 안쪽으로 두껍게 굳어 있는 걸 볼 수 있다. 상대방의 신체나 경기장 바닥에 귀가 반복적으로 부딪히면 귀 연골에서 출혈이 발생하는데, 이를 제때 치료하지 못하고 방치하면 그렇게 된다. 그 모양이 마치 만두 같아서 '만두귀' 혹은 '양배추 귀'라고도 불린다. 그 시절 나 역시 레슬링을 하며 귀가 두꺼워져서 물이 차곤 했는데, 다행히 병원에서 치료를 받고 상태가 좋아졌다.

친구의 주선과 부탁으로, 레슬링 때문에 잠시 잊었던 무대에 대한 열정이 다시 피어올랐다. 나는 서울 중앙극장 분장실을 찾아가 김 단장을 어렵게 만났다. 그리고 그간 남산에 오르내리며 갈고닦은 성량을 테스트 받았다. 10대 아마추어 배우의 에너지를 높이 샀는지, 그는 나를 극단 멤버로 받아주었다. 극단의 허

드렛일을 하며 무대에 당당히 서는 날을 기다렸다.

그 뒤는 앞에서 말한 그대로다. 김 단장은 결국 나를 〈대원군〉의 주연급으로 발탁했다. 세상이 환해진 것 같았다. 낮에는 학교, 밤에는 무대에 서며 육체적으로 고된 나날이었지만, 고대하고 고대하던 배우가 되었기에 힘든 줄도 몰랐다. 주경야독晝耕夜讀이 아닌 주독야경晝讀夜耕 생활로 학생과 배우, 1인 2역의 24시간을 보냈다. 때때로 지방 극장 무대에도 출연했다.

이쯤 되면 '어떻게 공부와 연기를 동시에 할 수 있지? 연예기획사도 없던 시절 아닌가?' 하는 궁금증이 일지도 모르겠다. 그 시절엔 가능했다. 연극 공연은 대개 밤에 열렸으니 학교 오후 수업을 마친 후 나는 곧장 극장으로 달려갔다. 또 지방에 내려갈 때는 학교장의 허가를 받았다. 무엇보다 한성고 연극부 선생님께 사정을 말씀드렸더니, 가끔 하는 공연은 이해할 수 있으니 좋은 역할이 있을 때 열심히 하라며 격려해 주셨다. 연기 연습은 주로 새벽에 일어나 했다. 이른 새벽부터 밤늦게까지 쉬지 않고 달렸다. 연기 훈련과 학교 공부, 연극 공연까지 일상이 톱니바퀴처럼 돌아갔다.

젊어서였을까? 다행히 체력이 버텨줬다. 관객들의 반응도 좋았다. 첫 공연을 성공적으로 마친 후, 나는 월급 700원을 받았다. 당시 4~5인 가족의 한 달 생활비가 1,000원 정도 됐으니, 제법 큰돈이었다. 나는 그 월급으로 쌀을 사고 연탄도 샀다. 아버지가 돌아가신 이후 삼남매를 홀로 키워온 어머니에게 보탬이 되는 것 같아 뿌듯했다. 〈대원군〉이 끝난 뒤에도 계속 무대에 설 수 있었다. '꼭 성공하겠다'란 마음으로 이를 악물었다. 연극을 필생의 직업으로 삼자고 결심했다. 그렇게 마음을 굳히고서 나는 어머니에게 폭탄선언을 했다.

나   어머니, 이제 대학 안 갈래요. 연극만 하고 살래요.
어머니   이노무 자식, 너 공부시키려고 이북에서 내려왔는
            데 딴따라나 하겠다고?

교육열이 대단했던 어머니가 신발을 던져가며 말렸지만, 내 의지는 확고했다.

영화의 맛

고교 졸업 이후 2년가량 나는 연극에 흠뻑 빠져 살았다. 〈안중근 의사〉, 〈미륵 왕자〉, 〈이차돈〉 등 여러 작품에서 주연을 맡았다. 대부분 한국사의 위인을 다룬 사극이었다. 일제에 나라를 잃고 해방이 된 지 얼마 되지 않았던 시절이라, 민족의 기상을 일깨우는 연극들이 많이 공연되었다.

인기 변사 출신인 김춘광 단장은 희곡작가로도 활동했다. 1948년에 출시된 그의 대표작 〈검사와 여선생〉은 사실상 나의 숨은 스크린 데뷔작이다. 공식적으로는 1960년 첫 주연을 맡은 〈과부〉이지만 말이다. 〈검사와 여선생〉은 김 단장의 후배인 윤대

2007년 등록문화재로 지정된 〈검사와 여선생〉의 한 장면,
배우 이영애와 김동민

영화 〈검사와 여선생〉에서 변호사로 연기한 나

룡 감독의 데뷔작으로, 여선생의 제자가 훗날 검사로 성공해 옛날 선생님의 살인 누명을 벗겨준다는 스토리다. 나는 조연인 변호사로 영화 막바지에 잠깐 등장한다. 모두가 가난했던 시절, 눈물 없이는 볼 수 없는 슬프고도 감동적인 이야기다. 이 영화에서도 나는 신일천이란 예명으로 출연했다.

영화가 예상과 달리 흥행하면서, 윤 감독은 이후 또다시 내게 출연을 제안했다. 〈조국의 어머니〉(1949)에서 여성 독립운동가를 맡은 주연 주증녀 씨의 아들 역이었다. 주증녀 씨는 1950~60년대를 대표한 여배우 중 한 명인데, 나중에 충무로에서 만나 〈연산군〉과 〈산불〉(1967) 등에서 함께 호흡을 맞추는 인연을 맺었다. 어쨌든 나는 윤 감독의 요청에 바로 "좋습니다"라고 대답했지만, 이를 알게 된 김 단장이 불같이 화를 냈다.

"한 번은 눈감아줬지만, 영영 연극계를 떠날 셈이냐. 날 버리고 어딜 가겠다는 거냐. 진정 은덕을 무시하겠다는 것이냐?"

어쩔 수가 없었다. 김 단장의 극심한 반대로, 두 번째 영화 출연 이야기는 없던 일로 했다. 그런데 그로부터 얼마 지나지 않은 1949년 6월, 김 단장이 갑작스럽게 뇌염으로 세상을 떴다. 황망했다. 시간이 흐르면서 단원들은 뿔뿔이 흩어졌고, 연극계에도 찬바람이 불어닥쳤다.

중단된 배우의 꿈

청춘극장이 해체되기 직전, 나도 극단에서 나왔다. 오랫동안 마음에 품었던 배우의 꿈을 이뤄 당당히 무대에 섰지만, 가슴 한편을 짓누르는 게 있었다. 무엇보다 힘든 것은 생계를 잇는 것이었다. 하루하루 버텨내기가 버거웠다. 가까이서 본 연극계의 현실은 비참했다. 전국 순회공연을 할 때도, 기차를 탈 돈이 없어서 트럭에 장비와 소품을 잔뜩 싣고, 그 위에 배우들이 올라탔다. 배우보다 소품이 우선이었다. 기름 한 방울이 귀한 시절, 숯을 태워서 달리는 '목탄차'라는 것이 있었다. 목탄차는 엔진이 약해서 걸핏하면 시동이 꺼졌다. 경사가 심한 오르막길에서 시동이 꺼지면, 배우들이 트럭을 밀고 올라가야 했다. 생고생이 따로 없었다. '아, 이렇게까지 하면서 연극을 해야 하나? 언제까지 할 수 있을까?' 청운의 꿈과 희망으로 똘똘 뭉친 배우 생활이었건만, 밀려드는 먹구름 앞에선 주춤거릴 수밖에 없었다.

도로 사정도 지금처럼 좋을 리 없었다. 차를 타고 이동하다가 죽음의 문턱까지 간 적도 여러 번이다. 한번은 대전에서 대구로 이동하는데, 한밤중에 트럭이 얼음판에 미끄러지면서 언덕 아래로 굴렀다. 대형사고가 터진 것이다.

"도와주세요! 여기, 바퀴에 사람이 깔렸어요!"

레슬링을 하며 쌓인 운동신경 덕분에 나는 목숨은 건졌지만,

현장은 그야말로 아수라장이었다. 한 집안의 가장인 선배 배우들은 식솔들을 데리고 지방 공연을 따라다니면서 근근이 먹고 살았는데, 그 때문에 상황이 더욱 심각했다. 꼬마아이들은 머리에 피가 나는 줄도 모르고 엄마, 아빠를 찾으며 울부짖었다. 차마 눈 뜨고 볼 수 없는 광경이었다. '나중에 내 가족도 이런 일을 당할 수 있겠구나' 하는 데 생각이 미치자 정신이 번쩍 들었다. 망치로 머리를 한 대 맞은 것 같았다.

배우의 꿈을 잠시 미뤄야겠다고 마음먹었다. 좀 더 기반을 닦은 후에 연기를 다시 해도 늦지 않을 것 같았다. 급할수록 돌아가야 한다는 말도 있지 않은가. 젊은 나이였기에 무엇이든 할 수 있었다. 나에겐 확실한 직업이 필요했다. 그때 치과의사를 하면 안정적인 생활이 보장된다는 얘기를 들었다. 오랫동안 책상과 떨어져 지냈지만, 연극 대사를 줄줄 외던 나였기에, '암기'만큼은 자신 있었다. 외우고 또 외웠다. 다행히 요즘처럼 대학 들어가기가 낙타가 바늘구멍을 통과하는 것보다 어려운 시절은 아니었다. 집안에 틀어박혀 머리를 싸매고 공부한 끝에, 서울대학 치과대학에 진학했다. 연극 무대에 서느라 남들에 비해 2~3년 늦게 대학에 입학했지만, 그토록 사각모를 쓴 아들을 바라던 어머니 앞에서 비로소 얼굴을 들 수 있었다.

서울대 연극반

'송충이는 솔잎을 먹어야 한다'는 속담이 있다. '송충이가 갈잎을 먹으면 죽는다'고도 한다. 자기 형편이나 분수에 맞게 살아야 한다는 격언이다. 하지만 나는 분수나 형편 대신 적성과 열정을 강조한다. 군이 풀어쓰면, '자기가 좋아하는 일', '자기가 하고 싶은 일'이다. 길어야 100년, 우주의 먼지처럼 사라질 인생에서 하고 싶은 일을 하며 즐겁게 사는 것이 중요하지 않을까.

어렵게 서울대 치대에 입학하긴 했으나, 연극 무대에 대한 꿈이 완전히 사라진 건 아니었다. 휴화산 저 깊은 곳에 잠든 용암처럼, 마음속 깊은 곳에 잠자고 있을 뿐이었다. 서울대 배지를 단 지 얼마 되지 않았을 때, 한국전쟁이 일어났다. 피난을 간 부산의 전시연합대학에서 어렵게 학업을 이어가면서도 연극 무대에 서며 생활비를 보탤 수 있었던 것도 그간 닦아온 연기라는 자산 덕분이었다. 말하자면 연기는 내 삶의 알파와 오메가였다.

1953년 휴전 이후, 서울로 올라왔다. 전쟁 중 부족했던 치대 공부도 채워나갔다. 무엇보다 연극에 대한 관심을 놓을 수 없었다. 연극이 못 견디게 하고 싶었다. 결국 제사보다 젯밥이랄까. 당시 서울대에는 단과대학별로 연극반이 있었는데, 서울대 치대 연극반도 전통이 깊었다. 영화 〈빨간 마후라〉에서 함께한 선배 연기자 박암 씨도 서울대 치대 연극반 출신이다. 1948년 서울대 치대를 졸업한 박암 선배는 1951년 피난 중에 극단 신협에 입단했으며, 1956년 당시 선풍을 일으킨 한형모 감독의 〈자유부인〉으로 스타덤에 올랐다. 박암 선배는 〈노란 샤쓰 입은 사나이〉(1962), 〈불나비〉(1965), 〈미워도 다시 한번〉, 〈대원군〉(1968) 등 수많은 작품에서 나와 함께했다. 1960년대 한국영화사에서 빼놓을 수 없는 명품 조연으로 이름을 날렸는데, 법조인, 의사, 기자, 형사 등 지적인 캐릭터를 주로 소화했다. 술을 좋아하고 사람과 어울리기 좋아하는 호탕한 성격 때문인지, 일흔을 채우지 못하고 돌아가신 게 안타깝기만 하다.

학업보다 연극을 사랑했던 이들

나는 단과대 연극반을 하나로 합친 서울대 연극부를 만들기로 했다. 경기중 2학년 때부터 연극반 활동을 하고, 서울대 미학과에 진학한 후에도 연극에 몰입한 이낙훈도 동참했다. 나중에

텔런트와 국회의원으로 명성을 떨친 그 유명한 이낙훈 씨다. 지금은 이름이 기억나지 않지만, 국립극단 단장과 한국연극협회 이사장을 지낸 극작가이자 연출가인 박진 씨의 딸도 큰 도움이 됐다. 내가 연극부장을, 박진 씨 딸이 총무를 맡았던 기억이 난다.

　서울대 연극부 후배로는 이순재가 있다. 나이 차이 때문에 대학 연극부 생활을 함께하진 않았지만, 지금도 연기자 선후배로 가깝게 지낸다. 2011년 신영균예술문화재단 출범 이후 해마다 가을에 열고 있는 '아름다운 예술인상' 시상식에 꾸준히 참석하고 있다. 2019년 시상식에서, 배우 신영균과의 인연에 대해 한마디 해달라는 부탁에 그는 이렇게 말했다 한다.

"대학교 1학년 때였다. 당시 신 선배는 4학년이었는데, 내가 아직 연기에 입문하기 전이었다. 서울대 총동문회는 서울 명동예술극장에서 희곡작가 맥스웰 앤더슨의 〈키 라르고*Key Largo*〉를 공연했다. 신 선배가 주인공을 맡았는데, 그때 처음 봤다. 1학년생 이낙훈도 그 연극에 출연했다. 이낙훈은 고교 때부터 연극을 해왔으니까. 그때 신영균이란 이름을 처음 들었는데 연기를 잘했다. 신 선배 졸업 이후 서울대 연극부 활동도 중단됐다. 연극부의 장부 정리가 미비해 학교 당국에서 폐지시켰다고 했다. 서울대 연극부를 재건하려고 했다. 나와 나중에 극단 성좌 대표를 지낸 연출가 권오일과 서울대 철학과 1년 후배이자 극단 현대극장을 창설한 연출가 김의경이 힘을 모았다."

서울대 연극반 활동으로, 전공 공부는 소홀해질 수밖에 없었다. 남들보다 입학이 늦은 데다 학업보다 연극에 빠져 있었기에, 졸업 직후 치른 치과 국가시험에 낙방했다. 결국 이후 해군 군의관 시절에 열심히 공부한 끝에 국가시험에 합격했고, 정식 치과의사 자격증을 딸 수 있었다.

한국영화 전성기=내 인생의 황금기

1960년대는 한국영화의 전성기이자 내 인생의 황금기였다. 충무로에서 정신없이 영화를 찍느라 연극과도 자연스럽게 멀어졌다. 배우 신영균의 뿌리는 연극이지만, 인기와 수입 측면에서 영화는 연극과 비교할 수 없었다.

하지만 2012년은 연극배우 신영균에게 잊을 수 없는 해가 되었다. 만 84세, 무려 50여 년 만에 다시 연극 무대를 밟게 되었으니 말이다. 그해 3월 서울대 연극 동문회에서 관악극회를 조직하고 첫 작품 〈하얀 중립국〉을 공연했는데, 이 연극에 동참하게 됐다. 스위스 작가 막스 프리시의 희곡 〈안도라〉를 각색한 작품으로, 편견에 사로잡힌 인간의 광기를 그린 블랙 코미디다. 원작의 배경은 제2차 세계대전 당시 유대인 학살이지만, 다문화 사회로 접어든 우리 시대 이야기로 각색했다. 한국 사회에 남아 있는 편견과 배타성, 왕따 문제 등을 파고든 것이다.

출연 요청이 들어왔을 때는 흔쾌히 수락했다. 청춘의 열정을 다시금 느끼고 싶었다. 하지만 나이가 나이인지라 대본이 잘 외지지 않았다. 더는 '암기도사' 신영균이 아니었다. 할 수 없이 연극 동문회 회장인 이순재에게 다음 기회에 출연하겠다고 했는데, 후배들의 간곡한 부탁과 격려에 용기를 내서 무대에 올랐다.

〈하얀 중립국〉에서 맡은 역할은 세상을 탄식하는 신부였다. 대사 분량이 워낙 많아 며칠을 외우고 외우며 진땀을 뺐다. 이순재, 심양홍도 같은 배역으로 무대에 섰다. 연극은 최고령인 나부터 2012학번 신입생까지 세대를 아우르는 배우들로 구성됐다. 손주뻘인 까마득한 후배들과 함께하니 덩달아 젊어진 기분이었다. 지금 돌아봐도 정말 뜻깊고 행복한 순간이었다. 내 연극을 보기 위해 지방에서 올라온 올드팬들도 있었다. 아직도 나를 기억해 주는 팬들이 있다는 사실에 감동했다. 배우로서 지내온 시간에 감사할 수밖에 없었다.

영화와 드라마의 기초는 연극

〈하얀 중립국〉을 하면서 연극의 가치를 새삼 깨달았다. 최근 한국영화와 한국드라마가 세계에서 각광받고 있지만, 연극이라는 기초가 뒷받침되지 않으면 오래 가기 힘들 것이다. 연극 무대서 다진 기량 덕분에 치과의사 신영균도 스타 배우로 거듭날 수 있었으니까.

2020년 코로나19 사태로 대학로는 물론 일반 극장가도 꽁

〈하얀 중립국〉 포스터와 서울대 연극반
박원근, 이순재, 나, 심양홍

꽁 얼어붙었다. 우리 후배들이 다시 끼와 꿈을 맘껏 펼칠 수 있는 날이 속히 돌아오기만을 바란다. 2019년 '아름다운 예술인 상' 시상식에서 만난 후배 이순재의 말을 재차 인용한다. 나에 대한 과찬이 쑥스럽긴 하지만, 여기에 기록으로 남겨둔다.

"신영균 선배는 우리 사회에서 배우에 대한 사회적 인식을 높여준 첫 번째 경우가 아닐까 싶다. 예전의 많은 선배들이 경제적으로 불안했고, 사생활에서도 절제가 부족했다. 신 선배는 가정에서나 연기에서나 철저했다. 사업가로도 성공했다. 젊어선 짠돌이 소리도 들었으나 나이 들어선 남에게 베풀며 산다. 마음이 있다고 할 수 있는 일이 아니다. 충무로에서 차지해 온 비중도 막대했다. 개인적으로 신 선배를 볼 때마다 1950~60년대 일본 영화계를 대표했던 배우 미후네 도시로三船敏郎가 떠오른다. 주로 구로사와 아키라黑澤明 감독과 콤비를 이루어 활동했다. 배우로서의 무게감과 이미지가 많이 닮았다."

김선희, 평생의 연인

멀쩡히 치과의사로 일하다가 머리 깎고 영화배우를 하겠다는 남편을 뜯어말리지 않을 아내가 있을까. 나보다 일곱 살 아래인 아내 김선희는 하나뿐인 반려자이자, 유능한 매니저였으며, 홀륭한 사업 파트너였다. 연기자로 치면 1인 3역을 했다. 내가 한눈팔지 않고 연기에 집중한 것도 아내의 조력 덕택이다. 나를 낳아주고 키워준 건 어머니이지만, 배우 신영균의 오늘을 만든 일등공신은 아내임이 분명하다. 어머니와 아내, 그 둘은 내 인생 최대의 은인이자 후원자다.

아내를 처음 만난 건 1955년 서울대 치대를 졸업하고 군 복무를 할 때다. 해군 중위로 임관해 서울 해군본부에 근무하고 있을 때, 한 친구가 부탁을 해왔다. 친척의 어린 딸이 무용 공연을 하는데 무대 화장을 도와달라는 것이었다. 배우들이 직접 화장

1장 — 빨간 마후라의 탄생

을 하던 시절이라, 선뜻 받아들였다. 나중에 보니 그 꼬마가 아내 친언니의 딸이었다.

당시 아내는 이화여대 정외과 2학년이었다. 처음 본 순간 서글서글한 눈매와 미소에 사로잡혔다. 키가 큰 것도 마음에 쏙 들었다. 이후 종로에서 우연히 마주쳤는데, 용기를 내서 데이트를 신청했다. 사실 여자 앞에선 수줍음을 타는 편이었는데, "또 만난 것도 인연인데 커피나 한잔 할까요?" 하며 먼저 말을 걸었다. 해군 제복을 입은 외모와 남자다운 음성에 다행히 아내도 호감을 느꼈다고 한다. 아내를 만나기 전에도 다른 여성과 교제하긴 했어도, 결혼까지 생각한 적은 없었다. 하지만 아내를 만나면서 일생을 함께할 배필을 찾았다는 결심이 섰고, 어머니에게 신붓감으로 그녀를 소개했다. '어머니 마음에 들어야 할 텐데' 걱정부터 들었다. 하지만 이는 기우에 불과했다. 아내를 만난 어머니가 더 적극적이었다. "이런 여자와 결혼하지 않으면 누구랑 하겠니? 네가 싫다고 하면 내가 죽겠다."

1년의 연애 끝에 1956년 11월 10일, 우리는 결혼식을 올렸다. 아내가 대학을 졸업한 후에 할까도 생각했지만, 결심이 선 이상 더는 미룰 이유가 없었다. 어머니도 빨리 식을 올리라고 재촉하셨다. 형편상 신혼여행은 엄두도 못 냈다. 아내는 대학생이었고, 당시 내가 받는 군인 월급은 쥐꼬리 정도였다. 결혼식 다음 날, 아내와 나는 새벽 기차를 타고 근무지인 경남 진해로 내려갔다. 신혼 초부터 타향살이를 해야 했다. 해군 관사에서 신접 살림을 시작할 요량이었는데, 막상 가 보니 두 평도 안 되는 단칸방이었다. 한겨울인데 창문 창호지가 모두 뚫려 있었다. 있는 것이라곤 담요 하나와 조금씩 싸온 양념이 전부였다. 담요로 대강 찬바람을 막고 첫날밤을 보냈다. 지금까지도 아내에게 미안한 마음을 지울 수 없다.

나   그래도 신혼인데 외식이 어때요?

아내   그렇게 해서 언제 돈을 모아요. 제가 장을 봐올게요.

아내는 생활력이 강했다. 곧바로 새벽시장에 나가 냄비와 풍로, 숯불을 사와서 밥을 지었다. 정신이 바짝 들었다. 가족을 고생시키지 않으려고 연기도 잠시 접었던 내가 아니던가. 당시 통장에는 5만 원밖에 없었다. 요즘으로 치면 얼마나 될까. 500만 원가량 될 것 같다. 신혼생활 밑천으로 턱없이 부족한 액수였다.

요즘에도 가끔 아내와 진해 신혼 시절을 되돌아 본다. 사랑과 정열이 있었기에 빠듯한 살림도 그렇게 힘들지 않았던 것 같은데, 그건 내 생각일 뿐이었다. 한번은 아내가 이런 얘기를 꺼낸 적이 있다.

"당신, 기억나세요? 말이 단칸방이지 부엌조차 없었잖아요. 방에서 나오면 바로 바깥이었어요. 새벽 5시에 일어나 아침 준비를 했지요. 원래 무서움을 많이 타는데, 어두컴컴한 겨울 새벽에 나가면 오싹한 기분도 들었어요. 관사에 있는 나무밖에 보이지 않았거든요. 그래도 어쩔 수 없었죠. 당신 출근 시간에 늦지 않게 밥을 차려야 했으니까요."

복덩이 아내와 동남치과

돈을 벌어야 했다. 가급적 빨리 살림을 안정시키고 싶었다. 치과 전공서적을 다시 펼치고 1년간 독하게 공부한 끝에 드디어 의사 자격증을 취득했다. 그리고 진해에서 '서울치과'를 열었다. 당시 군의관들은 낮에는 군인으로, 밤에는 의사로 살 수 있었다. 적은 월급을 보전해 주는 차원에서 군에서 부업을 허락하던 때였다. 밤낮 없는 일에 몸은 파김치가 됐으나 서울에 올라가서 개인병원을 차리고 싶은 마음에 아끼고 아끼며 생활했다. 외식과 영화관람, 나들이도 삼갔다. 모든 경비를 절약하는 초긴축 생활을 했다. 그렇게 한 푼 두 푼 모아 1958년 제대 후, 서울 남대문 시장 인근의 회현동에 '동남치과'를 차릴 수 있었다. 아내가 복덩이인 셈이다. 돈을 헤프게 쓰는 편이었다면 절대 개인병원을 열 수 없었을 것이다.

내게는 진해 해군에서 근무하던 시절 만나 지금까지 60여 년 형제처럼 지내는 친구가 있다. 나보다 한 살 아래인 조달호, 전 진양리조트 회장이다. 당시 나는 군의관, 조 회장은 법무관으로 있었다. 조 회장은 서울고 재학 시절부터 내 연극을 봤다고 했다. 학생 배우 시절 청춘극장에서 내가 신일천이란 이름으로 활동했던 것도 알고 있었다. 지금도 매주 토요일 만나 점심을 하는

해군 군의관 복무 시절의 모습과 가족사진

평생의 연인 아내와

사이이지만, 진해에서 처음 만나자마자 그가 내 배를 콕콕 찔러 가며 놀려댔던 게 어제 일 같다. "신혼이 좋긴 좋나 보네. 배우가 이렇게 배가 나오면 되겠어? 이제 연기는 그만둘 작정인가. 아니라면 몸 관리를 잘해야지."

서울에서 치과를 개업했다고 해서 형편이 바로 나아지진 않았다. 있는 돈을 모두 털어 병원을 열었기에, 한동안 치과 안에 있는 다다미방에서 지냈다. 겨우 아내와 두 살배기 아들까지 셋이 몸을 눕힐 공간은 됐지만, 겨울에는 추위가 문제였다. 석유난로를 피우고 잠들었다가 큰 일이 날 뻔도 했다.

시간이 흐르며 병원이 조금씩 자리를 잡게 되었다. 그쯤 되니 다시 연극에 대한 꿈이 스멀스멀 살아났다. 대학 시절 알고 지낸 배우 변기종 씨의 권유로 국립극단에 들어가게 되었다. 현재 국립극장의 전신인 명동 시공관에서 〈빌헬름 텔〉과 〈여인천하〉 등에 출연하면서, 나는 다시 치과의사와 연극배우 1인 2역을 소화하게 되었다.

연극으로 인연을 맺은 병원 손님들도 생겨났다. 허장강, 최무룡, 윤일봉 등이 충치 치료를 받으러 왔다. 이후 최무룡과 영화 〈5인의 해병〉(1961), 〈남과 북〉(1965), 〈빨간 마후라〉, 허장강과 〈상록수〉(1961), 〈서울의 지붕밑〉(1961), 〈물레방아〉(1966), 윤일봉과 〈애하〉(1967), 〈애수의 샌프란시스코〉(1975) 등에서 함께 연기하는 인연을 쌓았다. 당시 고등학생이던 김혜자가 동남치과에 왔었다는 얘기도 한참 후에 들었다.

딴따라, 타고난 재능

아내는 "내가 딴따라랑 결혼했느냐, 영화만큼은 절대 안 된다"면서 말렸다. 하지만 결국엔 충무로에서 가장 큰 에너지가 돼준 사람도 바로 아내다. 아내는 연극 〈여인천하〉에서 조선시대 문신이자 정치가인 조광조를 연기하는 내 모습을 보고 '이 양반은 재능을 타고났구나' 생각했다고 한다. 〈여인천하〉는 나의 연기 인생의 커다란 전환점이 되었다. 말하자면 터닝 포인트였다. 연극배우 신영균이 아닌 영화배우 신영균이 탄생하는 디딤돌이었다. 소위 인생이 180도 확 달라졌으니.

〈여인천하〉를 공연하던 어느 날, 영화평론가인 허백년 씨가 동남치과로 찾아왔다. 그는 "영화감독 조긍하와 영화제작자 정화세와 함께 당신 연극을 보고 왔습니다. 마침 조긍하 감독이 새 영화 주연을 찾고 있었는데 '저 사람이 누구냐? 저 사람을 출연시켰으면 좋겠다'라고 말하더군요" 하며 그의 말을 전했다. 나도 "좋아요. 작품을 보고 결정하겠습니다"라고 답했다. 마침 영화배우로 활동하며 인기를 얻기 시작한 허장강, 최무룡 등을 무척 부러워하던 터였다. 수입도 제법 쏠쏠한 것 같았다. '그래, 이제는 영화의 시대야!'

조긍하 감독이 소설가 황순원 원작의 〈과부〉 시나리오를 보내왔다. 읽어 보니 거절할 이유가 없었다. 단 조건이 하나 있었다. 조 감독은 "영화를 하려면 머리를 깎아야 한다"고 했다. 고민 끝에 머리를 깎았다. 나를 대신해 병원을 지킬 의사도 따로 구했다. 드디어 충무로에 진입하는 순간이었다. 아내도 내 뜻을 꺾진 못 했다. 아내는 당시를 이렇게 회상했다.

"치과대학을 나온 것만 알았지, 학교에 다닐 때 연극을 했다는 건 전혀 몰랐습니다. 결혼한 뒤 남편이 말해서 알았어요. 아들이 다섯 살 때였죠. 명동 시공관(현재 명동예술극장)에서 번역극 〈빌헬름 텔〉 공연을 했는데, 아들과 함께 보러 갔지요. 극장 안이 왕왕 울렸던 기억이 납니다. 연극을 보는데 남편의 목소리가 참 좋더라고요. 그래도 영화는 안 된다고 했습니다. 그런데도 대본을 받아와 하루 만에 다 외우는 겁니다. 대본 연습을 하면서 눈물을 흘리는 그의 모습을 보니 천부적 재능을 막아서는 안 되겠다는 생각이 들었어요. 더는 막을 수가 없었습니다."

시공관의 옛 모습

2장

100년 한국영화사가 나의 인생사

기억으로만 남은 영화

1960년 11월 5일, 나의 충무로 공식 데뷔작인 조긍하 감독의 〈과부〉가 개봉했다. 솔직히 말하면, 날짜가 정확히 기억나지 않아 한국영상자료원 홈페이지를 찾아봤다. 출연 이민자, 신영균, 최남현 등, 관객 5만 명이란 숫자도 적혀 있다. 포스터 문구도 장엄하다. '여불사이부女不事二夫의 죄의식 속에 더듬는 정염과 절망의 세계! 전 여성의 마음을 사로잡는 획기적 문예영화.' 다소 과장된 문구이긴 하지만, 영화의 분위기를 보여주는 데는 모자람이 없어 보인다.

60년 전 세상으로 타임머신을 타고 간 것만 같다. 당시 내 나이는 만 서른둘. 늦깎이 신인 배우가 당당히 영화 주연에 이름을 올렸으니 감격스럽지 않을 수 없었다. 안타까운 점이라면, 영화 필름이 남아 있지 않아 지금은 감상할 수 없다는 것이다.

영화의 배경은 1920년대다. '한 여자는 한 남자만을 섬겨야 한다'는 도덕관념이 엄격하게 살아 있던 시절, 어린 신랑이 죽으면서 과부가 된 김 진사댁 며느리 한 씨(이민자)와 머슴 성칠(나)의 사랑 이야기를 다룬다. 성칠과 사랑에 빠진 한 씨는 결국 그의 아이를 임신하고 우여곡절 끝에 출산을 한다. 그러나 김 진사는 성칠과 갓난아기를 쫓아내고 만다. 이후 20년이 흐른 뒤 청년이 된 아이를 데리고 성칠이 한 씨를 찾아오지만, 신분제도라는 인습 탓에 다시 헤어지게 되는 비극적인 이야기다.

사랑하면서도 함께 살 수 없는 두 남녀의 일생이 서글프기만 하다. 요즘 젊은 관객들이라면 '정말 구시대적인 얘기네' 하며 코웃음 칠지 모르지만, 1960년대 초반만 해도 숱한 사람들이 흐르는 눈물을 닦으며 영화에 흠뻑 빠져들었다.

뒤늦게 기회를 잡은 영화인만큼 나는 혼신을 다해 연기했다. 시나리오의 대사를 완벽하게 외웠고, 캐릭터 속에 최대한 녹아들고자 했다. 여태껏 쌓아온 기량을 제대로 보여주자고 작심했다. 하지만 한계도 있었다. 연극배우 시절의 과장된 발성과 몸짓 때문에 조긍하 감독에게 자주 지적을 받았다. 나름 최선을 다했다고 생각했는데, 카메라 프레임에서 벗어나기 일쑤였다. 조 감독은 "동작과 목소리를 좀 더 자연스럽게 하라"고 주문했다. 초짜 영화배우가 거쳐야 할 통과의례 비슷했다. 영화와 연극의 차이를 익히는 수련기라고나 할까.

〈과부〉와 〈열녀문〉

반면 열정만은 인정받았는지 '신인 신영균이 적역을 얻어 호연했다', '우리 영화사에 남을 가작의 하나'라는 언론의 호평을 받았다. 이후 〈열녀문〉, 〈물레방아〉, 〈봄봄〉(1969) 등의 문예영화에서 나는 머슴 역할을 도맡았다. 통나무처럼 건강한 체구와 큼지막한 얼굴 등이 토속적 캐릭터와 어울렸던 것 같다. 신영균만의 캐릭터를 심는 데 성공한 셈이다.

〈과부〉는 2년 뒤 신상옥 감독에 의해 〈열녀문〉으로 재탄생했다. 자존심 강한 신 감독이 왜 비슷한 내용의 영화를 리메이크했는지 당시엔 물어보지 못했다. 〈열녀문〉에서는 신 감독의 아내인 최은희와 손발을 맞췄다. 한 번 해본 작품이지만, 새 영화를 찍듯이 달려들었다. 당시 한국 최고의 감독, 신상옥이 메가폰을 잡았으니 게으름을 피울 수가 없었다.

〈열녀문〉 역시 영화 원본 필름을 분실했다가 한국영상자료원이 2004년 대만에 보관 중이던 16㎜ 필름을 입수하고 복원해, 2006년 가을 제13회 부산국제영화제에서 상영했다. 당시 최은희는 "저희 부부가 만든 작품 중 가장 인상 깊은 작품입니다. 잃어버렸던 자식을 되찾은 기분이에요. 감독님이 계셔서 같이 봤으면 얼마나 좋았을까요?"라며 울먹였다.

최 씨는 이어서 신 감독이 다른 감독의 〈과부〉를 2년 만에 다시 연출한 이유에 관해서도 "신상옥 감독이 작품에 매력을 느꼈던 것 같아요. 이 작품을 꼭 하고 싶어 하셨어요. 1963년 베를린

영화제에 출품됐는데, 제2차 세계대전 때문에 독일에도 과부들이 굉장히 많았죠. 수상하진 못했지만, 여주인공의 아픔에 공감하는 외국 여자 관객들로 인해 객석이 눈물바다가 되었어요"라고 간단히 설명했다.

역시 잘 만든 영화는 시간과 장소, 인종을 초월해 공감을 주는 모양이다. 〈열녀문〉 복원 상영회장에서 나 역시 추억을 다시금 떠올렸다. 소감을 묻는 기자들의 질문에 다음과 같이 대답했다.

> "지금 보니 영화에 출연했던 배우들 중 80% 이상이 고인이 되었습니다. 세월이 흐르며 한국영화가 이렇게 발전하고 있는 것을 보니 정말 기쁩니다. 이 작품은 금곡에서 주로 촬영됐는데, 당시에는 세트장을 만들기도 힘들어 로케이션을 많이 했습니다. 가뭄이 들어 논이 쩍쩍 갈라지는 장면은 진짜 가뭄이 드는 시기에 맞춰 실제 논에서 촬영했어요. 겨울엔 배우들이 입김을 내지 않기 위해 얼음을 먹고 촬영하기도 했습니다."

모든 여성에게 고맙고 미안하다

〈과부〉는 1978년 조문진 감독이 동명의 제목으로 또 한 차례 리메이크했다. 한 씨 역을 맡은 고은아가 그해 대종상영화제에서 여우주연상을 받았고, 머슴 성칠 역은 후배 김희라가 열연했다. 그만큼 한국인의 정서에 호소하는 대목이 많았다. 〈열녀문〉

은 개인적으로도 애정이 많이 가는 작품 중 하나다. 아무리 남녀 평등 세상이라지만, 이를 향해 넘어야 할 산이 많고 많다는 걸 이 90대 노인도 잘 알고 있기 때문이다. 아내와 딸 그리고 손녀들을 보면서 이 땅을 지켜온 여인들에게 그간 많은 혜택을 받아온 한 집안의 남편과 아버지 그리고 할아버지로서 고맙고 미안하다는 말을 전하고 싶다.

〈열녀문〉에서 인상적인 대사가 하나 있다. 함께 도망치자는 성칠의 제안에, 한 씨 부인은 말한다. "저는 죄를 짓고 싶지 않아요." 그녀의 거절에 성칠은 울부짖으며 이렇게 말한다. "살아보자는 것이 죄가 될 수 있소. 제가 싫소? 도대체 누구를 위한 누가 만든 체면이요?" 성칠이 떠난 후 세월이 한참 지난 후에도 며느리를 두고 '더러운 년'이라고 꾸짖는 시어머니를 향해 한 씨 부인은 피를 토하듯 대답한다. "저는 죄인입니다. 그래도 죄를 짓는 몇 달이 좋았습니다. 늘 불안했지만 그래도 그 시간이 제일 좋았어요." 힘겨운 시간을 인내해야 했던 그 시대 어머니들의 자화상이 아닐까.

하루에 3편의 영화를 찍던 날들

〈과부〉를 시작으로, 나는 영화배우가 되었다. 얼굴을 알리고 나니 하루 24시간이 모자랐다. 여기저기서 출연 요청이 줄을 이었다. 신인이라 거절도 못 하고 그저 열심히, 또 열심히 촬영에 임했다. '겹치기 출연' 때문에 스케줄 관리가 늘 문제였다. 차에서 쪽잠을 자는 게 다반사였다. 그때부터 매니저 역할을 하게 된 아내도 덩달아 분주해졌다. 현장 스태프들이 시간 없다며 빨리 가자고 재촉할 때마다 아내는 "좀 주무시게 놔두세요"라며 승강이를 벌였다. 일종의 보디가드 비슷했다. 오전과 오후 그리고 밤까지, 하루에 서로 다른 영화 3편을 찍는 날이면 어떤 옷을 입어야 할지도 헷갈렸다. 양말과 넥타이 색깔까지 일일이 챙겨준 아내가 없었다면 그 바쁜 일정을 어떻게 다 소화했을까.

당시 아내가 깨알 같이 적어놓은 출연료 장부를 보면, 지금도 입이 다물어지지 않는다. 촬영이 중단되거나 흥행에 실패하면 돈을 떼이기 십상이던 시절이다. 아내는 "아직 입금이 안 됐으니 촬영을 미루라"라는 코치까지 해줬다. 내가 나온 신문기사는 물론 대본까지 일일이 수집했다. 한번은 이사를 하면서 고모님이 그간 모아온 자료를 엿장수한테 몽땅 팔아버렸는데, 아내는 그걸 되찾겠다며 서울 시내 고물상과 골동품점을 샅샅이 뒤지기도 했다. 결국 빈손으로 돌아왔는데, 지금 생각해도 너무 안타깝다. 누군가가 다시 태어나도 지금의 아내와 결혼하겠느냐고 묻는다면, 나는 주저 없이 "그렇다"고 대답할 것이다. 진심이다.

늦깎이 신인 시절

아내가 적어둔 출연료 장부

충무로 스타가 되다

나이를 먹는다는 것, 인생의 숫자가 쌓여가는 것. 여든이 넘어서 부터는 거의 잊고 사는, 아니 잊고 살려고 하는 일이다. 하나둘 늘어가는 나이테를 의식하다 보면 왠지 몸도 마음도 힘들어지는 것 같아서다. 해마다 설이 되면, '내년 설을 맞을 수 있을까' 생각하기도 한다. 지병인 당뇨 때문에 떡국을 즐겨 먹진 않지만, 혹시 떡국을 먹지 않으면 더 천천히 늙으려나 하는 싱거운 상상도 해본다.

설날에 대한 특별한 기억은 거의 없다. 어릴 적 설 풍경이 어렴풋이 그려지는 정도다. 너도나도 곤궁했던 일제강점기에도, 설이 되면 온 가족이 모여 떡국을 먹고 동네 어른들께 세배를 올렸다. 지금은 갈 수 없는 고향, 황해도 평산의 산과 들이 눈에 선하기만 하다.

〈과부〉의 주연 배우로 공식 데뷔하고 나서는 설의 의미가 좀 달라졌다. 당시 극장가에서 설 연휴는 한해 최고의 대목이었다. 지금도 그렇지만 놀거리가 적었던 반세기 전에는, 훨씬 더했다. 영화 제작자들도 명절 특수에 맞춰 준비한 영화를 10여 개뿐인 개봉관에 걸고자 엄청나게 애를 썼다.

특히 흥행 보증수표나 다름없는 주연급 배우들은 눈코 뜰 새가 없었다. 개봉 스케줄에 늦지 않게 영화를 완성하느라 여기저기 촬영장을 정신없이 뛰어다녀야 했으니 말이다. 나 역시 마찬가지였다. 1964년 설날 극장가는 신영균 천하라고 해도 과언이 아니었다. 〈석가모니〉, 〈평양감사〉, 〈아편전쟁〉, 〈치마바위〉 4편에서 주연을 맡았다. 요즘 같으면 상상도 할 수 없는 일이다. 하루에도 각기 다른 3편의 영화를 찍는 날이면, 혼이 쏙 빠지는 것 같았다. 어떻게 그 살인적인 일정을 모두 소화했는지 신기하기만 하다.

물론 이 모든 건 〈과부〉를 찍기 전만 해도, 상상할 수 없던 일이다. 당시 제작자나 지방 극장가에선 '연극만 해본 치과의사 출신의 신출내기를 주연 배우로 하면 흥행이 되겠느냐'며 심한 반대도 있었다고 한다. 조긍하 감독으로선 모험을 한 셈이었다. 대개 배우들이 자기가 처음 주연을 맡은 작품과 감독을 평생 잊지 못하는 이유다.

이후에도 나는 조긍하 감독과 여러 작품을 함께했지만, 연기의 참맛을 알게 해준 건 신상옥 감독이다. 1962년 신정과 구정에 연이어 개봉한 영화 〈연산군〉과 〈폭군 연산〉은 배우 신영균을 하루아침에 세상에 알렸다. 두 작품은 거의 동시에 촬영 및 제작돼 서울에서만 관객 30만여 명을 동원했다는 기록이 남아 있다. 같은 감독이 같은 주연 배우로 같은 주제의 영화를 만든다는 것이 지금은 이해가 되지 않을 것이다. 그만큼 흥행 요소를 갖춘 작품이었기에 가능했던 일이다.

머슴 전문에서 임금 전문으로

〈폭군 연산〉은 후속작인데도, 장기 상영 영화 순위에 올랐다. 개봉관인 한 극장이 오직 한 편의 영화만 상영하던 시절에는, 상영 일수가 인기의 상징이었다. 명절 같은 때는 좌석이 부족할 경우 입석도 허용했는데, 영화가 끝나고 나면 벗겨진 고무신이 수없이 굴러다녔다. 이때부터 나는 '사극 전문 배우'라는 타이틀을 갖게 됐다.

〈연산군〉 연작에 대한 나의 애착은 남다른 편이다. 어머니에 대한 그리움 때문이다. 일반 사람들은 흔히 연산군을 폭군이라고 비난하지만, 억울하게 죽임을 당한 연산군은 폐비 윤씨에겐 효심 지극한 아들이었다. 사약을 받으면서 비단 한삼에 피를 토하고 돌아가신 어머니, 이 '금삼의 피'를 보고 연산군은 복수심에 타오른 것이다. 나는 폭군이자 효자였던 연산군의 양면에 매력을 느꼈다.

〈연산군〉은 이제 막 얼굴을 내밀었던 신인 배우를 충무로의

영화 〈연산군〉 속 장면들

〈폭군 연산〉 포스터 및
영화 속 장면

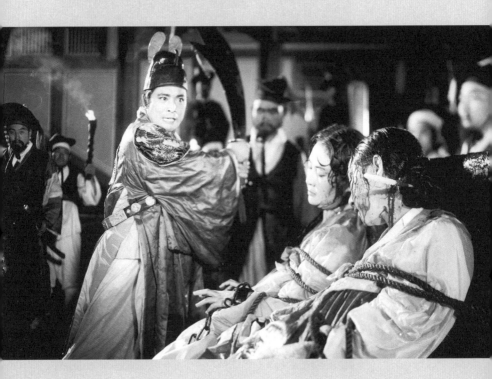

스타로 본격 발돋움하게 만들었다. 이 영화 덕분에 카리스마 연기자 신영균이 탄생했다. 군왕의 고뇌를 다룬 최초의 본격 사극이란 평가도 받았다. 억눌린 분노를 순식간에 표출하는 〈연산군〉에 이어, 〈강화도령〉(1963), 〈달기〉(1964), 〈대원군〉 등 사극에 잇달아 출연하며 '신영균＝임금'이란 이미지를 굳힐 수 있었다. 머슴 전문에서 임금 전문으로 신분이 하루아침에 급상승한 셈이다.

이 같은 영예를 얻게 된 것은 모두 신상옥 감독 덕분이다. 신 감독은 신인인 나를 대작영화 〈연산군〉에 과감하게 캐스팅했다. 김승호, 김진규, 최무룡 등 당대 내로라하는 스타들이 연산군 배역을 하고 싶어 했으나, 신 감독이 승부수를 던진 것이다. 아마도 〈사랑방 손님과 어머니〉(1961), 〈의적 일지매〉(1961) 등 신 감독이 설립한 영화제작사 신필름에서 성실하게 활동해 온 나를 주목했던 것 같다.

하지만 신 감독도 일면 걱정이 있었던 듯하다. 나와 동갑내기인 김수용 감독의 에세이집 《나의 사랑 씨네마》 첫 대목에 이런 내용이 나온다. 1960년 2월 중순, 서울 광화문 노벨 다방에서 김 감독이 신 감독을 처음 만났을 때의 에피소드다.

우리 옆자리의 건장한 체구의 사내가 신 감독을 보고 일어나서 고개 숙여 인사했다. 신 감독은 "저 애가 배우 지망생인데 저 꼴로 배우가 되겠니?" 했다. 나는 그런 모욕적인 말을 듣고도 얼굴빛 하나 변하지 않는 옆자리의 사내에게 신경 쓰였다.

신상옥은 이미 그를 다음 작품인 〈연산군〉의 주인공으로 내정했으면서도 겉으로는 차가운 말을 서슴지 않았다. 그는 나에게도 눈인사를 해왔는데, 그가 바로 신일천이란 예명으로 무대 생활을 하다가 다시 본명으로 돌아온 신영균이었다.

1960년 2월이면 〈과부〉로 정식 데뷔하기 이전이다. 이제는 시간이 많이 흘러 기억이 흐릿하긴 하지만, 신 감독이 당시에도 나를 눈여겨본 모양이다. 김 감독은 모욕적인 말을 듣고도 내가 얼굴빛 하나 변하지 않았다고 했는데, 영화로 꼭 일어서고 말겠다는 의지가 그만큼 강렬했던 시기였다.

하여튼 〈연산군〉은 나로서도 양보할 수 없는 영화였다. 정통 사극이라 어느 정도 자신감도 있었다. 특히 학생 시절 〈십대 군왕〉이란 연극에서 연산군 연기를 해본 경험이 있었기에 '반드시 하고 싶은 배역'으로 손꼽을 정도였다. 기회가 찾아왔으니 있는 기량, 없는 기량을 다 쏟기로 마음먹었다. 최선을 다했다. 밤잠을 미뤄가며 대사를 외웠다. 당시 겹치기 출연에 몸과 마음이 바쁜 상당수 배우들은 대사를 암기할 시간이 부족해 촬영 현장에서 프롬프터를 보면서 연기하곤 했는데, 그것은 내 방식이 아니었다. 시나리오를 철저히 파악하고 100% 준비된 상태에서 연기해야 실감 날 것이었다.

신 감독의 격려가 큰 힘이 되었다. 나는 연극으로 잔뼈가 굵었기에 선이 굵다는 평가를 받고 있었고, 〈과부〉에선 그것이 콤플렉스로 작용했다. 앞서 말했듯 조긍하 감독은 늘 '자연스러운 연기'를 요구했다. 그런데 신 감독은 내게 〈연산군〉은 사극이니 오버 액션도 괜찮다고 허락했다. "연산군은 폭군이니까 자네 맘대로 왔다갔다 무대를 휘젓고 다녀도 좋아." 카메라를 의식할 필요가 없으니 내 안의 에너지를 마음껏 표출할 수 있었다. 몸에 착 들어맞는 옷을 입은 것 같았다.

제1회 대종상 남우주연상

〈연산군〉은 평단의 호평을 받았다. 1962년 제1회 대종상 영화제에서 작품상, 남우주연상, 여우조연상 등 8개 부문에서 수상의 영예를 안았다. 남우주연상이라니, 충무로의 최고 스타로 등극하는 순간이었다. 같은 영화로 1963년 부일영화상에서 남우주연상도 받았다. 경사에 경사가 겹친 것이다. 옛날 영화팬들이라면 기억이 날 것이다. 당시 극장에서는 본 영화를 상영하기에 앞서 '대한뉘우스'를 틀어주었다. 정부에서 만든 국정 홍보뉴스였다. 1962년 3월 30일, 국립극장에서 열린 제1회 대종상 영화제 시상식 모습을 현재 KTV 대한뉘우스 유튜브 채널에서 확인할 수 있다. '신인으로서 재빠른 관록을 쌓아올린 쾌남아'로 소개된 나는 대종상 트로피를 들고 굵직한 목소리로 다음 같은 수상 소감을 남겼다.

"오늘의 이 영광스러운 자리를 차지하게 된 저의 기쁜 마음은 제가 새삼스럽게 여러분에게 말씀드리지 않더라도, 이 벅찬 가슴을 잘 이해해 주실 줄 압니다. 앞으로 오늘의 이 기쁨의 긍지를 살려서 더욱 꾸준히 노력할 것입니다."

관객들의 힘찬 박수가 쏟아졌다. 그날의 영광을 생각하면 지금도 가슴이 벅차오른다. 이날 시상식에서 여우주연상은 최은희가 받았다. 수상작은 나와 함께 찍은 〈상록수〉였다. 한마디로 북 치고, 장구 치고 신필름의 날이었다. 나는 〈상록수〉로 그해 제9회 아시아태평양영화제에서 남우주연상을 받기도 했다. 그날 최 씨는 "대단히 감개무량합니다. 너무나 가슴이 벅차올라서 뭐라고 말씀을 드려야 좋을지"라며 트로피를 감싸 안았다. 이어 한국영화로는 최초로 국제영화제에서 수상한, 즉 1961년 베를린영화제에서 특별 은곰상을 받은 강대진 감독의 〈마부〉(1961)에서 주연한 김승호 씨에게 은곰상 트로피를 전달하는 의식도 진행됐다. 나도 그 영화에서 김승호 씨의 큰아들로 나왔다. 사실상 〈마부〉는 2019년 프랑스 칸영화제 황금종려상과 2020년 할리우드 아카데미 작품상, 감독상을 받은 봉준호 감독의 〈기생충〉(2019)의 서막을 여는 작품이라고 해도 과언이 아니다.

제1회 대종상 시상식에서 다짐한 것처럼, 나는 더욱 꾸준히 작품에 임했다. 또 신필름의 전속 배우로 활동하면서, 신문과 잡지 등 언론의 스포트라이트를 받기 시작했다. 그야말로 신영균의 황금시대를 맞게 된 것이다.

부기 사항이 하나 있다. 2009년 5월 프랑스 칸영화제에서 〈연

제1회 대종상 시상식에서 배우 김승호 씨와 함께

산군〉의 디지털 복원판이 처음으로 전 세계에 소개됐다. 2000년 신상옥 감독이 네거티브 필름을 직접 편집한 프린트를 한국영상자료원이 천연색으로 복원했다. 신 감독의 〈열녀문〉 복원판 또한 2007년 칸영화제에 초청되기도 했다. 내가 직접 칸영화제에서 레드 카펫을 밟은 건 아니지만, 세계 최고의 예술영화제에서 〈연산군〉과 〈열녀문〉이 반세기 세월을 건너뛰고 재상영된 것은, 그만큼 한국영화에 대한 지구촌의 관심이 높아진 때문이 아닐까 싶다.

신상옥, 100% 영화인

신상옥 감독은 내게 '영화'라는 큰 날개를 달아준 사람이다. 그를 만나면서 충무로에서 훨훨 비상할 수 있었다. 〈사랑방 손님과 어머니〉, 〈상록수〉, 〈연산군〉이 화제를 모으며 이른바 스타 대열에 합류하게 되었다. "어느 날 자고 일어나니 유명해졌더라"라는 어느 시인의 말이 내 이야기처럼 느껴졌다.

10년 전쯤이다. KBS의 한 아침방송에 출연했는데, 패널로 나온 가수 정훈희 씨의 말을 듣고 박장대소했다. 〈과부〉로 인기가 올라가던 때인 모양인데, 당시 학생이었던 정 씨는 이렇게 기억했다. "동네에 붙은 극장 포스터를 보고 엄마와 동네 아줌마들이 서로 뜯어가겠다고 난리가 났어요. 머슴으로 나온 배우가 있는데 기가 막히게 잘생겼다는 겁니다(웃음)." 사실 내가 미남형 배우는 아니었는데 말이다.

어쩌다 붙은 별명

영화배우로 이름을 날리기 시작했지만, 사생활에선 큰 변화가 없었다. 평범한 직장인처럼 집과 촬영장을 다람쥐 쳇바퀴 돌듯 오갔다. 데뷔 초기에 다른 의사에게 진료를 맡겼던 동남치과를 닫고, 나는 오직 연기에 집중했다. 어쩌면 그만큼 마음의 여유가 없었던 것 같다. 촬영장에서도 다른 배우들에게 신경 쓸 여유가 없었다. 짬이 나는 대로 대본을 읽고 또 읽었다. 아내가 정성껏 싸준 도시락을 먹으며 매끼를 때우곤 했다. 지금 돌아보면 인생의 선배로서 동료 연기자들을 살갑게 대해주지 못한 것이 미안하기도 하다.

10년 전 방송에 패널로 함께 출연한 배우 엄앵란은 충무로 초창기 시절의 나에 관해 이렇게 말했다. 엄 씨는 영화 〈마부〉에서 내 여동생으로 출연했다. "커피 한잔 얻어 마신 적이 없어요. 워낙 바쁘게 사셨거든요. 그 시대 남자 배우들은 어디 다방에 예쁜 사람이 있다고 하면 몰려다니곤 했는데, (신 선생님은) 촬영이 끝나면 바로 집으로 돌아갔습니다. 화면에서만 영화배우지, 화면 밖에선 시골 면장 같았어요. 말이 없었습니다. 다른 사람들이 잡담할 때도 혼자 대본만 읽고 계셨죠. 영화 밖에선 목사님이었다니까요." 남들에게 베풀고 살려는 요즘과 달리, 수입이 생기는 족족 미래를 위해 저축에 열심이던 시절의 얘기다.

말이 나온 김에 한 가지 밝히고 넘어가야겠다. 젊은 시절 연예계 일각에선 나를 대표적 짠돌이로 불렀다. 심지어 '충무로의 구두쇠'로 통하기도 했단다. 하지만 일평생 나는 남에게 신세를 지지 않으려고 애썼다. 사실 너무 바쁘게 지낸 까닭에 술을 먹거나 다른 이에게 술을 사줄 시간도 많지 않았다. 하지만 경제적으로 자리를 잡은 이후에는 남에게 베풀려고 노력했다. 얻어먹고 다닌 적이 없다. 칠순 잔치, 팔순 잔치도 한 적이 없다. 그 경비를 이웃을 돕는 데 썼다. 그런데도 이상하게도 짠돌이란 소문이 났으니 조금 억울한 구석이 있다. 물론 지금은 모두 웃고 넘어가는 소소한 일화이지만 말이다.

지키고 싶은 약속

다시 신상옥 감독 얘기로 돌아가자. 만약 내가 천국에 가서 신상옥 감독을 만나게 된다면, 꼭 하고 싶은 말이 있다. "우리 좋은 작품 하나, 다시 한번 멋지게 해봅시다." 그와 했던 약속을 지키고 싶다. 그의 아내이자 동지인 최은희와도 굳게 약속한 일이다. 최 씨가 투병 중일 때 살아서 못다 이룬 꿈을 이루자며, 셋이 다시 뭉쳐서 만들고 싶은 영화를 맘껏 만들자고 얘기한 적이 있다. 그 첫 작품은 신 감독이 평생의 대작으로 기획한 〈징기스칸〉이 되지 않을까 싶다.

신 감독은 말년에 병환으로 고생하다가 2006년 4월에 세상을 떴다. 장례식은 '대한민국 영화계장'으로 진행됐고, 내가 장례 위원장을 맡았다. 영결식 때는 공군 군악대의 반주에 맞춰 모두

신상옥 감독과 아내 최은희

가 〈빨간 마후라〉를 불렀다. 셀 수도 없이 많이 불렀던 노래건만 그토록 구슬프게 들린 적은 없었다.

신 감독이 저세상으로 가기 한두 달 전쯤, 내 제주 집에 온 적이 있다. 하루 이틀 머물러 보고는 풍광이 마음에 들었던 모양이다. 다시 서울로 떠나던 날 그가 한 가지 부탁을 했다.

> **신상옥** 나 여기서 좀 쉬게 해줘. 영화 〈징기스칸〉 콘티를 여기서 끝내야겠어.
>
> **나** 예, 언제든 오십시오. 우리 마지막 작품을 같이 하십시다.

그날 우리는 그렇게 단단히 약속을 하고 헤어졌다. 그게 우리의 마지막이 될 줄은 미처 몰랐다. 곧 보따리 싸서 다시 오겠다던 신 감독과 그렇게 영영 이별을 하게 될 줄은….

내 인생의 영화감독을 꼽으라면 누차 말했듯 단연 신 감독이다. 그는 우리나라 최초의 대형 영화사인 신필름을 이끌었다. 기획, 촬영, 제작까지 도맡는 종합영화사였다. 신 감독은 충무로 신출내기인 나를 발탁해 대형 스타로 키워주었다. 나이는 나보다 불과 두 살 많았지만, 그는 정말 영화를 위해서 태어나 영화만을 위해 산 사람이다. 카메라가 돌아가기 시작하면 그는 빛을 좇는 불나방이 됐다. 죽음도 두려워하지 않고 몸을 던졌다.

1963년 〈강화도령〉을 찍을 때였다. 동명의 KBS 라디오 드라마를 원작으로 한 사극으로, 신 감독은 곧바로 후편 〈철종과 복녀)를 연출하기도 했다. 널리 알려지지 않은 작품이지만, 나중에 철종 임금으로 등극한 강화도 더벅머리 총각 원범(나)과 그를 좋아하는 섬 소녀 복녀(최은희)의 슬픈 사랑 얘기다. 자연스러운 강화도와 폐쇄적인 궁중 문화가 대비된다. 〈열녀문〉에서처럼 '신분이라는 제도에 갇혀 고통받는 개인'이란 근대적 연예관을 즐겨 포착한 신상옥 감독의 개성이 담겨 있다.

신상옥 감독은 철두철미 완벽주의자였다. 한번은 카메라 앵글을 잡으려고 북한산 암벽 위를 아슬아슬하게 왔다 갔다 했다. 한쪽 눈을 감고 루페(렌즈)를 보며 앞으로 가다가 한순간 이끼 낀 곳을 헛디뎠는지 7~8m 아래로 미끄러지고 말았다. 다행히 낭떠러지 아래 가시넝쿨이 있어 목숨을 건졌다. 팔이 좀 긁히고 뒷주머니에 있던 선글라스가 박살나는 정도로 끝이 났으니 천만다행이었다. 하지만 정작 그는 아픈 내색도 않고 "에이, 앵글 좋았는데…"라며 아쉬워했다.

나도 그렇고 당시 배우들은 신 감독을 참 좋아했다. 그는 무엇보다 연기자를 카메라 프레임 안에 가두지 않았다. 동선을 정해두고 몇 발짝 움직이도록 지시하는 게 아니라, 연기자가 자유롭게 감정을 맘껏 표출할 수 있도록 카메라를 움직여줬다. 물론 맘에 드는 장면이 나오지 않으면 거침없이 컷과 NG를 외쳤다.

그때는 영화 필름이 워낙 비쌌기에 배우의 연기가 마음에 들지 않아도 "이만하면 됐습니다" 하는 감독이 많았는데, 신 감독은 달랐다. 남들이 필름을 3만~4만 자 쓸 때, 신 감독은 7만~8만 자씩 썼다. 신필름을 꾸려가다가 궁지에 몰려서 빚쟁이들

영화 〈강화도령〉 속 최은희와 함께

이 촬영장까지 찾아와 옆에 서 있는데도, 눈 하나 꿈쩍 않았다. 세트장에 고급 가구나 집기가 필요하면 자신의 집에서 쓰던 걸 가져와 망가뜨리는 경우도 많아, 부인 최은희가 종종 불만을 터뜨리기도 했다. '이 양반은 진짜 뼛속까지 영화인이구나' 하는 생각을 하지 않을 수 없었다.

연인보다 영화를 사랑한 사람

　신 감독 앞에서 최은희와 입술이 맞닿는 연기를 하느라 진땀을 뺐던 일도 잊을 수 없다. 〈강화도령〉 막바지 대목에 최 씨가 죽어가는 장면에서, 내가 입안에 물 한 모금을 넣어 다 죽어가는 그에게 먹이려고 하는 장면이 있다. 남편인 신 감독이 카메라 렌즈를 통해 지켜보고 있으니 나는 어쩐지 불편한 마음이 들었다. 입술을 정면으로 포갤 용기가 나지 않아서 내가 약간 비뚤어지게 고개를 돌리면, 신 감독은 어김없이 컷을 외쳤다. "물을 입속에 넣어야지 왜 옆에 다 흘리나. 제대로 해!" 감독이 시키는 대로 하고 나서야 '오케이' 사인이 나왔다. 신 감독은 사랑하는 여인보다 영화를 더 우위에 두는 사람 같았다.

　같은 '평산 신씨'라서 그런지 우리는 통하는 구석이 많았다. 신 감독은 "연기 지도를 하지 않아도 쓸 수 있는 배우 중 하나"라며 나를 치켜세우곤 했다. 한번은 촬영장을 찾은 내 아내에게 이런 말도 했다고 한다. "신영균은 수도꼭지예요. 우는 장면에서

열 번 NG가 나면 다시 찍어도 열 번을 모두 진짜 울어요." 무뚝
뚝한 신 감독치고는 최고의 칭찬이었다.

　신 감독은 100% 영화인이었다. 1970년대 후반 내가 은막을
떠난 이후, 나는 그의 불만 섞인 타박을 들어야 했다. 그는 "신영
균에게 흠이 있다면 배우를 일찍 그만둔 거야"라며 아쉬워했다.
늙으면 늙은 대로, 노망이 들면 노망이 든 대로 배우의 생명은
길다고 믿는 사람이었다. 욕심 같아서는 살아생전에 마지막으로
멋진 영화를 남기고 싶지만, 신 감독이 없으니 어쩐지 용기가 나
지 않는다. 다시 한번 그의 영면을 빈다.

분단의 여배우 최은희

아는 사람은 알겠지만, 최은희는 '분단의 여배우'로 불린다. 그와 나는 1960년대 한국영화 전성기를 함께 누린 환상의 콤비다. 연인으로, 부부로 호흡을 맞추면서 알게 모르게 정도 많이 들었다. 2018년 4월 최 씨가 세상을 떴을 때 가슴 한쪽이 뻥 뚫린 것처럼 허전하고 괴로웠다. 무엇보다 젊은 시절 함께 많은 고생을 했는데, 말년에 몸이 아파서 힘들게 지내다가 돌아간 게 참으로 마음 아프다.

최 씨의 장례식은 가족장으로 치러졌다. 서울 강남성모병원 장례식장을 찾아 고인의 명복을 빌었다. 그는 최후의 순간까지도 자신의 모든 것을 주고 떠났다. 천주교 서울대교구 염수정 추기경도 고인의 빈소에 애도 메시지를 보내왔다. "삶에 대한 열정이 가득했던 고인은 영화 속 변화무쌍한 역할을 통해 다양한 삶의 방식을 보여주신 분으로 기억합니다." 유족들에 따르면, 최 씨는 2010년 6월 "내 생을 정리하면서 뭔가 뜻깊은 일을 하고 싶다"며 천주교 서울대교구를 통해 사후장기기증 서약을 했고, 별세 전날 각막 기증을 위한 절차를 밟았다고 한다.

최 씨 생전에 그를 마지막으로 본 건 2017년 11월 신상옥감독기념사업회가 주최한 제1회 신필름예술영화제 행사에서다. 당시 나는 영광스럽게도 공로상을 받게 되었는데, 휠체어를 타고 온 최 씨와 지난 추억을 공유했다. 몸이 불편한 그를 대신해 후배 배우인 신성일이 트로피를 건네주었다. 그런 신성일마저 최 씨의 타계 7개월 뒤인 2018년 11월 눈을 감았으니 인생무상이란 말이 야속하기만 하다. 공로상 수상 당시 나는 이런 감사 인사를 남겼다.

"신필름 출신으로서 이 자리에 서니, 신상옥 감독과 최은희 여사와 젊었을 때 활동하던 때가 너무너무 생각납니다. 며칠 전에 우연히 〈연산군〉을 봤는데, 영화에 나온 배우들, 전옥 씨, 최남현 씨, 김희갑 씨, 한은진 씨, 도금봉 씨 등 많은 배우가 세상을 떠났습니다. 영화를 보면 굉장히 기분이 좋을 줄 알았는데, 굉장히 마음이 아팠습니다. 신상옥 감독님, 최은희 여사, 정말 영화계를 위해 헌신적으로 힘썼습니다. 너무너무 어려운 가운데서도 아들 신정균 씨가 이런 좋은 자리를 만든 것에 대해 정말 고맙게 생각합니다. 앞으로도 더욱 노력해서 정말 권위 있는 영화제가 될 수 있도록 힘써주었으면 하고, 또

이 자리에 참석하신 여러분도 많이 후원해 주시기를 진심으로
부탁드립니다."

한국영화, 뗄 수 없는 트리오

최은희는 2006년 4월 남편 신상옥 감독을 먼저 떠나보내고
자주 "세월이 갈수록 남편이 더 보고 싶어요"라고 말했다. 두 부
부가 북한에 납치된 사건은 20세기 한국영화사, 아니 한국현대
사에서 빼놓을 수 없는 대목이다. 1978년 1월 최 씨가 홍콩에
서 북한에 납치되자, 신 감독은 2년 전 이혼한 전처를 찾겠다며
홍콩에 갔다가 그해 7월 똑같이 납북됐다. 최 씨는 신 감독이 북
한 수용소에 갇혀 있는 동안 병을 얻은 것 같다고 한탄하곤 했
다. 술과 담배도 하지 않던 신 감독이 북한에 다녀온 뒤 건강이
악화됐으니 말이다.

최 씨는 사석에서 남편 얘기를 종종 꺼냈다. "북한에서 네 번
이나 탈출을 시도하다가 붙잡혀 정치범 수용소 같은 곳에 끌려
갔어요. 거기서 단식을 하니까 강제로 영양제 주사를 맞았는데
그게 소독이 제대로 안 돼서 C형 간염균을 얻은 거예요. 숨지기
2년 전엔 간 이식 수술도 받았어요."

신 감독이 타계한 후 최 씨도 점점 쇠약해졌다. 2010년부터
척추협착증으로 휠체어 신세를 졌고, 말년에는 일주일에 세 번
씩 신장투석도 받았다. 그래도 바깥 활동을 할 때는 여배우의 품

신상옥 감독과
최은희 배우

영화감독으로도 활약한 최은희

위를 지키겠다며, 한껏 치장을 하고 씩씩한 모습을 잃지 않았다. 한마디로 기품이 넘쳤다. 우리 부부는 최 씨를 가끔씩 식사자리에 초대해 정담을 나눴다.

앞에서 말했듯, 최 씨를 처음 만난 건 1961년 신 감독의 영화 〈사랑방 손님과 어머니〉에서다. 김진규와 최은희가 주연이었고, 나는 그의 오빠 역을 맡았다. 이후 신 감독과 최 씨, 나까지 우리 셋은 〈상록수〉, 〈연산군〉, 〈열녀문〉, 〈강화도령〉, 〈쌀〉(1963), 〈빨간 마후라〉, 〈무숙자〉(1968), 〈이조 여인 잔혹사〉(1969) 등 수많은 작품에서 손발을 맞췄다. 누구도 따라올 수 없는 트리오로 활동했다. 이형표 감독의 〈서울의 지붕밑〉, 박상호 감독의 〈산색시〉(1962), 김수용 감독의 〈딸부자집〉(1973) 등 다른 감독 연출작까지 포함하면 최 씨와 나는 30여 편을 함께 찍은 것 같다.

여담이지만, 300여 편에 달하는 영화를 찍는 동안 내 신체의 은밀한 부위까지 목격한 여배우는 최 씨가 유일하다. 〈강화도령〉 촬영 때니 반세기가 더 지난 일이다. 앞서 말했듯, 나는 후에 철종으로 등극한 촌뜨기 원범, 최 씨는 말괄량이 섬 처녀인 복녀로 나왔는데, 영화 중간에 원범이 산에서 칡뿌리를 뽑으려다 굴러 한 벌뿐인 옷이 찢어지자, 복녀를 찾아가 꿰매달라고 부탁하는 대목이 있다. 복녀가 벗어준 한복치마를 입고 원범이 기다리는 장면을 찍는데, 신상옥 감독이 이런 주문을 했다.

신상옥   신영균 씨, 이거 찍을 땐 빤스까지 다 벗어야 해.
나   예? 농담이지요?

순서대로, 영화 〈사랑방 손님과 어머니〉, 〈쌀〉, 〈강화도령〉 속 최은희와

신상옥 　　농담은. 아이 어서 벗으라니까. 조선시대에 빤스가 어딨느냐 말이야.

조선 말기에는 속옷이라고 해봐야 내부가 훤히 들여다보이는 흰 천이 전부였다. 나는 결국 흰 천만 걸쳐 입고 치마를 둘렀다. 한창 촬영하다 강둑에 앉아서 쉴 때였나 보다. 아래쪽에 있던 최 씨가 나를 손가락질하며 웃기 시작했다.

나 　　최은희 씨, 갑자기 왜 그래?
최은희 　　아유 난 몰라, 다리 쩍 벌리고 편히 앉으니 속이 다 들여다보이잖아요.

최 씨는 이후 두고두고 나를 놀려댔다. 여러 사람이 모인 자리에서도 "나는 그때 다 봤다"며 깔깔 웃곤 했다. 마침 영화 속에도 비슷한 장면이 나왔다.

언젠가 우리 다시

최 씨는 상대 배우를 참 편안하게 해주는 사람이었다. 나보다 두 살 많은 영화계 선배였기에, 나는 그를 꼭 '최은희 씨' 혹은 '최 여사'라고 불렀다. 영화밖에 모르는 남편, 신 감독 때문인지 최 씨 는 손재주가 좋고 생활력도 강했다. 밤늦게까지 촬영이 이어질 때도 대기 시간을 허투루 보내는 법이 없었다. 반면 신 감독은 젊어서 못질 한번 한 적이 없을 정도로 가정일은 뒷전이었다.

나   최 여사, 가만히 쉬질 않고 뭘 그렇게 계속해요?
최은희   바느질이든 뜨개질이든 뭘 해야 시간이 잘 가요.

나중에 최 씨에게 들은 얘기지만, 1978년 신 감독과 함께 납북돼 북한 영화를 제작했을 당시엔, 그가 배우들의 한복을 직접 만들어 입히기도 했다고 한다. 당시 북한 옷은 우리 전통 한복에 비해 볼품이 없었다고 했다. 두 사람은 북한에서 〈돌아오지 않는 밀사〉(1984), 〈사랑 사랑 내 사랑〉(1984) 등 17편의 영화를 찍었다. 최 씨는 북한영화 〈소금〉(1985)으로 1985년 모스크바 영화제에서 여우주연상을 수상하기도 했다.

두 사람은 1986년 오스트리아에서 미국대사관을 통해 탈북에 성공했지만, 간첩이 두려워 바로 한국에 돌아오지 못했다. 신 감독 부부가 미국에 머무르는 동안 우리 부부가 찾아가 만나기도 했다. 그때 신 감독과 이런 얘기를 주고받은 기억이 난다.

신상옥   북한에서 영화 만들 때, 신영균 생각이 많이 났어.
          북한 배우들이 마음에 차지 않을 때가 많았거든.
나   그렇다고 날 불렀으면 큰일났겠어요. 나도 납치당
          할 뻔했구먼요. 그때 안 불러주어서 정말 고맙습니
          다. 하하하하.

신 감독 내외와 정겹게 농담을 주고받으며 우린 함께 냉면도 먹었다. 신 감독 부부도 노년의 행복을 다시 찾은 것 같았다. 남편을 따라 하늘나라로 간 최 씨가 신 감독을 잘 만났는지 모르겠다. 나도 곧 따라갈 테니 먼저 가서 신필름 같은 영화사를 만들고 있으라고, 같이 출연하자고 당부해 두었는데…. 그렇게 한 시대가 저물어가고 있다.

목숨을 건 촬영장

내가 신상옥 감독의 눈에 띈 것은 행운 중 행운이었다. 노력하는 자를 당해낼 사람이 없다는 말은 언제나 옳은 것 같다. 배우는 저절로 완성되는 게 아니다. 다른 직업도 마찬가지겠지만, 준비와 열정이 필수다. 요행은 한두 번은 통할 수 있어도 결코 되풀이될 수 없다. 나는 인생에서 로또란 없다고 확신한다. 그저 남들이 보기에만 재수가 좋아 보일 뿐이다.

언론에서도 갑자기 튀어나온 내가 신기했던 모양이었다. 신문과 잡지 등에 나와 관련된 기사들이 쏟아졌다. 인터넷은커녕 TV 방송도 막 싹트기 시작한 1960년대 초반에는, 영화팬들이 신문에 실린 개봉 뉴스로 신작 소식을 접했고, 잡지에 실린 스타들의 동정을 보며 충무로에 관한 궁금증을 해소했다. 때론 근거 없는 소문이 마치 진짜처럼 유통됐고, 예나 지금이나 스타들은 늘 뉴스의 한복판에 서게 마련이다. 대중의 인기를 먹고사는 이들의 피할 수 없는 숙명일 것이다. 영화 전문지 〈영화세계〉는 1963년 5월호에 '신영균에 관한 3장' 기획기사에서 다음처럼 나를 소개했다.

> 우리나라에서 '스타아'라는 칭호를 진정한 의미에서 받을 만한 사람은 신영균 그 사람일 것이다. 1960년에 혜성과 같이 나타나 만 1년 만에 함성의 위치에 자리 잡기까지 그의 눈부신 발자취는 일찍이 한국영화사상 그 유례를 찾아볼 수 없는 것이었다.

또 다른 영화잡지 〈국제영화〉 1962년 11월호에는 '현대배우술'이란 제목으로 나의 기고문도 실렸다. 앞서 아내가 일일이 오려서 모아둔 나와 관련된 영화자료를 모두 잃어버렸다고 밝혔는데, 다행히 한국영상자료원에서 예전 영화잡지를 스캐닝해 홈페이지에서 서비스해 준 덕분에 찾았다. 나 또한 늦게나마 디지털 기술의 혜택을 보게 된 셈이다. 여기서 나는 "영화와 연극의 연기는 사실상 같다"고 주장했다. 인기 측면에서, 즉 현상적인 측면에서는 다르다고 볼 수 있으나 둘의 근본적인 차이는 없다고 말했다. 인간을 연구하는 배우라는 직업의 본질은 변할 수 없기 때문이다. 그리고 이렇게 끝을 맺었다.

> '스타아'가 된다는 것은 어렵지 않으나 배우가 되기 위해서는

자기 노력 이외에 딴 길이 없다.

노력하면 할 수 있다는 믿음

60년 전에 쓴 글이지만, 지금껏 이와 같은 소신에는 변함이
없다. 한국 사회에 양극화가 깊어지면서, 요즘 젊은이들이 '노력'
을 '노~오~력'이라고 부르며 아무리 열심히 노력해도 인생이
달라지지 않는다며 체념하고 있다는 이야기를 자주 듣는다. 우
리 사회를 제대로 만들지 못한 인생 선배로서 큰 책임을 느낀다.
그런데도 노력을 빼고 이룰 수 있는 게 없으니, 이를 어찌할 것
인가. 보다 공정한 사회를 만들기 위한 기성세대의 노력은 물론
이거니와, 더 나은 삶을 위해 자신을 끊임없는 계발하려는 젊은
이들의 노력도 동반되어야 한다.

실제 나의 연기 인생이 그랬다. 예를 하나 들자면, 말 타는 얘
기다. 누군가가 과거 대한민국 배우 중에서 가장 말을 잘 탄 사
람이 누구냐고 묻는다면, 나는 부끄러움도 없이 "신영균!"이라고
대답할 것이다. 1960년대만 해도 영화를 찍는 데 활용할 수 있
는 말이 드물었다. 그래서 종종 경마장의 말이나 마차를 모는 말
을 동원해 오곤 했다. 촬영에 길들여진 말이 아니라서 대단히 위
험했는데, 그런 말을 나만큼 많이 타본 배우도 없을 것 같다.

사실 지금도 내 오른손 새끼손가락은 조금 굽어 있다. 생활에
불편한 정도는 아니지만 영화가 남겨준 영광의 상처쯤 된다. 신

영화 〈무숙자〉의 한 장면.
최은희와 아역배우 김정훈

지금도 굽어 있는
오른쪽 새끼손가락

상옥 감독의 〈무숙자〉를 찍을 때 말에서 떨어지는 바람에 손가락이 골절됐는데, 바로 치료하지 못하고 한동안 방치했더니 아예 굳어서 곧게 펴지질 않는다. 〈무숙자〉는 일제강점기 만주 일대를 배경으로 한 액션 활극이다. 여기서 나는 만주 일대를 유랑하는 유격대원으로 등장한다. 당연히 말을 타고 달리는 장면이 많았다. 그렇다고 내게 말을 타본 경험이 많았던 건 아니다. 승마는 엄두도 낼 수 없는 영역이었다. 다만 많은 사극을 거치면서 말과 친숙하게 되었을 뿐이다.

실제로 사극 전문배우란 타이틀은 그냥 얻어진 게 아니다. 배우라면 무엇이든 가리지 않고 도전해야 한다고 믿었다. '촬영장에서 죽는다면 영광'이라고도 생각할 정도였다. 말을 처음 타본 건 1961년 장일호 감독의 〈의적 일지매〉에서다. 신상옥 감독의 조감독 출신인 장 감독은 사극과 멜로물에서 빼어난 작품을 남겼다. 부처의 일대기를 다룬 〈석가모니〉에서도 나와 함께했다. 기독교 신자인 내가 처음으로 찍은 불교영화였다. 싯다르타(나)와 그의 사촌 타이바(박노식)가 결투하는 장면에서는 무려 3,000명의 엑스트라가 동원되기도 했다. 컴퓨터 그래픽CG은 감히 상상할 수 없던 시절이었다. 〈의적 일지매〉를 찍을 당시, 나는 겁도 없이 장 감독에게 말했다. "말 타기가 뭐 별겁니까? 이래 봬도 레슬링으로 다진 몸입니다."

혈기왕성했던 나는 타고난 운동신경만 믿고 무작정 말에 올라탔다. 그런데 놀란 말이 이리 뛰고 저리 뛰는 바람에 아수라장이 됐다. 하필 장소도 경복궁이었다. 고궁에는 말 한 마리가 겨우 통과할 만한 작은 문이 많은데, 이 녀석이 나를 떨어뜨리고 싶었는지 갑자기 좁은 문간으로 뛰어들었다.

"이러다 사람 잡겠네. 미스터 신 조심해요!"현장 스태프들은 혼비백산이 되어, 발만 동동 굴렀다. 순간적으로 말 등에 납작 엎드리지 않았다면, 목이 부러져 반신불수가 됐을지도 모른다. 지금 생각해도 아찔하다.

죽을 고비를 한번 넘기고 나니 이대로는 안 되겠다는 생각이 들었다. 나는 틈틈이 서울 뚝섬 경마장을 찾아 승마 훈련을 받았다. 촬영장에서 살아남으려면 배우는 수밖에 없었다. 시간이 지나면서 조금씩 자신감이 붙었다. 그렇지만 말을 타고 얼음판을 달리거나 내리막길을 내달리는 장면을 찍을 때는 온몸에서 식은땀이 흘렀다.

여배우들도 예외가 없었다. 배우 문정숙 씨는 나와 함께 권영순 감독의 〈정복자〉(1963)를 촬영할 때 낙마해 중상을 입기도 했다. 예전에도 말에서 떨어질 뻔했다가 말의 목을 안고 겨우 위기를 모면했던 그였는데, 결국 화를 당한 것이다. 그보다 1년 전 장일호 감독의 〈화랑도〉(1962) 촬영 때도 문 씨를 태운 말이 돌연 놀라서 질주한 적이 있었는데, 그때는 내가 말을 몰고 10리쯤 뒤쫓아서 겨우 고삐를 잡아 세운 일도 있었다. 스크린에서 질릴 만큼 말을 타서인지, 나는 영화계를 떠난 뒤로는 취미로도 말을 타지 않았다.

죽음은 찰나에 존재한다

위험한 것이 어디 말뿐이랴. 이강천 감독의 〈나그네〉(1961)를 찍을 때는 까딱하면 익사할 뻔도 했다. 아버지(김승호)가 노름만 아는 불효한 아들(나)을 정신 차리게 한다고 배에 태워 한겨울 팔당호에 빠뜨리는 장면에서다. 촬영 전날에, 아내는 내가 감기라도 걸릴까 봐 걱정이 이만저만이 아니었다. 그러고는 한 가지 묘수를 찾아냈다.

"여보, 내가 밤새 바느질을 해서 비닐 옷을 만들었어요. 한복 안에 비닐 옷을 겹쳐 입으면 좀 따뜻하지 않겠어요?"

아내의 마음은 고마웠지만, 막상 물에 빠지고 나니 아차 싶었다. 비닐 안으로 물이 가득 들어차서 되레 몸이 천근만근이 됐다. 몸이 얼어붙어 헤엄칠 수도 없고 그대로 빠져 죽는 줄만 알았다. 배를 부여잡은 끝에 겨우 목숨을 건졌다.

위험하기는 전쟁영화가 더했다. 〈빨간 마후라〉의 엔딩 장면은 특등 사수가 10m 뒤에서 실탄을 쏴서 연출한 것으로 유명하다. 신상옥 감독은 목숨 아까운 줄도 모르고 야생마처럼 활주로를 뛰어다녔다. 아이모, 미첼 같은 육중한 카메라를 들고 비행기에 올라타 공중 장면을 직접 촬영하기도 했다. 한번 몰입하면 끼니를 거를 때도 많았다. 새벽같이 나온 배우들도 추위와 굶주림에 함께 떨었지만, 누구 하나 불평하지 않았다. 솔직히, 누가 신 감독을 말리겠는가?

〈5인의 해병〉의 김기덕 감독도 대단했다. 전투 장면을 실감 나게 찍겠다며 진짜 실탄을 썼다. 병사들이 후퇴하는 장면이었다. 강변 모래사장에서 배우들을 뛰게 한 다음 뒤에서 실탄 사격을 했다. 총알이 박히면서 모래가 펑펑 튀어 올랐다. 그때 함께 죽어라 뛰었던 곽규석과 최무룡, 황해, 박노식 모두 세상을 떠나고 이제 나만 남았다.

열악했던 제작 환경

당시는 지금과 비교할 수도 없을 정도로 제작 환경이 열악했다. 촬영 스튜디오가 거의 없다 보니 허허벌판에 세트를 세우고 찍는 일은 예사였다. 눈이나 비를 맞는 것까지는 감수할 수 있었지만, 문제는 실내 장면이었다. 계절에 맞지 않게 배우들 입에서 허연 입김이 나오면 이상하지 않은가. 그럴 때는 응급처치로 감독이 '레디 고'를 외치기 직전까지 입에 얼음을 물고 있다가 뱉었다. 그렇게 하면 입안과 바깥의 온도 차이가 없어져 입김이 나오지 않기 때문이었다. 한 장면 한 장면 그런 식으로 찍다 보면, 온몸이 동태처럼 얼어붙었다.

촬영 소품도 엉성한 게 많았다. 임권택 감독의 데뷔작인 〈두만강아 잘 있거라〉(1962)에서는 내가 자칫 상대 배우를 해칠 뻔했다. 소품용 총으로 엑스트라 배우의 머리를 쏘는 장면이 있었는데, 방아쇠를 당기기 전에 어쩐지 좀 불안한 생각이 들었다.

"임 감독, 혹시 모르니 소품용 총이라고 해도 테스트 한번 해

봅시다."

두꺼운 골판지를 구해서 방아쇠를 당겨봤더니, '퍽' 하며 구멍이 뚫렸다. 바쁘다고 그냥 진행했다면 상대 배우가 크게 다쳤을 수도 있었다. 임 감독뿐만이 아니다. 1960년대 감독들은 전투 장면에서 실탄을 자주 사용했다. 감독과 배우, 스태프들은 언제나 위험에 노출될 수밖에 없었다. 한국 액션영화의 대가인 정창화 감독은 나도 출연했던 〈사르빈강에 노을이 진다〉(1965)를 찍을 때, 박격포탄이 터지면서 공중으로 튀어 오른 돌 조각에 머리를 다쳐 무려 열일곱 바늘을 꿰맸다고 한다.

왕년의 무용담을 자랑하려던 것은 아니다. 사실 자랑할 것도 못 된다. 나보다 더한 위험을 견뎌내며 연기한 배우들도 많을 것이다. 다만 배우고, 익히고, 반복하는 노력의 중요성을 말하다 보니 이야기가 길어졌다. 우주를 날아다니고 심해를 탐사하는 스펙터클 영화에 익숙한 요즘 세대에게는 호랑이 담배 피우던 시절의 동화처럼 들리겠지만 말이다.

영화 인생 유일한 스캔들

예나 지금이나 배우에게 가장 치명적인 것은 스캔들이다. 불미스러운 사건이 터지면 그간 쌓아온 명성과 업적이 하루아침에 무너질 수 있다. 공인으로 불리는 연예인들이 가장 조심해야 할 대목이기도 하다. 나는 평소 남의 말을 하는 것을 좋아하지 않는다. '열 길 물속은 알아도 한 길 사람 속은 모른다'라는 옛말처럼, 내 주관적인 판단이 얼마나 위험한 것인지 잘 알고 있기 때문이다. 워낙 말이 많고 탈도 많은 충무로인지라 말 한마디 잘못했다가 상대에게 돌이킬 수 없는 화禍를 입힐 수도 있다. 자칫 평생의 원수가 될 수 있다.

지금도 예전 연예계 생활에 대해 궁금해하는 이들이 많다. "○○ 씨, 잘 아시죠. 그때 어떤 일이 있었나요?", "□□ 씨와 △△ 씨는 연인 사이 아니었나요?" 등등. 하지만 나는 대체로 빙긋이

웃는 것으로 답을 대신한다. 특히 남녀 문제에서만큼은 입단속을 철저히 해왔다.

서른이 넘어 충무로에 들어온 나는 이미 결혼하고 아이도 있는 몸이었기에, 자기관리에 꽤나 신경을 썼다. 영화배우로서의 인기가 올라가면서 이런저런 유혹이 없었던 건 아니다. 하지만 생명력 있는 배우가 되려면 무엇보다 나 스스로 부끄러운 데가 없어야 한다고 생각했다.

물론, 대중스타에게 스캔들은 일면 인기의 또 다른 지표가 될 수 있다는 사실을 모르는 것은 아니다. 하지만 영화배우를 늦게 시작한 터라, 연기 이외의 다른 곳에 눈을 돌릴 여유가 없었다. 무엇보다 충무로 생활에 어렵게 동의해 준 아내를 생각해서라도 한눈을 팔 수 없었다. 그런 나인데도 피할 수 없었던, 60년 영화 인생의 유일한 스캔들이 있다. 바로, 홍콩의 유명 여배우 린다이林黛와의 염문설이다.

1964년 3월께다. 〈빨간 마후라〉의 엔딩이었던 적탄에 맞아 죽는 장면을 찍고 곧장 공항으로 달려갔다. 한국과 홍콩의 합작 영화인 〈비련의 왕비 달기〉(1964) 촬영을 위해 홍콩으로 가기 위해서였다. 나는 중국 은나라의 마지막 왕인 주왕 역을, 린다이는 주왕의 애첩인 달기 역을 맡았다. 달기는 희발(남궁원)을 사랑하면서도 아버지의 원수를 갚으려고 주왕의 후비가 되고, 감언이설로 주왕을 더욱 포악하게 만드는 캐릭터였다.

영화 〈비련의 왕비 달기〉 속 린다이와

〈비련의 왕비 달기〉 포스터

화려한 삶에 도사린 슬픔

우리는 70일 동안 같이 촬영하면서 동료 배우로서 가까워졌다. 린다이는 당시 홍콩의 톱스타로 최고의 인기를 누렸지만, 남모르는 고민이 있었다. 바로 남편 문제였다. 한주먹 하는 남편의 폭력 때문에 힘들어했던 것이다. 안타깝게도 그녀는 영화 촬영이 끝나고 얼마 되지 않아 극단적인 선택을 했다. 홍콩과 한국 언론에서는 그녀의 죽음을 집중적으로 다뤘고, 급기야 나와 관련이 있다는 기사까지 터졌다. 나를 사모해서 사랑을 고백했다가 거절당하자 삶을 비관한 것이라는 내용이었다.

당시엔 뒤통수를 세게 얻어맞은 기분이었다. 그럼에도 고인에게 누가 될까 봐 아무런 해명도 내놓지 않았다. 내가 알고 있는 진실은 이랬다. 한창 영화를 찍던 중에 린다이와 나눈 대화가 기억난다. 우리는 상대방의 언어를 몰랐기에, 영어와 보디랭귀지를 섞어서 소통하곤 했다.

린다이	저는 정말 사랑에 빠져버렸어요. 당신과 결혼하고 싶어요.
나	이봐, 린다이. 나는 가정을 가진 사람이에요. 와이프가 있어요.
린다이	무슨 상관이에요? 홍콩에서는 관계없어요. 그분은 한국 와이프이고, 여기서는 제가 당신 와이프를 하면 되잖아요.

홍콩에서 영화를 촬영하는 동안 아내는 내 스케줄 관리를 포함해 온갖 뒷바라지를 해주었다. 가정불화를 겪고 있던 린다이 입장에서는 다정한 우리 부부 사이가 적잖이 부러웠던 모양이다. 나만큼이나 린다이와 가깝게 지내던 아내 역시 이러한 해프닝도 너그럽게 이해해 주었다. 그와 나 사이에 아무 일도 없었다는 건 아내가 제일 잘 알고 있다. 촬영을 마치고 한국에 들어왔을 때, 린다이에게서 연락이 왔다. "한국이 어떤 곳인지 궁금해요. 저도 꼭 한번 가보고 싶어요." "그래요, 잘 대접할 테니 언제든 오세요."

이런 말을 주고받은 지 얼마 되지 않아 그녀를 영영 볼 수 없게 됐다는 소식을 들었다. 안타깝고 비통했지만, 린다이의 장례식조차 가보지 못했다. 나중에 만난 그의 선배 배우 리리화李麗華는 "린다이가 당신을 얼마나 생각했는데, 장례식조차 오지 않았느냐"라며 나무랐다.

하지만 나로선 불가피한 선택이었다. 그녀의 죽음이 나와 관련이 있는 것으로 오해받는 상황이었기에, 섣부르게 행동할 수 없었다. 혹여 내 아내가 상처를 받진 않을까 걱정됐고, 그녀의 남편을 비롯한 유가족의 얼굴을 보기가 두렵기도 했다. 또 한편으로는 정말 나 때문에 가정불화가 심해진 건 아닐까 미안한 마음도 있었다. 이유가 어찌 됐든, 저세상에서 그녀를 만나면 진심으로 사과하고 싶다.

진실이 선물이 될 때

당시 린다이와의 스캔들은 뜨거운 화제를 몰고 다녔다. 한국과 홍콩의 톱스타가 관련된 일이니 호사가들에게 더할 나위 없는 얘깃거리가 되었다. 촬영을 마치고 한국에 돌아왔을 때는 진상을 밝히라는 언론의 요구가 빗발쳤다. 딱히 숨길 것도 없었다. 1964년 영화잡지 〈영화연예〉 11월 상순호에 나는 그간 있었던 일을 상세하게 털어놓았다. 아시아영화제에서 네 번이나 여우주연상을 받은 린다이의 명복을 빌면서, 기사들의 가십성 보도가 더는 확산되지 않기를 바랐다. 그것이 그를 아끼던 나의 보답이고, 또 나를 사랑하고 따랐던 그에게 주는 마지막 선물이라는 생각에서였다.

그때도 영화팬들은 집요했다. 밤 10시에 우리 집에 직접 전화를 걸어 사정을 따지는 극성팬도 있었다. 연예부 기자들의 관심도 끊이질 않았다. 급기야 아내가 같은 잡지 11월 하순호에 린다이와의 염문설에 관해 직접 글을 쓰기도 했다. 아내는 스타의 사생활도 존중받아야 한다고 말했다. 그 일부를 인용한다.

지금의 애기 아빠는 나 하나만이 아닌 스크린을 통한 이천만의 애인이며. 이천만 명에게 꿈을 부어주는 이천만의 꿈 속 환상이다. 그러나 가정에 돌아오면 애기 아빠이며 나의 남편이고 바쁜 틈을 타서라도 종로교회에 나가 흐트러진 심정에 마음의 양식을 섭취하는 분이다. (중략) 나는 그이의 건강을 언제나 염려한다. 그이는 내일의 한국영화를 위해서 또 밤을 새워야 한다. 나는 스포트라이트를 받는 부군에게 밀려서 미소를 지으련다.

영화가 남긴 기록들

2020년 설날은 가족과 함께 홍콩에서 보냈다. 1964년 홍콩에 머물며 〈비련의 왕비 달기〉를 찍었던 기억이 새록새록 떠올랐다. 고인이 된 린다이의 절친이었던 동료 배우 리리화를 만나고 싶었으나, 그 또한 2007년 3월, 92세를 일기로 타계했다는 소식을 들었다.

개인 스캔들과는 별개로, 〈비련의 왕비 달기〉는 한국영화사에서 성공적인 합작 영화 모델로 평가받는다. 신상옥 감독의 신필름과 런런쇼邵仁楞 대표의 쇼브라더스는 한국과 홍콩을 이끌어가는 영화사였다. 두 영화사가 만난 것만으로도 한껏 기대를 모았다. 연출은 최인현 감독과 홍콩의 악풍岳楓 감독이 맡았다.

아시아 21개국에 동시 개봉된 이 영화는 화려한 궁중 세트 등의 볼거리를 제공해 흥행에 성공했다. 당시로선 상상하기 힘든 대규모 예산이 투입됐는데, 영화에 동원된 말이 3,500필, 엑스트라는 무려 10만 5,000명에 달했다. 이 영화로 나는 제4회 대종상 남우주연상을 받았다. 국내에서는 국제극장에서 개봉해 20만이 넘는 관객 수를 기록했다. DVD는 홍콩 개봉 버전으로

만 출시돼서 못내 아쉬웠으나 2018년에 한국영상자료원에서 국내 개봉 버전을 4K 화질로 복원했다니 다행스러운 일이다.

1960년대 홍콩에서 한국영화의 인기는 대단했다. 남궁원과 이예춘 씨와 홍콩 공항에 도착했을 때, 엄청난 카메라 플래시가 터졌다. 홍콩 시민들은 "왕배우가 왔다"며 환호를 보냈다. 영화 일정을 마친 후엔 런런쇼 대표가 배우들을 초청해 극진한 음식을 대접했는데, 이후에도 그렇게 맛있는 중국요리를 먹어본 적이 없는 것 같다.

당시 홍콩은 이미 컬러영화 시대를 누리고 있었고, 영화배우의 위상도 우리와 달랐다. 홍콩 배우들은 1년에 3편 정도의 영화에 출연하면서도 저택에 살면서 고급 승용차를 몰며 풍요로운 생활을 누렸다. 반면, 당시 한국 배우들은 1년에 20편 남짓 영화에 겹치기 출연을 하고도 홍콩 배우들 출연료의 절반도 되지 않는 돈을 받았다. 홍콩에서는 아무리 촬영 스케줄이 많아도 오후 7시 30분 이후에는 절대 일을 하지 않았다. 밤샘 촬영을 밥 먹듯 하는 우리로서는 꿈 같은 생활이었다.

하지만 나는 머지않아 한국영화가 홍콩을 압도하고 해외에 명성을 떨칠 것으로 확신했다. 열악한 조건에서도 감독과 배우를 포함한 영화인들의 열정과 실력은 뒤지지 않는 정도가 아니라, 훨씬 뛰어났기 때문이었다. 2020년 오늘, 그 예상이 빗나가지 않도록 노력해 온 모든 충무로 관계자에게 경의를 표한다.

만인의 연인이던 날들

요즘처럼 보고 듣고 즐길 거리가 많지 않던 1960~70년대, 영화는 많은 사람에게 유일한 즐거움이었다. 당시 극장가는 어른이나 아이 할 것 없이 영화를 보려는 사람들로 늘 붐볐다. 서울 시내 개봉관은 물론 변두리 재개봉관, 재재개봉관에도 영화팬들이 북적댔다. 보통 사람들은 필름을 너무 많이 틀어 비가 죽죽 내리는 화면을 보면서 일상의 고단함을 달랬다. 1988년 제작된 〈시네마 천국〉 속 옛날 극장을 떠올려 보면 고개를 끄덕일 수 있을 것이다.

한국전쟁의 포성이 멈추고 사회적으로 안정을 찾아가던 1950년대 후반부터, 한국 극장 문화도 새로운 전기를 맞았다. 2019년 9월 한국영화 100주년을 기념해 출간된 《한국영화 100년 100경》에 따르면, 1957년 국제극장 개관을 비롯해 대한극장, 명보극장, 아카데미극장, 을지극장, 피카디리극장 등이 줄지어 신축되었다. 당시 서울 시내 개봉관은 총 11개였고, 재개봉관을 합하면 서울 안에 48개의 극장이 있었다. 이러한 극장 문화는 1960년대에도 쭉 이어졌다. 물론 지금은 최첨단 멀티플렉스에 밀려 모두 사라지고 말았지만.

영화가 최고의 오락거리였던 시대 분위기 덕분에, 나는 배우로서 이루 말할 수 없는 사랑을 받았다. 하루에도 수십 통의 팬레터가 집으로 날아들었다. 나는 아무리 바빠도 되도록 답장을 하려고 애썼다. 언제나 그랬듯 스타는 팬들의 응원을 먹고사는 존재가 아닌가. 팬과 스타의 관계는 물과 물고기의 관계와 같다.

당시 스타와 팬들의 소통 통로는 팬레터였다. 요즘 같은 조직적이고 체계적인 팬클럽은 없던 때였다. 촬영을 마치고 집으로 배달된 팬레터 뭉치를 뜯어보며 나는 하루의 피로를 풀곤 했다. 영화배우로서의 존재감도 확인할 수 있었는데, 하루 평균 20~30통, 많을 때는 40~50통씩 배달됐던 것으로 기억한다.

오해를 부른 립스틱 자국

한번은 팬레터 때문에 아내에게 오해를 받은 적이 있다. 영화 촬영 중 잠시 쉬는 사이, 한 외국인 여성이 기념사진을 찍자며 다가왔다. 사진을 함께 찍은 다음 날, 그는 또다시 촬영장 근처로 와서 수줍게 영어로 쓴 편지 한 통을 건넸다. 집에 가서 읽으려고 재킷 안주머니에 편지를 넣어뒀는데, 아내가 그걸 발견하곤 불같이 화를 냈다. 나를 사랑한다는 내용과 함께 키스 마크가 찍혀 있었던 모양이다. "여보, 이 편지 뭐예요? 대체 어떤 사이이기에 여자가 편지에 자기 입술 자국까지 남겨요?" "아, 외국인이라 거침없이 표현한 모양인데, 그냥 팬이라면서 준 편지예요. 이상한 사이는 아니니 절대 오해하지 마세요."

팬클럽이 없던 시절에는 팬 중에서 누군가가 대표로 편지를 보내 만남을 주선하면, 그게 일종의 팬미팅이 됐다. 그들을 촬영장으로 초대해서 이야기를 나누고 기념사진을 찍는 것이 전부였지만, 그것만도 즐거운 추억으로 남았다. 가끔 무대 인사를 가면 구름같이 몰려드는 팬들 때문에 곤혹스러울 때도 있었다. 배우들이 지나갈 때 손을 뻗어 만지려고 하다 보니 옷이 뜯기거나 넥타이나 손수건 등을 뺏기는 일도 다반사였다. 그래도 이 정도는 웃어넘길 수 있는 에피소드다.

한밤중에 걸려온 괴전화

지나친 팬심은 가끔 도를 넘기도 했다. 어느 날, 한밤중에 집으로 전화가 걸려왔다. 아내가 전화를 받자 상대방이 대뜸 소리를 질렀다고 한다. "야 이X아, 신영균을 너 혼자 데리고 사냐?" 발신번호 추적 기능도 없던 시절이라 아내는 속수무책으로 이런 욕설을 들어야 했다. 스타의 아내라는 이유만으로 말이다. 전

1960년대 중반 최고의 인기를 구가하던 배우들과

화뿐 아니라 집 앞까지 찾아와 소동을 피우는 이들도 있었다. 내가 눈코 뜰 새 없이 촬영장에 불려 다닐 때 아내 혼자 이런 일을 감당했다고 생각하니 지금도 미안하다. 지금은 상상할 수 없겠지만, 당시 영화잡지에는 배우들의 집 전화번호까지 실려 있었다. 그러니 팬들이 마음만 먹으면 언제든지 연락할 수 있었던 것이다. 배우의 프라이버시에 대한 개념도 희박했던 시절이다.

수많은 팬레터를 받아봤지만 지금도 잊을 수 없는 엽기적 혈서 팬레터가 있다. 아내가 "배우의 아내로서 힘들었던 게 많았겠죠?"라는 질문을 받을 때마다 빼지 않고 꺼내는 에피소드이기도 하다. 서울 쌍림동에 살 때였는데, 새벽기도를 마치고 돌아오신 어머니가 집 앞에 놓여 있던 작은 상자를 아내에게 건넸다. "애미야, 편지 받아라. 영균이한테 온 건가 보다." 상자 속 편지를 펼친 아내가 소리쳤다. "어머님 이것 좀 보세요. 누군가가 영균 씨에게 '당신을 사랑한다'고 혈서를 써서 보냈어요."

발신인은 지금도 알지 못한다. 뜨거운 팬심을 드러내고 싶어서였겠지만, 우리 가족에게는 공포감을 줄 수 있는 행동이었다. 어쩌면 폭력에 가까웠다. 나도 집에 돌아와서 편지를 읽었지만, 마음이 편치 않았다. 1963년에 김희갑, 최은희, 김진규, 구봉서 등 당대 스타 8인의 반세기 인생을 돌아본 《산 넘고 물 건너》라는 단행본이 출간된 적이 있다. 나도 필자로 참여했는데, 그 안에 혈서 내용을 짤막하게 소개했다.

저는 신영균 씨를 내 생명을 다하여 사랑하는 30세의 과부입니다. 선생님의 〈열녀문〉을 보고 더욱 강렬한 사랑을 느꼈습니다. 저를 한 번만 꼭 만나주세요. 저의 소원입니다. ○월 ○일 ○○ 다방에서 기다리겠어요. (중략) 사랑하는 신 선생님의 건승을 빕니다.

내용은 나에 대한 사랑을 고백한 것이었지만, 어안이 벙벙했다. 아무리 너그럽게 해석해도 혈서 자체는 섬뜩했다. 상대방을 고려하지 않는 일방적인 메시지는 무례한 행위가 된다. 진정한 팬이라면 최소한의 예의를 갖춰야 하지 않을까. 혈서 사건 이후 다른 팬들에겐 송구스럽지만 팬레터를 뜯어서 읽어보지 않기로 했다. 그만큼 충격이 컸던 탓이다.

팬레터도 그렇지만, 시도 때도 없이 걸려오는 전화도 골칫거리였다. '학비를 대달라', '여비가 떨어졌다', '생업자금을 빌려 달라' 등 갖가지 요구를 내걸었다. 심지어 '도와주지 않으면 당장 죽어버리겠다'며 위협하기도 했다. 요즘 같았으면 당장 경찰에 전화를 걸어야 했을 일들이다.

사랑과 집착 사이에서

그 무렵, 사회적으로는 아동 유괴사건이 빈번했다. 설상가상으로 아들과 딸을 납치하겠다는 협박 전화까지 걸려오자 아내의 불안은 극에 달했다. 우리는 결국 아이들이 다니는 초등학교와 가까운 곳으로 이사했다. 집안 살림을 도와주는 분이 아이들 등·하굣길에 동행하기도 했다.

스타와 팬의 바람직한 관계에 대한 고민은 예나 지금이나 필요한 것 같다. 팬이 있기에 스타도 있을 수 있다지만, 본인이나 가족의 안전까지 위협하는 팬의 행동은 용납하기 어렵다. 가장 이상적인 관계는 '선행'이라는 연결 고리로 스타와 팬이 더욱 돈독해지는 관계가 아닐까 싶다. 최근 온·오프라인에서 활동하는 팬클럽 중에는 성금을 모아 이웃을 돕고, 또 부당한 사회문제에 적극적인 목소리를 내고 있는 이들도 보인다. 대중문화 발전과 더불어 우리 팬클럽 문화도 성숙해지는 것 같아 반갑고 즐겁다.

나에게도 평생 잊을 수 없는 팬이 있다. 가장 각별한 팬은 2020년 아흔여섯을 맞은 고금순 여사가 아닐까 싶다. 나보다 네 살 많은 고 여사는 5년 전부터 아들 정장덕 씨와 함께 해마다 연극·영화인 자녀를 위한 장학금 300만 원을 기부하고 있다. 서울 신당동에서 야채가게를 하며 모은 돈이라고 한다. 2020년 일흔이 된 아들도 초등학교 시절부터 나와 관련된 신문기사를 수집했단다. 그들의 한결같은 사랑을 받으면서 나도 더 힘을 내려고 한다.

신영균예술문화재단에서는 매년 18개 연극·영화 단체의 추천을 받아, 장학금 지급 대상자 20명을 선정한다. 10년 이상 연극·영화계에 종사한 사람의 자녀 중 대학생은 B학점 이상, 고등학생은 5등급 이상이면 신청할 수 있다. 20명 중 1명에게 고금순 모자가 직접 장학금을 주는 셈이다. 고 여사는 나를 볼 때

2012년 부산국제영화제에서
에르메스 코리아가
증정한 '디렉터스 체어'에
앉은 모습

〈미워도 다시 한번〉 특별 상영을 마친 뒤 팬들에게 사인해 주는 모습

마다 "잘 있었지요? 건강해야 해요"라며 덕담을 건넨다. 스타와 팬의 60년 우정은 이렇게 선행을 통해 더 끈끈해지고 있다.

장학 사업도 재단을 설립하면서 시작했으니 2020년 올해로 10년째가 된다. 국내 첫 영화관인 단성사 빌딩을 인수해 영화역사관으로 재탄생시킨 백성학 영안모자 회장도 앞으로 장학금 기부에 동참하겠다는 뜻을 밝혀왔다. 단비처럼 반가운 소식이다. 앞으로도 장학 사업이 계속돼 더 많은 연극·영화인 자녀가 혜택을 받을 수 있기를 바란다. '딴따라'라는 설움을 극복해가며 꿈을 좇느라 가정에 소홀했을지 모르는 수많은 배우와 그 가정에 조금이나마 격려가 됐으면 한다.

한국영화사에

남을 이름들

사랑해서 다시 한번, 전계현

"선생님, 전계현 선배님이 돌아가셨대요."

2019년 12월 21일 토요일 오후, 배우 문희의 연락을 받았다. 내가 "누구라고, 누구?"라고 묻자 문 씨는 "〈미워도 다시 한번〉의 본마누라 말이에요"라고 대답했다. 믿기지 않았다. 청천벽력이었다. 바로 2주일 전쯤에 함께 점심을 한 전 씨 아닌가. 그때 전 씨는 꽤 건강해 보였다. 90여 년을 살았지만, 처음으로 '밤새 안녕하셨어요?'라는 인사말이 실감 나는 순간이었다. 그 식사 자리에는 아내도 동석했다. 아내가 "80대 초반인데, 어쩜 그리 주름 하나 없어요?"라며 묻자, 전 씨는 "젊었을 때나 지금이나 체중이 그대로예요. 더 찌지도, 빠지지도 않았어요. 매일 열심히 운동한 덕분이죠" 하며 환하게 웃었다.

이튿날 서울성모병원에 문상을 갔다. 지난 50여 년 동안 배우로, 생활인으로, 더 없는 동료로 지내온 사이였기에 그를 떠나보낸 빈 구석이 크게 느껴졌다. 장례식장에는 문희가 먼저 도착해 있었다. 영정 속의 전 씨가 우리를 반갑게 맞는 듯했다. 문희가 먼저 말을 꺼냈다. "1971년 서울 수유리 아카데미 하우스에서, 전 선배님이 조경철 박사님과 결혼할 때 모습이 지금도 생생해요." 나는 우리가 영화 〈미워도 다시 한번〉을 찍던 순간이 떠올랐다. "문희 씨, 영화에서나 현실에서나 정답게 지내온 지난 시간이 고마울 뿐입니다."

전 씨와 천문학자 조경철 박사의 결혼은 장안의 화제였다. 당시 조 박사는 달에 착륙한 아폴로 11호의 발사와 귀환 과정을 통역하고 해설하면서 큰 주목을 받았고, '아폴로 박사'란 별명이 붙어 TV 토크쇼에도 출연하는 등 대중스타급 인기를 누리고 있었다. 정상급 배우와 스타 과학자의 만남, 영화 속 커플과 같아 언론에서 대서특필했다. 신문 1면에 나올 정도였다. 시조시인 노산 이은상 선생이 주례를 맡아 더욱 주목받았다.

전계현, 조경철 커플이 부부의 연을 맺은 계기도 영화다. 바로 〈미워도 다시 한번〉이다. 1968년 박정희 대통령의 해외 유치 과학자 1호로 귀국한 조 박사는 우연히 이 영화를 본 뒤에 전 씨에게 적극적으로 다가갔다. 영화 속에서 남편이었던 내가 젊은 혜영(문희)을 몰래 사귀는데, 그녀가 8년 만에 데려온 어린 아들(김정훈)을 본처인 전 씨가 묵묵히 받아들이며 인내하는 모습에 반했다는 것이다. '저런 천사 같은 여자가 있을까?' 하는 마음에 조 박사는 전 씨에게 구애했고, 전 씨는 조 박사가 당시 구하기 힘

영화 〈미워도 다시 한번〉 속
전계현 그리고 문희

천문학자 조경철 박사와 전계현의 결혼식 장면

든 커피 프림을 안겨주고, 영화 〈잊혀진 여인〉(1969) 포스터에 나온 자신의 모습을 유화로 그려 선물했다는 얘기도 전했다. 정소영 감독의 〈잊혀진 여인〉에는 나도 출연했는데, 주로 조연을 맡았던 전 씨가 주연으로 발돋움한 작품이다. 전 씨는 미국 유학을 떠난 남편을 기다리다가 지쳐서 잠깐 탈선하게 되는 불행한 삶을 연기했다. 다분히 신파조의 영화이지만, 그해 흥행 전체 3위에 오르기도 했다.

〈미워도 다시 한번〉은 정소영 감독이 〈잊혀진 여인〉보다 1년 먼저 선보인, 불후의 히트작이다. 내게나 전 씨에게나 분수령이 된 작품이다. 머슴이나 임금 등 강인한 남성상을 주로 소화해 온 내가 본격 멜로물에 처음 도전한 영화이기도 하다. 정숙하면서도 생활력이 강한 아내와 귀엽고도 청순한 여인 혜영 사이에서 갈피를 못 잡는 우유부단한 가장, 신호 역을 맡았다. 나는 고급 정장 차림에 콧수염을 기른, 도시의 성공한 중년 남성으로 변신했다. 전 씨는 나보다 2년 먼저 충무로에 입성했지만, 이 영화를 통해 중량급 조연에서 톱스타로 우뚝 서게 됐다. 이 영화는 내가 〈빨간 마후라〉 다음으로 꼽는 인생작이다. 작품을 하나 더 추가하라면 〈연산군〉을 들 수 있다.

도시화 물결 속 흔들리던 마음들

〈미워도 다시 한번〉은 대중에게서 폭발적 인기를 얻었다. 서

영화 〈미워도 다시 한번〉 속 장면들

울 국도극장 한 곳에서만 37만 관객을 끌어들였다. 1968년 서울 인구가 갓 400만 명을 넘었을 때니, 서울 시민 10명 중 1명이 본 셈이다. 재개봉관, 재재개봉관, 지방까지 합하면 그 숫자를 헤아릴 수 없을 정도다. 아마 요즘으로 치면 최소 1,000만은 넘을 것 같다. 1969년, 1970년, 1971년에 속편이 잇따르며 총 4편의 시리즈로 완결됐다. 2편, 3편, 4편도 각각 관객 25만 명, 20만 명, 15만 명을 기록했다. 흥행을 노린 최루성 영화란 시선도 있었지만, 1960년대 도시화 물결 속에서 흔들리는 우리네 가정과 남녀 관계의 민낯을 조명했다는 점에서 그 의미마저 부정할 수는 없을 것이다.

이후 '미워도 다시 한번'이란 말은 일종의 보통명사가 되었다. 간혹 연인들 사이에 다툼이 있어도 이 문구를 인용하며 상대방의 이해와 용서를 구했다. 정치판에서도 유행어처럼 사용됐다. 각종 선거에 나온 후보자들은 다음에는 잘할 테니 다시 한번 기회를 달라는 의미로 유권자에게 호소했다. 그만큼 영화의 파급력이 대단했다.

〈미워도 다시 한번〉은 한국영화사에서 특기할 기록을 남겼다. 히트작 연작물의 효시로 평가된다. 본래 시리즈와 별개로 1980년, 1981년 변장호 감독이 〈미워도 다시 한번 80〉, 〈제2부 미워도 다시 한번〉을 내놓았고, 2002년에는 원조 연출자인 정소영 감독이 〈미워도 다시 한번 2002〉를 선보였다. 30년 넘게 시리즈의 생명력이 유지된 셈이다. 손수건을 적시는 최루성 멜로영화는 시대와 장소를 불문하고 관객들의 마음을 사로잡는 힘이 있는 것 같다. 장르는 다르지만, 장기 히트작으로 1980년대 한국 에로영화의 시발점이 된 〈애마부인〉 시리즈 13편이 있다.

솔직히 나는 노래에는 소질이 없지만, 〈미워도 다시 한번〉의 주제가는 지금도 가끔씩 흥얼거린다. 〈빨간 마후라〉 주제가를 포함해 내가 부를 줄 아는 단 두 개의 노래 중 하나다. 원작 영화에서는 인기 최고의 가수인 남진과 이미자 씨가 불러 공전의 히트를 했다. 영화 내용을 모르는 사람은 있어도, 노래를 모르는 사람은 없을 정도였다. 중장년 팬이라면 눈을 감고도 따라 부를 수 있을 것이다. 추억 삼아 그 가사를 옮겨본다.

이 생명 다 바쳐서 죽도록 사랑했고
순정을 다 바쳐서 믿고 또 믿었건만
영원히 그 사람을 사랑해선 안 될 사람
말없이 가는 길에 미워도 다시 한번
아 아 안녕

지난날 아픈 가슴 오늘의 슬픔이여
여자의 숙명인가 운명의 장난인가
나만이 가야 하는 그 사랑의 길이기에
울면서 돌아설 때 미워도 다시 한번
아 아 안녕

지금도 이 노래를 부르면 왠지 코끝이 찡해진다. 한국 신파,

멜로의 원형과도 같은 작품이다. 내게 본처와 연인 사이에서 방황하는 중년 남성의 캐릭터를 선물해 준 동갑내기 정소영 감독에게 고맙다. 사실 처음에는 멜로보다 사극과 전쟁물이 몸에 맞았고, 또 충실한 가장을 인생의 좌표로 삼고 있던 나였기에, 영화 속 주인공 역할을 잘해낼 수 있을까 의구심도 들었다. 하지만 정 감독은 "이건 꼭 신영균이 해야 한다"고 간곡하게 부탁했다. 물론 스타가 출연해야 제작과 흥행에 도움이 될 거라고 생각했을 것이다. 하지만 내 입장에서도 새로운 장르에 도전할 수 있다는 점에서 망설일 이유도 없었다.

시나리오를 받아서 보니 내용이 좋았다. 1960년대 후반 한국 사회의 현실이 잘 반영되어 있었다. 아내와 연인이 한 남자를 사랑하고, 또 두 여성 모두가 서로의 존재를 받아들이는 모습이 2020년 오늘날 현실과 동떨어져 보이겠지만, 거기에는 붕괴되는 가부장 윤리의 단면이 고스란히 담겨 있었다. 원래 1편만 하려고 했지만, 결국 4편 완결편까지 연이어 참여하게 됐다. 시나리오가 좋아서 중간에 그만둘 수 없었다. 1편과 2편의 시나리오는 이성재 작가가, 3편과 완결편은 안방극장의 미술사로 등극한 김수현 작가가 썼다. 속편을 만들면서 일부 갈등도 있었다. 1편을 함께 만들었던 정소영 감독과 이성재 작가가 2편을 놓고 다툼을 벌였는데, 정소영 감독이 먼저 제작신고를 하면서 속편의 권리를 확보했다. 이성재 작가는 엇비슷한 내용의 영화 〈떠나도 마음만은〉을 만들어 1969년 개봉하기도 했다.

〈미워도 다시 한번〉의 헤로인은 문희다. 사랑하는 남성의 아이를 낳아 혼자 키우다가 눈물을 흘리며 아이를 다시 본처에게 보내는 비운의 캐릭터였는데, 당시 극장가를 눈물바다로 만들었다. 아역 배우 '꼬마 신랑' 김정훈의 인기도 식을 줄 몰랐다. 남편이 몰래 낳은 자식을 거둬들이는 본처 또한 애처롭긴 마찬가지였다. 흔들리는 남편과 가련한 젊은 여성 사이에서 어렵게, 어렵게 중심을 잡아주는 캐릭터다. 겉으론 침착해 보여도, 속으로는 얼마나 애가 탔을지, 짐작하기도 어렵다.

별처럼 빛나기를

나와 전계현은 스크린을 떠나서도 막역한 사이로 지냈다. 우리는 부부끼리 식사도 자주 했다. 한번 만나면 옛 이야기가 빠질 수 없었다. 내가 "개봉 당시 표를 사려는 인파가 을지로 4가 국도극장에서 을지로 3가 네거리를 지나 명보극장까지 이어졌다"고 하면, 전 씨는 "남자든, 여자든 손수건을 들고 훌쩍거리며 극장 문을 나섰죠. 홍콩과 대만에서도 인기가 대단해 사인 요청이 밀려들었어요"라고 말하며 즐거워했다. 실제로 〈미워도 다시 한번〉은 일본과 대만에 수출돼 한국영화의 위상을 높였다. 2003년 '영화의 고향을 찾아서' 사업에 대상작으로 선정되어, 촬영지인 강원도 동해시 묵호등대 앞에 기념비도 세워졌다.

나의 아내도 나와 함께 영화에 출연한 여배우 중에서는 전 씨와 가장 가깝게 지냈다. 크고 작은 일을 상의할 만큼 사이가 도타웠다. 셋이서 만날 때면 아내는 "내가 본본마누라"라며 분위기를 돋우곤 했다. 이 같은 농담에 전 씨가 크게 웃었던 기억이 새롭다. 전 씨는 경기도 파주 통일동산에 있는 남편의 묘소 옆에 누웠다. 천문학자인 남편과 함께 그곳에서 영원히 별처럼 빛나지 않을까 싶다.

김승호, 충무로의 영원한 아버지

1960년대는 한국영화 황금기였다. 당대 전성기를 누렸던 김승호, 김진규, 최무룡, 신성일 등 최고 스타들이, 이제는 진짜 별이 되어 하늘을 수놓고 있다. 지금은 함께 활동했던 남자 배우 중 남궁원, 윤일봉 씨를 비롯한 몇만 남았다. 동시대를 살며 한국영화의 역사를 함께 써내려간 사람 중 하나로서, 이들을 기억하고 추모하는 것이 당연한 의무일지도 모르겠다. 이제 그 이야기들을 조금씩 풀어내볼까 한다.

배우 김승호는 '충무로의 아버지'로 불린다. 20세기 한국영화사를 대표하는 얼굴 중 하나다. 그는 1960년대 우리네 아버지들의 초상을 정감 있게 그려냈다. 초년병 시절 그를 만난 건 큰 행운이었다. 우리는 영화 〈마부〉와 〈나그네〉, 〈서울의 지붕밑〉, 〈로맨스 그레이〉(1963) 등 숱한 작품에서 부자 관계로 출연했다.

내 영화 속에서도 아버지인 셈이다.

김 씨는 그보다 열 살 아래인 나를 친동생처럼 아껴주었다. "배우는 늘 스캔들을 조심해야 한다", "영화 제작은 절대 하지 마라" 등 애정 어린 훈계도 잊지 않았다. 나도 그를 친형님처럼 따랐다. 말도 많고 부침도 심한 충무로에서, 흔들리지 않고 연기에 집중할 수 있었던 것도 그의 따뜻한 충고 덕분이다.

연기란 이런 것이다

나는 영화계에 입문하기 전부터 그의 영향을 받았다. 그는 내게 일종의 우상과 같았다. 배우 지망생 시절, 그의 연극을 처음 보고 '연기란 이런 것이구나' 깨달았다. 그의 몸짓에는 꾸밈이나 과장이 없으면서도, 생동감이 넘쳤다. 어떤 배역을 맡든 몸에 딱 맞는 옷을 입은 사람 같았다.

1950년대 후반, 그는 최정상급 스타로 전성기를 누렸다. 그의 배우 인생에 전환점이 된 영화는 희곡 〈맹진사댁 경사〉를 영화화한 〈시집가는 날〉(1957)이다. 허영심 가득한 맹 진사 역을 재치 있게 소화해 호평을 얻었다. 그해 5월 일본 도쿄에서 열린 제4회 아시아영화제에서도 그는 특별상인 최우수 희극영화상을 받았다.

내가 영화계에 데뷔한 후 함께 작업한 영화가 쌓여가면서, 그도 나를 동료 배우로 인정해 줬다. 절친한 김수용 감독에게는

영화 〈마부〉 포스터와
영화 속 김승호와 함께

"영균이는 언젠가 나를 누를 것 같아"라는 말도 했다고 한다. 1961년 신상옥 감독의 영화 〈연산군〉에 내가 주연으로 발탁됐는데, 나중에 김 씨도 이 역할에 관심이 있었다는 사실을 알게 됐다. 그렇지만 이런 일로 우리 사이가 어색해진 적은 한 번도 없었다.

예나 지금이나 주연급 배우들끼리는 경쟁의식이 있지만, 우리는 격의 없이 지냈다. 서로의 집에도 자유롭게 드나드는 사이였다. 내가 작품을 많이 하게 되면서 우리 집 살림살이도 구색을 갖춰가기 시작했는데, 그간 셋방살이를 하다가 처음으로 서울 중구 초동에 17평 남짓의 집을 장만했을 때였다.

김승호	야, 스타 집이 왜 이 모양이냐. 앉을자리 좀 있는 집으로 이사해라.
나	치과의사 때는 병원 건물 셋방살이도 했는데, 이 정도면 대궐이지 뭘 그래요?

우리는 친한 형과 동생처럼 이런 말을 주고받았다.

나는 굉장한 노력파인데, 차로 이동할 때나 쉬는 시간에도 늘 대본을 끼고 살았다. 그런 내가 신기했는지, 한번은 김 씨가 이렇게 말한 적도 있다.

김승호	미스터 신, 대사는 왜 달달 외워? 그냥 자연스럽게 연기하면 되지.

나   대사를 외워서 자기 것으로 만들어야 연기도 제대
로 할 수 있을 것 같아서요.

　당시만 해도 주연급 배우는 1년에 수십 편의 작품에 겹치기 출연을 했다. 그렇다 보니 대본을 외우는 게 쉽지 않아 스태프들이 읽어주는 대로 연기하는 일이 다반사였다. 무엇보다 1960년대 초에는 동시녹음이 불가능했기에, 촬영 후 성우들이 별도로 대사를 더빙했다. 대사와 배우의 입 모양이 맞지 않을 때가 일쑤라, 나는 어지간하면 직접 녹음을 고집했다. 그건 김 씨도 마찬가지였다.

　김 씨는 순발력이 대단했다. 그의 애드리브 때문에 촬영장에 웃음이 터지곤 했다. 자연스러운 애드리브는 그냥 타고난 것이 아니었다. 예를 들어 〈마부〉를 촬영할 때 김 씨는 온종일 진짜 마부들을 따라다니며 일거수일투족을 관찰했다. 영화 후반부에는 김 씨가 마차에 깔려서 다리 부상을 입고 깁스를 하는 장면이 나오는데, 그때도 김 씨는 실제로 다리에 장애를 가진 이들을 찾아 그들이 한쪽 다리로 어떻게 걷는지를 연구했다.

　그렇게 만들어진 영화 〈마부〉는 1961년 베를린영화제에서 은곰상(심사위원 특별상)을 받았다. 한국영화 최초 국제영화제 수상작으로, 우리 영화사에서 빠뜨릴 수 없는 쾌거다. 대상 격인 황금곰상 다음으로 우수한 상을 받을 수 있었던 건, 김 씨의 열연 덕이라고 해도 과언이 아니다. 실제로 영화를 연출한 강대진 감독보다 배우 김승호가 더욱 주목을 받았다. 영화 마지막 대목,

영화 〈서울의 지붕밑〉 속
김승호

영화 〈로맨스 그레이〉에서 김승호 씨와

짐마차를 끌며 생계를 이어가는 아버지(김승호)가 그렇게 고대하던 고등고시에 합격한 큰아들(나)과 함께 눈 쌓인 광화문에서 서로 얼싸안고 감격해하는 모습은 '내 영화의 명장면'으로도 꼽을 만하다. 하지만 베를린영화제에서 받은 은곰상 트로피의 행방이 묘연해져 영화인들의 안타까움을 샀다. 2007년이 되어서야 부산국제영화제 주최 측이 김승호 회고전을 준비하면서 트로피를 다시 제작해 아쉬움을 달랠 수 있었다.

배우 김승호는 1960년대 서민들의 애환을 대변했다. 그 담담하고 텁수룩한 이미지는 당시 한국인의 얼굴 자체였다. 나는 지금도 그를 따라갈 만한 배우가 없다고 생각한다.

순탄치 않던 삶, 꿈만 남겨두고

마냥 승승장구할 것만 같았던 김 씨에게도 시련은 있었다. 1960년 이승만 자유당 정권의 부정선거를 규탄하는 4·19혁명이 터지면서다. 과거 김 씨가 자유당 집회에서 연설했다는 사실에 화가 난 군중이 그의 집에 불을 지르면서, 하루아침에 쫓기는 신세가 된 것이다. 그때만 해도 '임화수'라는 정치깡패가 영화 제작에도 관여하면서 이승만 정부를 선전하기 위한 정치 행사에 연예인들을 동원하던 시절이었다. 김 씨는 동아일보 기자 출신의 영화제작자인 호현찬 씨에게 도움을 청해, 짤막한 은퇴 기사를 내보내고 한동안 공백기를 가졌다. 2020년 올해 3월 타계

한 호 씨는 1960년대 한국영화를 대표하는 이만희 감독의 〈만추〉(1966) 제작자로 이름을 날렸다. 특별 휴가를 받은 모범수 여인(문정숙)과 쫓기는 위조지폐범(신성일)의 짧은 사랑을 다룬 이 영화는 이후 김수용 감독(김혜자, 정동환 주연)과 김태용 감독(탕웨이, 현빈 주연)이 각각 리메이크한 바 있다.

이후 영화진흥공사(현재 영화진흥위원회) 사장을 지낸 호 씨는 생전에 낸 단행본《한국영화 100년》에서 4·19혁명 당시 김승호 씨의 급박한 상황에 대해 이렇게 전했다.

> 학생과 시민들은 서울 청진동에 있던 인기 배우 김승호의 집을 방화했다. 동대문운동장 집회에서 자유당을 지지하는 연설을 했다는 이유에서였다. 그는 임화수의 명령을 거역하지 못했을 것이다. 동아일보 편집국 데스크에 황급히 전화가 걸려 왔다. 군중들을 피해 다니던 김승호였다. (중략) 필자는 그에게 영화계 은퇴를 권고했다. (중략) 그리고 3년쯤 뒤 김승호는 연기자로 컴백했다. 결국 스타란 스크린에서만 존재하는 것이고, 관객은 스크린이라는 허구와 꿈속에서만 스타와 만나는 것이다.

김 씨의 말년은 순탄하지 않았다. 내게는 하지 말라던 영화 제작에 손댔다가 내리막길을 걸었다. 아마 1960년대 중반을 넘기면서 연기 인생의 새로운 활로를 찾기 위해서였을 것이다. 첫 작품은 〈돌무지〉(1967)였다. 중앙정보부의 지원을 받아 자신이 출연했던 동명의 TV 반공드라마를 영화화한 것이다. 이어서 〈영원한 모정(일명 머슴 칠복이)〉(조긍하, 1968), 〈딸〉(김수동, 1968), 〈사화산〉(고영남, 1969) 등을 제작했는데, 불행히도 잇따라 흥행에 실패하면서 빚더미에 올라앉았다. 1968년 10월에는 부도수표 단속법 위반 혐의로 구속됐다가 이틀 만에 풀려났는데, 그해 12월에 지병인 고혈압으로 쓰러지고 말았다. 병원을 향하는 택시 안에서 김 씨는 아내에게 "억울하다. 기어이 살아나서 숙원이던 반공영화를 만들어야겠다"는 마지막 말을 남겼다.

당시 영화배우협회장이었던 나는 그의 타계 소식을 듣고 큰 실의에 빠졌다. "일흔이 되기 전, 꼭 아카데미 주연상을 타겠다"며 열정을 불태우던 사람이었다. 김 씨의 장례식은 영화배우협회장으로 닷새간 치러졌다. 영결식에는 수천여 명의 추모객이 몰렸고, 서울시는 광화문에서 동대문까지 운구 행렬을 할 수 있도록 교통정리를 지원했다. 한 시대를 불태운 대배우는 팬들의 사랑을 받으며 그렇게 저세상으로 떠났다. 그의 연기 인생은 아들 김희라에게 이어졌지만 말이다.

스크린의 신사이자 만능 영화인 김진규

배우 김진규 하면, 가장 먼저 떠오르는 말이 '스크린의 신사'다. 그의 아내이자 '한국의 메릴린 먼로'로 불리던 배우 김보애 씨도 2009년 먼저 간 남편을 기억하며 쓴 논픽션《내 운명의 별, 김진규》에서 그렇게 기록했다. 가까이서 그를 지켜본 사람이라면 다들 공감할 만한 별명이다. 1998년 골수암으로 그가 우리 곁을 떠나면서, '스크린의 노신사'를 더는 볼 수 없게 된 것이 안타까울 뿐이다.

김진규는 1960년대 한국영화 중흥기를 이끈 간판스타다. 1960년 내가 영화 〈과부〉로 데뷔했을 때, 그는 이미 5년 차 스타 연기자였다. 20대 초반 연극을 시작한 그는 1955년 이강천 감독의 〈피아골〉(1955)에서 인텔리 출신의 빨치산 역으로 충무로에 데뷔했다. 공산주의 이념에 회의를 느끼는 빨치산 대원의 얘기를 다뤘는데, 당시 검열 당국이 빨치산을 영웅화했다는 이유로 영화 여섯 장면을 가위질했다. 한국영화의 검열 수난사에 빠지지 않고 등장하는 작품이다. 김 씨는 이후 〈하녀〉(1960), 〈벙어리 삼룡이〉(1964), 〈순교자〉(1965), 〈난중일기〉(1977) 등에 출연하며, 이지적인 이미지를 굳혔다. 그의 인기가 어느 정도였는지는 아내 김보애 씨의 책에서도 짐작할 수 있다. 그녀는 극성팬들 때문에 충정로 집 앞 골목이 언제나 북적거렸다고 했다. 대개는 김진규의 얼굴을 한번 보기 위해 온종일 기다리는 팬들이었는데, 심지어 그의 속옷이라도 한번 빨고 가게 해달라고 부탁하는 이도 있었다 한다.

춘향을 두고 벌인, 세기의 대결

내가 본 김진규의 영화 중 가장 기억에 남는 건, 〈성춘향〉(1961)이다. 충무로에 갓 데뷔해 눈코 뜰 새 없이 바쁠 때였지만, 나는 틈나는 대로 극장을 찾았다. 이 영화는 신상옥 감독과 김진규, 최은희 콤비의 만남 자체로도 화제몰이를 했다. 특히 한국영화사에 남을 세기의 대결이 펼쳐졌는데, 상대는 열흘 먼저 개봉한 신귀식, 김지미 배우가 출연한 홍성기 감독의 〈춘향전〉이었다. 예나 지금이나 비슷한 소재를 비슷한 시기에 다루는 건 상도의에 어긋나는 일이지만, 영화 시장이 과열되면서 벌어진 일이었다.

3장 — 한국영화사에 남을 이름들

영화 〈성춘향〉에서의 김진규와 최은희

당시 신귀식과 김지미의 나이는 스물하나, 스물둘, 김진규와 최은희는 서른아홉, 서른여섯이었다. 관객들이 젊고 화려한 배우들이 연기한 이몽룡과 성춘향을 더 보고 싶어 하지 않겠느냐는 관측이 우세했지만, 결과는 김진규와 최은희 콤비의 완승이었다. 여러 요인이 있겠지만, 그들의 완숙한 연기가 한몫했으리라.

처음으로 김진규와 함께 출연한 영화는 신 감독의 〈사랑방 손님과 어머니〉다. 김 씨는 사랑방 손님, 나는 젊은 과부의 딸인 옥희의 외삼촌 역을 맡았다. 이형표 감독의 코미디 〈서울의 지붕 밑〉에서도 함께했는데, 그는 서글서글한 산부인과 의사, 나는 옆집 한약방 아들로 나온다.

내가 데뷔할 무렵, 김 씨는 이미 자기 위치를 탄탄하게 다진 상태였다. 하지만 깜짝 스타로 부상한 내가 그와 주연 자리를 두고 경쟁하게 됐다. 1962년 신 감독의 〈연산군〉에서는 내가, 2년 후 신 감독의 〈벙어리 삼룡이〉에서는 김 씨가 주연을 맡는 식이었다. 선의의 경쟁이었을 뿐 사적으로는 당연히 가깝게 지냈다. 각자 분주한 일정을 소화하다 보니 함께 놀러 다니거나 특별한 추억을 쌓지 못한 게 아쉽기만 하다.

만능 영화인을 꿈꾸다

김진규는 무엇보다 재주가 많았고, 야심도 컸다. 배우에 그치지 않고, 연출과 제작을 겸하는 만능 영화인으로 남고 싶어 했다. 그는 내게 자신의 첫 연출작인 〈종자돈〉(1967)에 주연 배우로 출연해 달라고 부탁했다. 상대 배우는 그의 아내 김보애였다. 영화 제작에 뛰어들었다가 실패하고 살림이 어려워진 경우를 종종 봤지만, 선배의 뜻을 꺾을 순 없었다. "알겠습니다. 다른 사람도 아닌 선배님이 도와 달라는데 제가 해야지요."

영화는 바닷가 마을에서 암소 한 마리를 키우면서 종잣돈을 마련하려는 과부와 이웃 마을에서 황소 한 마리를 키우며 사는 홀아비가 우여곡절 끝에 결합하게 되는 이야기를 다뤘다. 충남 서천군 비인면에서 촬영했다. 나도 김보애 씨도 혼신의 힘으로 연기했지만, 아쉽게도 관객 반응은 기대에 못 미쳤다.

하지만 김 씨는 포기하지 않고, 영화에 대한 집념을 불살랐다. 그의 표현대로, '얼굴에 분칠해서 번 돈'을 전부 제작에 쏟아 부었다. 이규웅 감독의 〈성웅 이순신〉(1971)을 제작하면서 주연까지 도맡았는데, 이마저도 흥행에 실패했다. 그해 추석 시즌을 노린 영화에 대한 언론의 기대는 컸다. '방화사상 최대의 제작비 투입', '스펙터클한 해전 장면이 압권', '충무공의 인간성과 애국심을 부각', '초등학교 어린이부터 일흔 노인까지 누구나 감명 깊게 볼 수 있는 일종의 영화 교과서'라는 호평에도 불구하고, 관객은 채 15만 명이 안 됐다. 당시로선 한국영화 최대 제작비인 1억 5,000만 원을 투입하고, 10만 명의 엑스트라를 동원한 블록버스터였는데 말이다.

김 씨는 6년 뒤 〈난중일기〉에서 또 한 번 혼신의 연기를 선보였다. 그는 1978년 대종상 영화제에서 〈난중일기〉로 제작, 감독, 주연상을 휩쓸며 큰 영광을 안고 재기의 조짐을 보이는 듯했다. 하지만 이 영화도 제작비를 많이 들인 것에 비해 제대로 빛을 보지 못했다. 〈성웅 이순신〉과 〈난중일기〉는 1970년대 충무로의 민족주의 코드를 대변했으나, 일반인의 반응이 신통치 않았다. 1960년대를 이끌었던 사극은 더는 힘을 쓰지 못했다. 일단 대중문화의 주도권이 스크린에서 TV로 넘어오기 시작했고, 이순신 장군에 대한 역사적 평가와는 상관없이, 당시 박정희 정권의 강력한 리더십을 투영한 전쟁영웅물에 관객들이 별다른 관심을 보이지 않았기 때문이었다. 1970년대 들어 내가 충무로에서 점점 멀어진 것도 이런 시대적, 문화적 분위기와 관련이 있다. 검열도 검열이거니와 영화를 제작하고 연기하는 재미가 줄어들었던 것이다.

김진규는 배우로만 남았다면 남부러울 것 없이 살았을 것이다. 하지만 거듭된 제작 실패로 경제난을 겪게 되면서 결국, 김 씨 부부는 14년여 결혼생활에 마침표를 찍었다. 하지만 마음마저 멀어진 건 아니었기에, 둘은 말년을 함께 보냈다. 아내 김보애는 남편이 세상을 뜨는 마지막 순간까지 그의 곁을 지켰다.

김 씨는 말년에는 제주도에서 조용하게 지냈다. 1982년 제주시 외곽의 작은 집에서 생활했다. 5·16 직후 배우 김승호, 문정숙 씨와 함께 위문공연차 제주에 처음으로 왔다가 따뜻한 인심과 아름다운 풍광에 반해 노후를 제주에서 보내겠다고 결심했다고 한다. 나 또한 제주에 반해 서귀포시 남원읍에 집 하나를 마련했으니 그의 마음에 충분히 공감한다.

그의 아내 김보애는 서구적 외모로 한국 최초 화장품 모델로 발탁되기도 했는데, 그가 남편과 헤어진 뒤 생계를 위해 운영한 민속음식점 '못잊어'에도 종종 방문했던 기억이 난다. 서울 이태원에서 시작한 음식점은 곧 강남으로 이전했는데, 당대 한량들이 다 모인다는 얘기가 있을 정도로 장사가 잘됐다. 하지만 그 역시 배우의 꿈을 접지 못하고, 나를 볼 때마다 "신 회장님, 제가 꼭 북한과 합작을 한번 할 거예요"라고 말하곤 했다. 나는 "잘 생각했어요. 꼭 추진해 보세요"라며 격려했다. 실제로 그는 2000년 영화기획사를 차리고 남북 영화교류를 추진했는데, 결국 꿈을 이루지 못하고 2017년 암 투병 끝에 별세했다.

두 사람 사이에서 태어난 딸 김진아도 부모의 끼를 물려받아 1980~90년대 활발한 연기 활동을 했다. 〈수렁에서 건진 내 딸〉(1984)에서는 실제 엄마와 함께 모녀지간으로 출연했다. 나도 김진아와는 그가 어릴 때부터 알고 지냈는데, 김진규가 세상을 뜬 후에 진아는 나를 아버지처럼 따르면서 무슨 일이 생길 때마다 내게 의견을 물어왔다. 2000년 미국인과 결혼한 뒤 주로 하와이에서 살면서도 종종 안부를 전하곤 했는데, 2014년 지병으로 돌연 세상을 떠났다. 나는 서울에서 따로 치러진 그의 장례식에 참석해 애도를 표했다. 이승에서 다 채우지 못한 가족과의 시간을 천국에서나마 함께 보내길 바라면서 말이다.

배우 김진규와 김보애

뜨거운 피를 가진 최무룡

"(나는) 국가보다 사랑을 더 중하게 여기는 사람이다."(나)

"사랑을 찾아온 자는 곧 자유를 찾아온 자 아닙니까."(최무룡)

1965년, 김기덕 감독의 문제작 〈남과 북〉에 나오는 대사다. 나는 한국전쟁 중 헤어진 아내 고은아(엄앵란)를 찾기 위해 휴전선을 넘어 귀순한 북한의 인민군 소좌 장일구 역을, 최무룡은 고은아의 현재 남편인 이해로 한국군 대위 역을 맡았다. 영화 속에서 장일구는 한국군 정보참모(남궁원)에게 인민군의 주요 정보를 넘겨주는 조건으로 아내와 다시 만나지만, 남편이 이미 죽은 줄로 생각한 아내는 이 대위의 아이를 뱃속에 가진 상태였다.

영화 〈남과 북〉 속 최무룡, 엄앵란과 함께

이 영화는 세 남녀의 기구한 운명을 통해 전쟁과 분단의 아픔을 드러냈다. 개봉 당시 10만 명이 넘는 관객이 들었고, 그해 대종상 각본상(한운사)과 청룡영화상 각본상, 남우주연상(최무룡) 등을 받았다. 가수 곽순옥이 부른 영화 주제가 '누가 이 사람을 모르시나요'의 인기도 대단했다. 1983년 KBS 특별생방송 이산가족찾기에서는 패티김이 부른 이 노래가 배경음악으로 사용되면서 전국을 눈물바다로 만들었는데, 그 일이 어제 일처럼 선명하다. 지금도 해마다 6·25가 되면 TV나 라디오에서 이 노래를 어렵지 않게 들을 수 있다. 세계 유일의 분단국가로 남은 한국의 쓰라린 상처를 이만큼 절절하게 드러낸 노래도 드물 것이다. 이 노래의 1절을 따라 불러 본다.

누가 이 사람을 모르시나요
얌전한 몸매에 빛나는 눈
고운 마음씨는 달덩이 같이
이 세상 끝까지 가겠노라고
나하고 강가에서 맹세를 하던
이 여인을 누가 모르시나요

2020년은 한국전쟁 70주년이다. 철책선이 언제 걷힐 줄 모르는 한반도 분단 상황이 언제나 안타깝기만 하다. 사랑을 찾아 철책선을 넘어온 장일구 소좌는 이 영화 말미에 이렇게 울부짖는다. "38선은 세상에서 제일 미련한 놈이 만든 가장 나쁜 것이다."내 고향 또한 황해도 평산이어서인지, 이 대사가 지금도 가슴에 박혀 있다.

영화 〈남과 북〉의 원작은 방송작가 한운사의 라디오 드라마다. 1960년대에 쏟아진 한국전쟁 관련 영화 가운데 공산주의나 반공주의 같은 이데올로기를 앞세우지 않은 수작이다. 같은 민족끼리 서로 총칼을 겨눈 전쟁과 분단의 비극을 '세 남녀의 엇갈린 사랑'이라는 휴머니즘 시각에서 풀어내 관객들의 깊은 공감을 얻었다. 덕분에 이후로도 여러 차례 TV 드라마와 영화로도 다시 제작됐다. 그만큼 구성이 탄탄하고 긴장감이 넘치는 영화였다. 나 역시 한국전쟁을 다룬 영화 가운데 〈빨간 마후라〉 못지않게 비중이 큰 영화로 꼽는다.

1960년대 초반 충무로의 최고 스타는 김진규와 최무룡 그리고 나였다. 혹자는 우릴 '남자 배우 트로이카'라고 불렀다. 김진규와 최무룡은 각각 〈피아골〉과 〈탁류〉(1954)로 먼저 데뷔한 영화계 선배였는데, 내가 〈연산군〉을 통해 주목받게 되면서 그들과 어깨를 나란히 하게 됐다. 김진규는 도회적 이미지를, 최무룡은 섬세하면서도 반항적인 캐릭터를, 나는 카리스마 넘치는 연기를 앞세웠다.

사랑하기 때문에 헤어진다

동갑내기인 최무룡과는 서로의 이름을 부르며 격의 없이 지냈다. 무진년 용띠라서 무룡茂龍이란 이름을 얻었다는 그는 어려서부터 출중한 외모로 주목받았다. 경기도 파주에서 태어나 개성상고를 졸업하고 중앙대 법학과에 진학했다. 그러다 대학 시절 연극에 빠지게 되었고, 당시 한국 최초의 〈햄릿〉 연극에서 주인공을 맡기도 했다.

나와 최무룡은 6·25 영화와 인연이 깊다. 〈5인의 해병〉, 〈빨간 마후라〉에서 전우애를 다졌다. 〈5인의 해병〉에서 나는 인민군 탄약고를 습격하는 해병대 특공대 오덕수 소위로 출연한다. 최무룡, 황해, 박노식, 후라이보이 곽규석을 인솔해 임무를 완수하지만, 그 과정에서 병사들은 하나둘씩 목숨을 잃는다. 나 역시 귀대하는 고무보트에서 유일한 생존자인 최무룡의 품에서 전사하고, 최무룡은 내 아버지인 오성만 중령(김승호)에게 작전 수행 결과를 보고하면서 아들의 유품을 전달한다.

내 최고의 영화 〈빨간 마후라〉에서는 내가 편대장 조종사인 나관중 소령을, 최무룡이 후배 조종사인 배대봉 역을 맡았다. 나는 각별한 동료 조종사이던 노도순(남궁원)이 전사하자 그 부인 지선(최은희)을 배대봉과 연결해 준다. 나 소령은 지선이 똑같은 아픔을 겪지 않길 바라는 마음에 후배들을 대신해 위험한 임무 수행에 나섰다가 결국 목숨을 잃는다.

최무룡은 상대 배우를 돋보이게 하는 사람이었다. 동료 여자 배우들에게도 신사적이고 매너가 좋은 배우로 기억된다. 1989년 KBS '쟈니윤 쇼'에 최무룡, 최은희와 함께 출연했을 당시, 최은희는 최무룡에 대해 "연극을 할 때부터 여러 작품에서 함께했는데, 상대를 편안하게 해준다"고 말했다. 최은희는 나에 대해서는 "구수하고 텁텁한 느낌으로 포근히 안길 수 있는 매력이 있다. 두 사람의 매력은 서로 다르다"고 설명했다. 그에 대한 엄앵란의 촌평도 화제가 됐다. "진흙탕이 나왔을 때 최무룡은 겉옷을 그 위에 덮어 여배우가 밟고 지나가게 배려해 주는 사람"이라며, "남편(신성일)은 '뛰어서 건너!'라고 했을 것"이라고 회고했다.

최무룡은 피가 뜨거운 배우였다. 안타까운 건 그의 빼어난 연기보다 파란만장한 사생활이 눈길을 끌었다는 점이다. 1962년 홍콩에서 영화 〈손오공〉을 찍으며 가까워진 김지미와 간통 혐의로 구속된 것이 대표적이다. 간통죄는 2015년 헌법재판소에서 위헌 결정을 받으며 역사의 유물로 남게 됐지만, 당시엔 대한민국을 뒤흔든 초대형 스캔들이었다. 결국 그는 부인 강효실과 이혼하고, 1963년 김지미와 새로운 부부의 연을 맺었다. 그때까지 대한민국 최고의 위자료였던 400만 원이란 거금을 김지미가 지급해 화제가 되기도 했다.

충무로에서 재기를 노린 최무룡은 이후 영화 연출과 제작에 뛰어들어, 〈피어린 구월산〉(1965), 〈나운규 일생〉(1966), 〈제3지대〉(1968) 등 주연과 감독을 겸한 작품을 꾸준히 내놓았다. 첫 연출작인 〈피어린 구월산〉은 6·25 당시 실재했던 구월산 부대의 활약상을 담았다. 나와 김지미가 주연을 맡았는데, 흥행에는 실패했다. 〈나운규 일생〉은 최무룡, 김지미, 엄앵란, 조미령 등 화려한 출연진으로 화제몰이에 성공했지만, 역시 수지타산을 맞출 수 없었다. 최무룡은 잇단 흥행 부진으로 빚이 쌓이면서,

영화 〈결혼반지〉와
OB맥주 광고 속
최무룡과 김지미

1969년 자신을 보필해 온 김지미와도 갈라서게 됐다. 그때 남긴 "사랑하기 때문에 헤어진다"란 말은 지금도 연속극의 대사처럼 인용되고 있다.

충무로의 라이벌

최무룡과 나는 충무로에서는 둘도 없는 라이벌 관계였지만, 어디까지나 스크린 속에서였다. 우리는 신성일 등과 서로 생일을 맞으면 저녁을 함께하고 와인도 곁들이곤 했다. 영화 제작에 힘겨워하는 그를 보고 "연기에 집중했으면 한다. 술도 조금 줄였으면 좋겠다"며 말리기도 했지만, 그의 넘치는 에너지와 열정은 꺾을 수 없었다.

최무룡이 전처 강효실과의 사이에서 낳은 아들 최민수도 배우의 길을 택했다. 강효실의 어머니인 전옥 씨 역시 '눈물의 여왕'으로 불리던 유명한 배우다. 전옥 씨는 부산 피난 시절 대학생이던 내게 극단 활동을 권유해 생계를 도와준 은인이기도 하다. 성실한 나를 좋게 보셨는지 "내 딸과 결혼할 생각이 없느냐"고 물은 적도 있다. 물론 지금의 아내를 만나기 전이었지만, 결혼을 생각하기에 너무 어린 데다 하루하루 먹고살기에도 힘든 때였다. 최무룡 또한 한국전쟁 중 전옥 씨의 극단에서 활동했다. 전옥 씨는 아마도 최무룡보다 나를 믿음직하게 본 모양이다. 강효실은 1996년 예순넷이란 이른 나이에 세상을 떠날 때까지,

서울 평창동 예능교회에 다니며 독실한 신앙생활을 이어갔다.

최무룡은 연기도 대단했지만, 노래 실력도 못지 않게 뛰어났다. 굵직하고 중후한 목소리가 빛났다. '외나무다리'와 '꿈은 사라지고' 등의 히트곡을 남겼다. 그와는 사이가 좋지 않았던 아들 최민수도 1999년 아버지 장례식에서는 직접 그의 영정을 들며 오랜 상처를 닦아냈다. 아버지를 뛰어넘는 훌륭한 배우로 남아주길 바란다.

신성일, 변함없는 맨발의 청춘

배우 신성일은 나보다 아홉 살 아래다. 사석에서는 나를 '형님'이라고 부르며 곧잘 따랐다. 그런 그가 2018년 11월 4일 세상을 떠났다. 술을 좋아하긴 했지만, 워낙 운동으로 단련된 몸이기에 나보다 먼저 갈 거라고는 생각 못 했다. 그는 자기관리에 철저했다. 평소에도 몸을 잘 유지해야 좋은 연기를 할 수 있다고 믿었다. 2005년 불미스런 사건으로 수감됐을 때도 콘크리트 역기를 들고, 3m짜리 빗자루로 하루에 20~30번씩 골프 스윙 연습을 했다는 친구가 아니던가. 80대까지 그만큼 단단한 몸을 간직한 배우를 찾아보기가 쉽지 않다.

그런 신성일이 폐암으로 생을 마감한 게 지금도 믿기지 않는다. 타계 6개월 전 투병 소식을 듣자마자 깜짝 놀라서 전화를 걸었다. 내 어머니도 폐암으로 일찍 돌아가셨기 때문에 걱정이 많이 됐다.

나	폐암은 공기 좋은 곳이 제일이야. 바로 내려와. 내 제주도 집에 와서 좀 쉬어.
신성일	형님, 전 괜찮아요. 하려던 것만 마무리하고 한번 갈게요.

신성일은 끝내 제주도에 내려오지 못했다. 투병 소식이 주변에 알려지자 "그깟 암 다 내쳐버리겠다"며 씩씩한 모습을 보였다. 전남 순천의 한 요양병원에서 항암 치료를 받으며 기력을 좀 회복했다는 얘기를 듣고서는 '역시 신성일'이라고 생각했다. 생애 마지막 인터뷰에서도 북한에 있다는 〈만추〉 필름을 찾아오고 싶다며 열정을 보였다.

신성일은 임종 직전까지 철두철미 영화인이었다. 그의 타계 닷새 후 열린 2018년 신영균예술문화재단의 제8회 아름다운예술인상 공로상 시상식에도 꼭 오겠다고 약속했다. 수상자 선정 소식을 듣고 "들것에 실려서라도 꼭 갈게요, 형님"이라고 했던 그다. 그는 생사를 오가는 순간에도 아들을 통해 "직접 가서 꼭 받고 싶었는데, 약속을 못 지켜 미안하다"는 뜻을 재단 측에 전해왔다. 2014년 그보다 먼저 같은 부문에서 상을 받은 아내 엄앵란이 대리 수상했다.

몸이 불편했던 엄앵란은 아들의 부축을 받으며 시상식 무대에 섰다. 엄 씨가 대신 밝힌 수상 소감이 많은 이의 마음을 적셨다. "감사하다. 신영균예술문화재단이 이렇게 두 번이나 우리를 인정해 줬다. 신성일 씨가 이 자리에 있었으면 얼마나 좋아했을까. (그는) 죽을 때까지 '나는 영화인'이라고 했다. 손으로 허우적거리면서도 '프레임을 맞춘다'고 하다가 세상을 떠났다"며 저 세상으로 떠난 남편을 그리워했다.

뉴스타, 넘버원

신성일은 한국영화사에서 그 누구도 따라올 수 없는 족적을 남겼다. 1960년 신상옥 감독의 〈로맨스 빠빠〉로 데뷔한 이래 무려 524편의 영화에 출연했다. 감독으로는 4편, 제작자로 6편, 기획자로도 1편의 영화에 참여해, 총 535편의 필모그래피를 갖고 있다. 가끔은 욕심이 과한 것 같아 "배우는 자기를 다스려야 한다"고 그에게 조언했지만, 그러한 열정이 신성일을 20세기 최고 스타로 끌어올린 에너지가 아니었을까 싶다.

우리가 처음 함께한 작품은 신상옥 감독의 〈상록수〉다. 신성일은 나와 함께 농촌계몽 현장에 뛰어든 최은희를 돕는 마을 청년으로 등장한다. 〈서울의 지붕밑〉과 〈연산군〉에서도 단역으로 나왔다.

우리 둘 다 신상옥 감독이 차린 영화사 '신필름'의 전속 배우였지만, 초창기 시절 처우는 달랐다. 숱한 연극무대를 거친 내가 데뷔작 〈과부〉 때부터 주연을 맡은 반면, 신성일은 당시만 해도 스타 지망생이었다. 신성일은 신필름 전신인 서울영화사의 신인모집 때 5,815명 중 1명으로 〈로맨스 빠빠〉의 막내아들 역을 따냈다. 하지만 신 감독이 주로 단역만 맡기자 갈증을 느꼈는지, 신필름을 떠나 유현목 감독의 〈아낌없이 주련다〉(1962)를 찍었고, 그때부터 주목받기 시작했다. 그리고 마침내 1964년 김기덕 감독의 〈맨발의 청춘〉을 찍으면서 최고의 청춘스타로 부상했다. 이 영화는 서울에서만 36만 관객을 동원했고, 그해 11월, 그는 상대 배우였던 엄앵란과 장안을 뒤흔든 결혼식을 올렸다. 영화배우 신영균에게 〈빨간 마후라〉가 있다면, 신성일에게는 〈맨발의 청춘〉이 있다고 할 수 있다. 그리고 그는 1967년에는 무려 51편의 영화에 출연하며 탄탄한 입지를 다졌다.

허무주의 색채가 짙었던 〈맨발의 청춘〉은 1960년대 청춘영화의 대명사가 된 수작이다. 뒷골목 깡패와 외교관 딸의 비극적 사랑이라는 이야기 틀 안에, 다방과 댄스홀, 트위스트 등 당대 도시 젊은이의 문화를 고스란히 녹여냈다. 청바지에 가죽점퍼를 입고 기성세대에 반항하는 신성일의 매서운 눈빛에 매료된 영화팬들이 한둘이 아니었다. 한마디로 그는 청춘의 우상이었다. 한국의 '제임스 딘'이라는 별명까지 붙었다. 김진규나 최무룡 같은 선배 배우들과 분위기가 전혀 다른 청춘스타의 탄생이었다. 가수 최희준이 부른 영화 주제가도 엄청난 화제였다. '눈물도 한숨도 나 혼자 썹어 삼키며, 밤거리의 뒷골목을 누비고 다녀도, 사랑만은 단 하나에 목숨을 걸었다. 거리의 자식이라 욕하지 말라'라는 노랫말이 지금도 생생하다.

영화 〈맨발의 청춘〉에서
신성일과 엄앵란

신성일의 인기는 1970년대에도 식을 줄 몰랐다. 한국 '호스티스 영화'의 물꼬를 튼 이장호 감독의 〈별들의 고향〉(1974), 1970년대 멜로영화의 한 획을 그은 김호선 감독의 〈겨울여자〉(1977)를 기억하는 올드팬도 많을 것이다. 특히 소설가 최인호의 동명 소설을 영화화한 〈별들의 고향〉에 나오는 명대사 "경아, 오랜만에 함께 누워보는군", "아저씨, 추워요. 안아주세요", "내 입술은 작은 술잔이에요" 등은 그 후로도 오랫동안 사람들의 입에 오르내렸다. 영화와 함께 흐르는 '쎄시봉' 멤버 이장희의 '나 그대에게 모두 드리리'나 '한 잔의 추억' 같은 노래들도 공전의 히트를 쳤다.

한때 한솥밥을 먹던 신성일과 내가 나란히 주연 배우로 활동하자 우리를 라이벌로 보는 시각도 있었지만, 사실 그를 경쟁상대로 여겨본 적이 없다. 나는 사극, 그는 청춘멜로로 주력 분야가 달랐고, 캐릭터에서도 확연한 차이가 났다. 그와 함께 출연한 영화 30여 편 중 영화사에 남을 만한 작품이 많지 않다는 게 좀 아쉬울 뿐이다. 1978년 내가 은막을 떠난 후로도 나는 인생 선배로서 늘 그를 응원해 왔다.

다만, 본의 아니게 그를 서운하게 했던 적이 있다. 1970년대 중반 배우협회는 지금과 달리 영향력이 막강해서, 협회에 등록하지 않으면 배우가 영화에 출연할 수 없었다. 당시 한국영화배우협회장 선거를 앞두고, 그가 부탁을 해왔다.

신성일　　　형님, 제가 배우협회장 한번 해보려고 하는데, 좀 도와주세요.

나 이번에는 선배 장동휘가 나온다고 들었는데, 너무 욕심내지 말고 다음에 하지 그래?"

신성일은 철석같이 믿었던 내가 자기를 도와주지 않아 실망한 기색이었다. 다만 나는 1968년부터 14, 15대 배우협회장을 지내온 터라, 내 의견이 선거의 주요 변수로 작용하지나 않을까 행동을 조심하고 있었다. 결과적으로는 장동휘가 1975년부터 19, 20대 협회장을 지냈고, 신성일은 이듬해 21대 협회장을 맡았다. 그는 지인들에게 "처음에는 장동휘를 밀어준 것 같아 서운했는데, 나중에 제가 찾아가서 '형님 잘못했습니다'라고 했다"고 말하고 다녔다.

신성일은 의리의 사나이였다. 어려움에 처한 주변 영화인을 많이 챙겼다. 1971년 영화감독으로서 세 번째 연출작인 〈봄 여름 가을 그리고 겨울〉에서는 내게 주연을 부탁했다. 당시엔 관객이 5만 명만 넘어도 성공이었는데, 이 영화는 1972년 1월 국도극장에서 13만 6,000명을 끌어들였다.

그는 배우, 감독, 국회의원(16대, 2000~2004년)으로 옷을 바꿔 입으며, 평생을 진짜 영화처럼 살았다. 실제 연애도 뜨겁게 했고, 1980~1990년대에도 변함없는 연기 열정을 이어갔다. 1982년 임권택 감독의 〈길소뜸〉 촬영 당시에는 운동만으로 82kg에서 68kg으로 감량해 놀라움을 안겼다. '뉴스타 넘버원(성일星一)'. 신상옥 감독이 데뷔 당시 그에게 붙여준 이름처럼, 충무로의 영원한 별로 남을 것이다.

엄앵란은 2년 전 신성일을 보내는 자리에서 그를 두고 "가정 남자가 아니라 사회 남자"라고 말했다. "대문 밖의 남자이지 집 안의 남자가 아니야. 뭐든 일에 미쳐가지고 집안은 나한테 다 맡기고 자기는 영화만 하러 다녔어요. 그러니 이런 역할도 소화하고 저런 역할도 소화하고 어려운 시절 히트작 같은 것도 내서 수입 올려서 제작자들을 살렸지. 그 외에는 신경을 안 썼어요. 집에 늦게 들어와 자고 일찍 일어나서 나가고. 스케줄이 바쁘니까. 그것밖에 없어. 늘그막에 좀 재밌게 살려고 그랬더니. 이렇게…"라며 울음을 참았다. 톱스타 신성일의 파란만장한 일생은 그렇게 막을 내렸다.

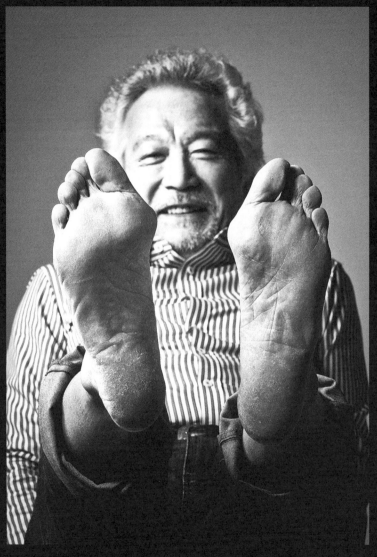

영원한 맨발의 청춘, 신성일

부끄럽지 않을 만큼 멋진 윤정희

"멋진 여배우."

2010년 이창동 감독의 〈시〉 VIP 시사회에서, 주연을 맡은 윤정희를 어떤 배우로 생각하느냐는 질문에 나는 이렇게 답했다. 간결하지만 진심을 꾹꾹 눌러 담은 말이었다. 영화계 선배이자 동지인 내가 봐도 윤정희는 정말 그렇게나 멋진 배우다.

1960~70년대를 풍미한 배우 중 죽는 순간까지도 배우일 단한 사람을 꼽으라면, 나는 주저 없이 윤정희를 말한다. 윤 씨도데뷔 50주년을 맞던 2016년에 이렇게 공언했다.

"영화란 연배를 따지지 않기 때문에 정말 좋다고 생각해요. 제 직업은 영원합니다. 영화배우를 그만두고 싶다고 생각해본 적은 전혀 없습니다. 하늘나라에 갈 때까지 배우를 하고 싶

습니다. 나이에 맞는, 제 모습에 맞는 그리고 시나리오의 구성
이 좋다면 저는 하늘나라 갈 때까지 카메라 앞에 설 거예요"

배우라면 누구나 공감할 이야기다. 그런 그가 10년 넘게 알
츠하이머를 앓았다는 사실이 알려지면서 많은 팬이 안타까워했
다. 나는 윤 씨 가족과도 자주 왕래하고 있었기에 그의 투병 사
실을 오래전에 알았지만, 지금도 실감이 나지 않는다. 늘 그랬듯
이 나를 보면 "회장님, 저희 좋은 작품 하나 같이해야지요" 하며
반갑게 맞을 것만 같다. 나 역시 영화를 다시 찍게 된다면 상대
역 1순위로 윤정희를 생각해 왔다. 이창동 감독에게도 기회가
되면 우리 둘이 나오는 영화를 만들어달라고 부탁한 적도 있다.

여우주연상만 스물아홉 번

윤정희와의 우정은 1967년 〈보은의 기적〉에서 시작됐다. 지
금까지 내 마지막 작품인 〈화조〉(1978)를 합하면, 총 49편의 영
화를 그와 함께했다. 한국영상자료원 한국영화 데이터베이스에
서 확인한 수치다. 흥행작으로는 〈천하장사 임꺽정〉(1968), 〈소
라의 꿈〉(1968), 〈당신〉(1969), 〈저 눈밭에 사슴이〉(1969), 〈여자
로 태어나서〉(1969), 〈이조 여인 잔혹사〉, 〈비운의 왕비〉(1970),
〈내일의 팔도강산〉(1971) 등이 있다. 사극부터 멜로물까지 다양
한 장르에서 그와 호흡을 맞췄다.

영화 〈시〉 포스터와 영화 속 윤정희

윤정희를 처음 만났을 때 나는 데뷔 7년 차 중견 배우였고, 그는 〈청춘극장〉(1967)으로 스크린에 갓 등장한 신인이었다. 하지만 그는 첫 작품부터 주연을 맡아 폭발적인 인기를 얻었고, 그해 대종상 신인상을 거머쥐었다. 이후 윤정희가 문희, 남정임과 함께 여배우 트로이카 시대를 연 주역이라는 건 알려진 얘기다. 결혼 이후 스크린에서 멀어진 문희나 남정임과 다르게, 윤정희는 평생 연기를 붙들고 살았다. 데뷔 첫해에만 16편을 찍고 이후 7년 동안 300여 편에 출연했다. 청룡상과 대종상 등에서 여우주연상만 스물아홉 번을 받았다. 그뿐인가. 영화 〈시〉로 2011년 LA비평가협회 여우주연상을 수상했고, 2012년 전미비평가협회 선정 세계 최우수 여배우 2위 기록도 세웠다.

신성일과 고은아도 함께 출연했던 〈청춘극장〉은 윤 씨에게는 데뷔작 이상으로 의미가 있는 작품이다. 1966년 당시 합동영화사에서 이 영화 배역 '유경'을 두고 오디션을 했는데, 지원자만 1,200명이었다. 대학생 시절 김래성 작가의 원작 소설을 읽고 유경이란 인물에 흠뻑 빠져 있던 윤 씨는 때마침 오디션을 한다는 소식에 도전장을 냈다고 한다.

어마어마한 경쟁률을 뚫은 비결을 물을 때마다 그는 "하느님의 은총으로 된 것 같다"며 겸손한 미소를 잊지 않았다. 가톨릭 신자인 윤 씨는 명동성당 주임 신부에게 배우의 길을 가도 될지 물었을 만큼 신앙심도 깊다. "네가 부끄럽지 않은 배우가 된다면 찬성한다." 그렇게 답한 신부의 말이 지금의 윤정희를 만든 원동력이 되었으리라. 영화와 신앙은 배우 윤정희를 떠받치는 두 개의 기둥이다. 2016년 데뷔 50년을 기념해 한국영상자료원에서 '스크린, 윤정희라는 색채로 물들다'라는 특별전을 열었는데, 당시 언론과의 인터뷰에서 그는 "명동성당 성가대로 활동했어요, 신부님의 오케이 동의를 얻은 후에 편안한 마음으로 콘테스트에 임했죠"라고 밝히기도 했다.

우리가 〈청춘극장〉을 다시 볼 수 있게 된 건, 개봉 40년이 훌쩍 지나서였다. 한국영상자료원이 2007년 홍콩필름아카이브에서 16㎜ 중국어 더빙 프린트를 수집해 35㎜로 복원해서 2년 후 처음 공개한 것이다. 개봉 당시 국제극장에서 27만 명의 관객을 동원했던, 요즘으로 치면 1,000만 영화를 늦게나마 소장할 수 있게 되어 참 다행스럽다. 나의 데뷔작인 〈과부〉는 아직도 필름을 찾지 못하고 있다.

루브르 박물관 속 도둑 촬영

나와 윤정희의 마지막 작품인 〈화조〉는 한국 근대 최초의 여류화가인 나혜석(1896~1948)의 실화를 바탕으로 한 작품이다. 영화에서는 가정이 있는 나혜석(윤정희)이 프랑스 유학 시절 최린(나)을 만나 밀회를 즐기는 장면이 나온다. 1978년 3월, 김수용 감독과 나는 촬영차 프랑스로 향했다. 윤 씨는 5년 전 영화를 공부하고자 프랑스 유학길에 올랐고 1976년 피아니스트 백건우와 결혼해 파리에서 둥지를 튼 상태였다.

영화 〈궁녀〉, 〈청춘극장〉, 〈화조〉 속 윤정희

수많은 에피소드 중 도둑 촬영 이야기를 빼놓을 수 없을 것 같다. 김수용 감독은 주요 촬영지로 파리 루브르 박물관을 골랐다. 1930년대 프랑스 도심 풍경을 담아내는 게 쉽지 않았기 때문이다. 하지만 박물관 내부를 촬영하는 것을 허가받는 건 더욱 어려운 일이었다. 우리는 카메라 등 촬영 장비들을 분해해 남자들 코트 속에 숨기고 박물관 진입을 시도했다. 무사히 입구를 통과한 후 화장실에 모여서 장비들을 조립해서 몰래 촬영했다. 지금 생각하면 꽤나 무모한 시도였지만, 당시로선 피할 수 없는 선택이기도 했다.

숨 막히는 숨바꼭질이 끝나갈 무렵, 한 여성 경비원이 카메라 렌즈를 가리키며 큰소리로 동료들을 불렀다. '아, 이렇게 모든 노력이 수포가 되나' 싶었던 순간, 윤정희가 앞에 나섰다. 그가 그보다 더 큰소리로 당당하게 항의하니 상대방이 좀 당황한 기색이었다. 유창한 불어로 얘기해서 내용은 잘 모르겠지만, 결과적으로 윤 씨가 이겼다는 건 확실히 알 수 있었다. 김수용 감독은 그의 에세이집 《나의 사랑 씨네마》에 관련 에피소드를 자세하게 소개했다. 그는 책에서 경비원이 끝내 바닥에 털썩 주저앉아 울음을 터뜨렸다고 적었다.

〈화조〉를 찍으면서 윤 씨의 파리 신혼집도 둘러볼 기회가 있었다. 삐그덕 소리가 나는 나무 계단을 오르니 방이 하나 나왔는데, 백건우의 피아노만 덩그러니 자리하고 있을 뿐, 침대조차 없었다. 신혼시절 형편이 넉넉지 않아서일 수도 있지만, 소박한 그들 부부의 성격이 묻어났다. 오랜 시간이 흐른 뒤 내 제주도 집에 놀러온 윤 씨는 "선생님, 다시 파리 한번 오세요. 이제 주무실 곳도 있어요"라고 말하기도 했다.

파리는 윤 씨에게 영화 인생의 2막을 열어주었다. 파리3대학 영화과 1학년에 입학한 그는 본격적으로 영화를 공부하며 대학원 과정도 마쳤다. 그는 자신의 재산목록 1호로 세계명화 비디오테이프 1,000개와 남편의 피아노 한 대를 꼽기도 했다. 오직 예술 하나만 알고 살아온 '그 부인에 그 남편'이었다.

백건우와 윤정희는 익히 알려진 대로 소문난 잉꼬부부다. 남편 백건우는 결혼할 때 한국 돈 1만 원을 주고 산 반지를 한 번도 손가락에서 뺀 적이 없다고 한다. 백건우는 아내를 '고무풍선'에 비유하곤 했다. "내가 손을 뻗어서 현실이라는 땅으로 끌어내려도 다시 둥실 떠오른다. 그런데 그렇게 살 수 있는 순수함이 좋고 부럽다." 윤 씨는 자신을 잘 이해해 주는 남편에게 늘 고마워했다. 백건우는 지금도 투병 중인 아내를 헌신적으로 돌보고 있다.

우리 부부와도 평소 가깝게 지내던 터라, 이 부부가 서울에 올 때는 자주 우리 집에서 식사를 했다. 한번은 윤 씨가 즐거운 분위기에 취해 와인을 마시다가 남편 등에 업혀 나간 적도 있다. 그처럼 즐거웠던 시간이 다시 올 수 있을까, 마냥 그립기만 하다.

뭇 남성의 마음을 흔든 문희

청년 조용필의 가슴을 설레게 한 여인, 이순재가 꼽은 가장 예쁜 배우, 동료 엄앵란도 "눈이 보름달같이 반짝여서 한 번 보면 꼼짝 못 할 정도"라고 극찬한 연기자, 바로 문희다. 그는 한국영화 전성기를 빛낸 여배우 트로이카 1세대이기도 하다.

문 씨는 2013년 6월 SBS 아침방송에 출연해, 조용필과의 추억을 털어놓은 적이 있다. 이날 방송에선 과거 조용필의 인터뷰 영상이 공개됐는데, 그는 "어렸을 때 영화배우 문희 씨 팬이었다. 벽에 사진을 붙여놓기도 했고, 사진을 구하기 어려워서 달력을 걸어놓기도 했다. 같이 영화에 출연한 남자 배우들이 부러워서 영화배우가 되고 싶기도 했다"고 말했다. 이 영상을 본 문희는 "(조용필이) 재미있게 이야기하더라. 자기가 예전에 팬이었고, 나 때문에 친구들과 연탄재를 던지며 싸운 적도 있다고 했다"며

영화 〈미워도 다시 한번〉과
〈흑맥〉 속 문희

영화 〈결혼교실〉 속 남정임, 문희, 윤정희 그리고 신성일

웃음을 터뜨렸다. 이순재도 2010년 방송에서 "문희가 나랑 여러 작품을 했는데, 너무 잘 맞았다. 예쁜 여배우와 연기하면 사람이다 보니 흔들리기도 하지만 부인을 생각해 정신 바짝 차려야 된다"고 말한 바 있다.

행복한 고민을 안겨준 그

전성기 시절 문희의 인기는 하늘을 찌를 듯했다. 청순하고 발랄한 이미지로 뭇 남성의 마음을 흔들었는데, 그 중심에는 정소영 감독의 〈미워도 다시 한번〉이 있다. 〈미워도 다시 한번〉은 〈빨간마후라〉, 〈연산군〉과 함께 내 인생 3대 영화다. 이 영화를 통해 투박했던 종전의 신영균 이미지를 한 꺼풀 벗겨내고 중후한 중년 배우의 매력을 마음껏 발산했다. 특히 영화의 인기에는 문 씨의 청아한 눈망울이 결정적 역할을 했다.

영화 〈미워도 다시 한번〉 이야기는 앞서 배우 전계현을 회고하면서 자세히 말했다. 영화에서 나는 조강지처(전계현)와 젊은 여인(문희) 사이에서 방황하는 캐릭터로 나오는데, 이 영화를 본 주변 남성들이 '얼마나 행복한 고민이냐?' 하며 나를 부러워할 정도였다. '전 국민이 울었다'는 말이 나올 만큼 영화는 폭발적 인기를 끌었다.

당시에는 영화가 개봉하면 주연 배우들이 전국 극장을 돌며 영화 홍보를 했는데, 문희와 함께 극장 무대에 올라 주제곡을 불렀던 기억이 생생하다. '이 생명 다 바쳐서 죽도록 사랑했고, 순정을 다 바쳐서 믿고 또 믿었건만~.' 관객의 환호가 지금도 들리는 듯하다.

이 영화를 함께 찍은 배우 전계현이 2019년 세상을 떠났을 때 빈소를 찾은 문 씨는 "이제 선생님과 저 둘뿐이네요"라고 말하며 슬퍼했다. 전 씨 생전에 셋이 함께 만나면 "'본마누라'와 '세컨드'가 같이 있다"고 농담을 주고받기도 했는데….

문 씨는 이만희 감독의 〈흑맥〉(1965)으로 데뷔해 7년간 무려 200편이 넘는 영화를 찍었다. 서라벌예대 1학년 재학 중에 KBS 탤런트 선발 공모에 응시했다가, 때마침 카메라 테스트에 참여한 〈흑맥〉 영화의 조감독 눈에 띈 것이다. 1,000대 1의 경쟁을 뚫고 주연이 된 문 씨는 영화에서 불량배 두목인 독수리(신성일)를 사랑하는 고아 출신 아가씨 미순 역을 맡아 성공적인 데뷔전을 치렀다. 그에게 '문희(본명 이순임)'라는 예명을 붙여준 사람도 이만희 감독이다. 영화의 원작자인 소설가 이름이 이문희였기 때문이란다. 아쉬운 것은 〈흑맥〉의 영화 필름이 현재는 남아 있지 않다는 것이다.

문 씨는 1971년, 한국일보 부사장이던 고 장강재 회장과 결혼했다. 1964년 신성일과 엄앵란 결혼식에 버금가는 화제를 모았다. 문 씨가 출연 예정이던 영화를 장 회장이 제작하면서 인연을 맺게 됐다. 결혼식 전 장 회장의 부친이자 한국일보 창립자인 장기영 선생이 내게 만남을 청했다. 평소 영화팬으로 나를 아껴주던 분이었다.

장기영	동료 배우로서 문희를 오래 지켜보았지요? 그를 어떻게 생각하십니까?
나	문희는 좋은 연기자이고, 굉장히 순수한 사람이죠.

나중에 알고 보니, 이미 혼사 이야기가 오가던 중이었는데 장기영 선생이 내게 한 번 더 확인을 받고 싶었던 모양이다. 스물다섯 꽃다운 나이에 결혼한 문희는 김기덕 감독의 〈씻김불〉(1973)을 끝으로, 짧은 영화배우 활동을 접었다. 한국영화사에서 아쉬운 인재를 중간에 잃은 셈이다. 오랜 시간이 흘러 2009년에 한 TV 프로그램에 출연한 문 씨는 "은퇴 당시 연이은 밤샘 촬영에 너무 지쳐 있었어요. 솔직한 얘기로 도살장에 끌려가는 기분이었지요. 그래서 결혼과 동시에 은퇴를 선언했습니다"라고 밝혔다. 결혼과 함께 충무로에서 멀어진 수많은 배우의 속사정을 대변해 주는 것 같았다.

당시 배우들은 수십 편의 영화에 겹치기 출연을 하다 보니 밤샘 촬영을 하고 차에서 쪽잠을 자는 것이 일상이었다. 어지간한 장정도 버티기 쉽지 않은, 그야말로 살인적인 일정이다. 주연 배우도 메이크업과 의상을 알아서 챙겨야 했다. 어쩌면 지금처럼 제작 환경이 좋았다면, 문 씨도 계속 연기를 했을지 모르겠다. 요즘도 종종 사석에서 그를 만나는데 "좋은 작품만 있으면 함께 하고 싶다"고 말하곤 한다. 9년 남짓의 충무로 활동에도 아직까지 문 씨를 기억하는 올드팬이 많다는 건, 그만큼 그가 강렬한 인상을 남겼기 때문일 것이다.

60년대 여배우 트로이카

당시 여배우 트로이카를 두고 뒷말도 많았다. 혹자들은 그들을 경쟁 구도로 몰아갔다. 그 한 예로, 문희가 윤정희, 남정임과 함께 정인엽 감독의 〈결혼교실〉(1970)을 찍을 때, 나머지 두 사람의 패션에 압도당해 문 씨가 꾀병을 냈다는 소문이 돌았다. 자기 의상이 초라하게 느껴지니 기절한 척해서 하루 일정을 통으로 날렸다는 거다. 문 씨는 "제가 고작 의상 때문에 그럴 사람이에요?" 하며 내게 억울함을 토로한 적도 있다.

영화계에서 멀어진 후에도 트로이카 셋은 조용히 우정을 쌓아갔다. 1980년대 중반쯤 문 씨는 윤정희와 남정임, 고은아를 집에 초청해 가든파티를 열기도 했다. 또 2018년 신성일의 장례식에서 엄앵란을 친자매처럼 챙긴 사람도 그다. 언젠가 문 씨는 1960년대 여배우 트로이카들에 대해 다음과 같이 간명하게 설명했다.

> "트로이카 모두 각자 이미지가 있었던 것 같아요. 윤정희 씨는 그때만 해도 성숙한 여인의 분위기가 풍겼습니다. 고전 한복을 입고 쪽을 지면 참 예뻤고 요염하기도 했죠. 굉장히 아름다웠어요. 남정임 씨는 통통 튀는 명랑한 대학생 이미지였죠. 저는 좀 뭐랄까, 눈물을 자아내는 청순가련형이었을까요? 〈미워도 다시 한번〉이 큰 영향을 준 것 같습니다."

열아홉 살 연하인 문희는 평소 나를 '선생님'이라고 불렀다. 나이 차가 큰 만큼 아무래도 부담스러웠을 것이다. 나 또한 '문희 씨'로 부르며 후배에 대한 예의를 갖추고, 촬영장 분위기를 편안하게 끌어가려고 노력했다. 성격이 차분했던 그는 큰 소리로 자기주장을 하던 다른 배우들과 좀 달라 보였다. 굳이 따지자면, 전업주부 스타일에 가까웠고, 영화에서도 그런 역할을 다수 맡았다. 〈미워도 다시 한번〉에서 어린 아들을 위해 사랑을 포기하는 유치원 교사 혜영은 문 씨에게 맞춤복 같은 캐릭터였다. 여담이지만, 만약 총각 시절에 문희 같은 여성을 만났다면 나도 사랑에 빠졌을지 모르겠다. 영화배우 문희 말고, 인간 문 씨 말이다.

문 씨는 충무로 현장을 떠난 후에도 안정적인 결혼생활을 이어갔다. 결혼 22년 만인 1993년 남편을 먼저 떠나보낸 후에는 2년 정도 칩거할 만큼 실의에 빠져 지내기도 했다. 방송에 나와 "혹시나 내조가 부족해 남편이 잘못된 건 아닐까 하는 죄책감도 들었다"고 고백한 적도 있다. 하지만 문 씨는 이윽고 홀로서기를 했다. 한국종합미디어 대표이사, 한국문화정책개발원 이사 등을 지내고, 2003년부터는 백상재단 이사장직을 맡고 있다. 요즘에는 시간이 맞을 때 우리 부부와 골프도 치며 지난 추억을 되돌려 보기도 한다.

문 씨는 10년 전부터는 전통성악 정가正歌를 배우기 시작했다. "마음이 정화되는 느낌이에요. 호흡이 길어져 건강에도 좋아요. 죽을 때까지 배우고 싶어요"라고도 했다. 그는 소리꾼 장사익과 연락하며 지내는데, 실력을 열심히 쌓아 장 선생의 무대에

찬조 출연하고 싶다는 소망을 내비쳤다. 문 씨의 또 다른 취미 중 하나는 신문기사 스크랩이다. 과거 윤정희와 백건우 부부 인터뷰 등 영화계 주요 기사를 가위로 오려 모은 스크랩북이 벌써 150권에 달한단다. 누가 알아주지 않더라도 선배와 동료 영화인을 세심하게 챙기는 마음씨가 아름답다. 몸은 충무로를 떠났어도 마음은 항상 충무로와 함께해 온 것이다. 그의 별명처럼 두고두고 '만인의 연인'으로 남을 만하다.

이름처럼 아름다운 고은아

1960~70년대 한국영화계의 여배우 트로이카였던 윤정희, 문희, 남정임과는 완전히 다른 개성과 이미지로 그 옆에 나란히 선 배우가 있다. 〈갯마을〉(1965), 〈물레방아〉 등에서 과부 역을 맡아 청순가련한 용모 뒤에 숨겨진 강인함을 연기한 고은아다. 그는 1970년대 후반에 은막을 떠났지만, 지금도 합동영화사와 서울극장 대표로 영화계 발전에 힘쓰고 있다. 고 씨는 몇 차례 드라마 출연도 했는데, 1989년 〈제2공화국〉에서 육영수 여사 역을 맡아 '육영수 닮은꼴 배우'로 대중에게 기억됐다.

우리가 처음 호흡을 맞춘 작품은 김수용 감독의 〈갯마을〉이다. 오영수의 동명 소설을 원작으로 한 이 영화는, 남편을 바다에 빼앗기고 서로 의지하며 살아가는 갯마을 아낙들의 애환을 그린다. 고 씨는 물질하는 청순한 과부 해순, 나는 그 여인을 마음에 품고 결국 사랑을 쟁취해 내는 뜨내기 마을 청년인 상수를 연기했다. 문예영화라는 장르상 바닷가나 산속 정사 장면도 빠질 수 없었다. 영화 검열의 벽을 피하면서도 실감 나게 완급 조절을 하는 게 중요했다. 그때 고 씨가 내게 물어왔다.

고은아　　있잖아요, 선생님. 전 어떻게 하는 게 좋을지….

나　　　　미스 고, 너무 긴장하지 말고 가만있어. 내가 알아서 할게.

　당시 고은아는 연애도 한번 해보지 못한 스무 살 신인이었고, 〈난의 비가〉(1965) 이후 고작 두 번째 출연작이었다. 구경을 나온 바닷가의 수십 명 앞에서 대낮에 낯 뜨거운 연기를 하는 건 중견 배우인 나로서도 쉽지 않았다.

　결국 김수용 감독은 부산 출신의 나소원 여사를 조감독으로 채용해서 영화 촬영 기간 고은아와 같은 방을 쓰게 했다. 감독의 연출 의도가 무엇인지 특별지도를 한 것이다. 예를 들면, 이런 식이었다.

나소원　　너는 러브신에서 어떻게 두 눈을 똑바로 뜨고 남자를 쳐다보니?

고은아　　쳐다보지 않고서 어떻게 해요?

나소원　　애, 쳐다보지 마.

영화에서 그의 시어머니로 나오는 황정순 씨도 평소 고 씨에게 세세한 감정 연기를 많이 가르쳤다. 그렇게 고은아는 이 모든 걸 흡수해서 자신만의 연기로 재해석했다.

영화계의 새로운 활력, 문예영화

1960년대 중반 충무로에는 문예영화가 큰 축을 이뤘다. 문예영화란 소설 같은 순수문학을 스크린에 옮긴 작품을 통칭하는 용어다. 이는 창작 시나리오가 빈곤했던 충무로에 새로운 활력이 되었다. 우수한 국산영화를 만들면 외국영화 수입쿼터를 부여하는 영화법 개정안을 활용한다는 계산도 있었다. 신상옥 감독의 〈사랑방 손님과 어머니〉, 〈벙어리 삼룡〉 등이 선구적 사례로 꼽힌다.

〈갯마을〉은 10만 명의 관객을 동원하며, 문예영화도 상업적으로 성공할 수 있다는 가능성을 보여주었다. 나는 이 영화에서 지나친 욕망으로 스스로 파멸해 가는, 제법 수위가 높은 마초 연기를 시도했다. 온몸이 땀으로 흥건한 두 남녀 옆으로 바닷가 포말이 겹치는 장면이 지금도 선하다.

나도향의 원작 소설을 각색한 이만희 감독의 〈물레방아〉는 당대 최고의 문예영화로 손꼽힌다. 나는 황소처럼 우직한 머슴 방원, 고은아는 빈촌의 젊은 과부 금분 역을 맡았다. 이 영화의 하이라이트는 물레방앗간에서 마을 지주(최남현)와 정을 통하는

영화 〈갯마을〉 속 고은아

부인을 목도하고 방원이 질투와 분노에 사로잡혀 날뛰는 장면
이 아닐까 싶다. 나는 온몸으로 인간의 욕정과 어리석음을 표현
하려고 애썼다. 이 영화에선, 젊은 시절 야수 같았던 나의 폭발
적 에너지를 확인할 수 있다. 당시로서는 파격적인 에로티시즘
을 구현한 문제작이다. 이만희 감독의 빼어난 연출 덕분에, 요즘
만든 영화라고 해도 전혀 손색이 없을 정도다. 독자들도 기회가
되면 꼭 찾아보기를 권한다. 나보다 한 세대 이후의 영화평론가
들도 이만희 감독과 〈물레방아〉에 대한 찬사를 아끼지 않았다.
'문예영화의 한계를 돌파하는 순수 영화적 순간의 발견(허문영)',
'이만희의 가장 아름다운 영화(정성일)'라는 호평이 잇따랐다.

신데렐라의 유리 구두

〈갯마을〉과 〈물레방아〉는 어쩌면 신인 고은아에게 있어 신데
렐라의 유리 구두와 같은 작품이라고 할 수 있을 것 같다. 부산
에서 갓 상경한 홍익대 미대생이었던 고 씨가 우연히 영화배우
로 캐스팅되어 일약 스타로 떠오르면서, 하루아침에 다른 삶을
살게 됐으니 말이다.

하지만 고 씨는 배우라는 직업이 적성에 맞진 않았던 것 같다
고 회고했다. 당시 '딱 한 편만 찍자'는 말로 고 씨를 설득한 극
동영화사는 영화 〈난의 비가〉가 흥행하자 말을 바꿨다고 한다.
고 씨는 이후 겹치기 출연 탓에 학교 공부를 제대로 소화할 수

없어, 결국 자퇴해야 했다.

그리고 데뷔 2년 만인 1967년, 열다섯 살 연상인 합동영화사 곽정환 회장을 만나 결혼했다. 고 씨가 〈소령 강재구〉(1966) 등 합동영화사 작품에 계속 출연하면서 연이 닿았다. 곽 회장은 1964년 합동영화사를 설립해 〈청춘극장〉과 〈쥐띠 부인〉(1972) 등 영화 247편을 제작한 충무로의 대부다.

두 사람과는 비슷한 시기에 극장 경영을 하며 더 가까워졌다. 1977년 내가 명보극장(현 명보아트홀)을 인수했을 때 곽 회장은 "사실 내가 명보극장을 사고 싶었는데 못 샀다"고 말하기도 했다. 곽 회장은 1978년 재개봉관이던 종로 세기극장을 인수해 이듬해 '합동영화 주식회사 서울극장'을 설립했다. 충무로와 종로3가가 영화의 메카로 군림하던 시절, 명보극장이나 서울극장의 명성은 대단했다. 나와 고 씨는 극장주로 인생 2막을 시작한 스타로 함께 주목받곤 했다.

곽정환, 고은아 부부는 한국영화 발전에 이바지한 공로로 2012년 대종상 공로상을 받았다. 안타깝게도, 곽 회장은 1년 뒤 세상을 떠났고 고 씨는 그의 몫을 더해 영화계를 위해 헌신하고 있다. 그해 겨울 고 씨를 위로하고자 소공동의 호텔에서 함께 식사를 했다. 내가 명동 사무실에서부터 운동 삼아 걸어왔다고 하니, 깜짝 놀라던 모습이 생각난다.

사실 우리 두 사람은 마지막 개봉작이 같다. 임원식 감독의 영화 〈저 높은 곳을 향하여〉(1977)다. 일제강점기 신사참배를 끝까지 거부하다가 체포돼 교도소에서 순교한 주기철 목사(1897~

1944)의 실화를 바탕으로 한 선교영화다. 곽 회장이 제작을 맡았고 나는 주기철 목사, 고 씨는 주 목사의 아내로 나온다. 이순재와 구봉서, 김성원, 곽규석, 남진 등 출연진이 화려했고, 많은 기독교인이 엑스트라로 봉사했다.

1977년 내가 운영하던 명보극장에 영화 간판을 올린 첫날, 검열에 걸려 상영하지 못한다는 청천벽력 같은 소식을 듣게 됐다. 당시 유신헌법 철폐운동을 벌이다 투옥된 문익환 목사 등을 상기시킨다는 이유에서였다. 코미디도 아닌, 핑계였다. 결국 우여곡절 끝에 이 영화는 4년이 지난 1981년에야 지각 개봉하는 수난을 겪었다. 요즘에도 고 씨를 만나면 가끔 옛날 얘기를 꺼내곤 한다.

고은아   박정희 대통령 시절엔 많은 목사님이 긴급조치 위반으로 옥에 들어갔죠. 〈저 높은 곳을 향하여〉는 일제강점기 신사참배를 거부하는 인물의 영화인데, 그런 저항의 메시지가 당시 유신정권 말기에 눈에 걸렸나 봅니다.

나   중앙정보부가 상영을 막았다고 해요. 반체제운동을 조장할 수 있다고 판단한 거죠. 교계에서도 영화를 둘러싸고 소문이 많았어요. 1980년대 신군부 검열관이 최종 상영 판정을 내렸으니 참 아이러니한 일이죠.

영화 〈저 높은 곳을 향하여〉
속 장면

영화 수익금으로 세운 교회

〈저 높은 곳을 향하여〉는 나의 신앙고백과도 같다. 일제의 압박 속에서 산에 들어가 "주여, 시련을 이길 힘을 주시옵소서"를 외치던 주 목사의 절규는 우리 미약한 인간의 한계를 깨닫게 한다. 국내에서 제작된 종교영화 중 다섯 손가락 안에 꼽을 만한 수작이라고 자평한다. 가수 윤복희가 부른 영화 주제가는 지금도 널리 불리고 있다.

저 높은 곳을 향하여 나 지금 가는 이 길이
정녕 외롭고 쓸쓸하지만 내가 가야 할 인생길
저 높은 곳을 향하여 나 지금 가는 이 길이
정녕 고난의 길이라지만 우리 가야 할 인생길

이 영화의 수익금 전액은 연예인을 위한 교회 건립에 쓰였다. 1970년대 중반만 해도 연예인들은 교회 안으로 들어가기가 어려웠다. 교계 일각에서는 연예계를 '사탄의 문화'로 취급하는 분위기까지 있었다. 후에 온누리교회를 설립한 하용조 목사가 당시 전도사로서 코미디언 구봉서의 집에서 연예인들에게 성경공부를 지도했다. 입소문이 나면서 윤복희와 서수남, 정훈희, 김자옥, 고은아 등 가수와 배우들이 모임에 참석했다. 1976년 3월, 서대문에 있는 아세아연합신학대학 2층 방 하나에서 '연예인교회(현 예능교회)'라는 간판을 걸고 창립 예배를 드렸다. 이후 이화

여대 후문 쪽으로 장소를 옮기는 등 이곳저곳을 전전하다 평창동에 건물을 세우기로 의기투합했다. 나와 곽정환 회장, '막둥이' 구봉서, '후라이보이' 곽규석 등이 주축이 됐다.

교인들이 헌금 1억 원을 모아 서울 종로구 평창동에 370평 땅을 매입했는데, 문제는 2억 원가량의 건축비였다. 이곳저곳에서 끌어 모아도 건축비 6,000만 원이 모자랐다. 그걸 마련하려고 만든 영화가 〈저 높은 곳을 향하여〉다. 뒤늦게 개봉했지만, 극장에 걸자마자 관객이 몰려 우리는 기대에 부풀었다. 그렇게 총 20만 관객이 들면서 수익금이 6,000만 원을 넘기자, 관객 수가 급격히 떨어져 결국 간판을 내려야 했다. 이처럼 하나님은 분에 넘치는 일을 허락하지 않으셨다. 1981년 새해, 건립한 새 성전에서 첫 주일예배를 드리며 우리는 모두 감사의 눈물을 흘렸다.

고 씨와 나는 이 교회에서 45년째 함께 신앙생활을 하고 있다. 이제는 고 권사, 신 장로라는 호칭이 더 자연스럽다. 진짜 이름인 이경희는 고 씨 본인도 낯설어한다. 내가 출연했던 〈남과 북〉에서 엄앵란의 극 중 이름이 '고은아'였는데, 원작자인 한운사 선생이 그 여주인공의 이름을 고 씨에게 준 것이다. 한 선생은 2009년 작고하기 전 그에게 이런 말을 했다고 한다. "이름답게 잘 살아줘서 참 고맙네." 나눔과 배려의 삶을 실천해 온 그에게 나 역시 건네고 싶은 말이다.

김지미, 부러질지언정 굽히지 않는다

배우 김지미를 수식하는 말은 많지만, 그중 으뜸을 꼽으라면 단연 '당당함'이다. 김 씨는 그 어떤 배우보다 당차고 씩씩했다. 웬만한 남자 배우도 그 앞에 서면 기가 죽을 정도였다. 오죽하면 1960년대 최고 미녀 배우가 '치마 두른 남자'로도 통할까.

김 씨와 함께한 작품 중에 신상옥 감독의 〈대원군〉이 가장 먼저 떠오른다. 사극 전문배우 신영균의 진가를 보여줄 수 있었던 수작이다. 조선 말기 철종 시대, 안동 김씨의 세도정치가 극성을 부리자 왕족 흥선군(나)은 야인으로 위장해 방탕하게 생활한다. 그때 흥선군의 가치를 알아본 이가 기생 추선(김지미)이다. 훗날 대원군이 권좌에 오르자 추선은 조용히 사라진다. 남자의 가능성을 알아보고 적극적으로 밀어주다가 최고 영광의 순간에는 자기의 모든 것을 버리고 마는 비운의 캐릭터다. 영화 막바지에

영화 〈대원군〉과 〈길소뜸〉 속 김지미

자신을 찾아온 대원군에게 추선은 이렇게 말한다. "스스로 권위를 떨어뜨리는 행동을 하지 마세요. 추선이가 사랑한 그분은 이제 높고 높은 곳으로 갔습니다. 이제부터 대감의 가슴에는 백성을 품어야 합니다. 그들을 도탄에서 구원해야 합니다." 이런 비장미를 뿜어낼 수 있는 배우가 김지미 빼고 또 누가 있을지 쉽게 떠오르지 않는다.

기댈 수 있는 상대 배우

〈대원군〉은 신상옥 감독의 야심작이었다. 그는 〈연산군〉을 잇는 정통 사극을 완성하고 싶어 했다. 권력이라는 무한욕망 주변에서 벌어지는 인간의 양면성을 다뤘다. 온갖 박대와 모멸 속에서 최고의 자리에 이르기까지 분노와 울분을 삼켜야 했던 대원군은 분명 매력적인 캐릭터였다. 신 감독은 1960년대 후반의 정치 상황도 고려했던 것 같다. 그는 후에 이런 말도 했다. "나는 사회에 대한 관심과 비판 의식을 지속적으로 가지려고 노력했고, 그것을 작품의 밑바닥에 깔아왔다고 생각한다. 예를 들어 〈대원군〉 같은 영화는 군사정권의 지나친 야당 탄압에 대한 내 나름의 비판을 담은 작품이다. 물론 그것이 의도대로 성공했느냐 아니냐에 대한 평가는 별개의 문제이겠지만." 오랜만에 정통 사극에 다시 출연한 나 또한 맘껏 숨 쉴 수 있었다. 거침없이 연기했다. 배역에 집중할 수 있었던 건 김지미라는 탄탄한 상대가 있었기에 가능했다.

〈대원군〉은 한국영화사에서도 이정표를 찍은 작품이다. 한국 최초로 동시녹음에 성공했다. 김지미의 실제 목소리를 들을 수 있는 몇 안 되는 영화다. 1960년대에는 후시녹음이 대세였다. 앞서 말했듯, 겹치기 출연이 흔하다 보니 배우는 연기만 하고 대사는 성우가 맡았던 것이다. 초창기 김지미의 목소리는 성우 정은숙이 주로 녹음했다. 반면 연극 무대에서 기초를 닦은 나는 〈연산군〉과 〈빨간 마후라〉 등 주요 작품에서 내 목소리를 고집했다. 목소리 또한 연기에서 대단히 중요한 부분이라고 생각해서였다. 동시녹음을 한 까닭에 〈대원군〉 촬영장은 다른 영화 현장보다 조용했다. 배우들이 대사를 치니, 옆에서 떠들 수가 없었던 것이다.

당시 평단 일각에선 〈대원군〉이 나와 어울리지 않는다는 지적도 있었다. 덩치가 크고 위풍당당해 몰락한 왕족이던 대원군에 적합하지 않다는 것이었다. 하지만 온힘을 다해 연기한 덕에 그런 우려를 말끔히 씻어냈다. 1968년 4월 27일자 중앙일보는 이렇게 적었다.

대원군 역의 신영균은 그 건강한 체구 때문에 흥선의 이미지와 약간의 거리감을 주는 듯 했으나 박력 있는 연기로 이를 극복했고, 추선 역의 김지미 역시 열연, 인간 대원군의 또 한 면을 부각시키는 데 큰 힘이 되었다. 이 영화에서 주목할 점은 우리 영화계의 오랜 숙원이던 동시녹음을 시도했다는 것. 이로써 우리 영화의 메커니즘은 새로운 차원 위에 서게 되었다.

김지미와 같이 찍은 영화 가운데 조해원 감독의 미스터리 스릴러인 〈불나비〉도 생각난다. 일반에 널리 알려지지 않았지만, 남성을 파멸시키는 팜므파탈 김 씨의 원형질을 엿볼 수 있는 작품이다. 2010년 제15회 부산국제영화제서 열린 김지미 회고전의 제목이 '스크린의 영원한 불나비, 김지미'였다. 〈불나비〉에선 남자들을 유혹하는 김 씨의 농익은 면모가 두드러진다. 신참내기 변호사(나)와 부잣집 사모님(김지미) 사이에 빚어지는 살인과 치정을 다뤘다. 영화 마지막 반전이 섬뜩한데, 그 시절 영화 치고는 제법 완성도가 높다. 영화 줄거리는 기억나지 않아도 이 영화 주제가로 삽입된 가수 김상국의 '불나비'를 들으면 "아~그 노래" 하면서 무릎을 칠 팬들도 많을 것 같다. '얼마나 사무치는 그리움이냐. 밤마다 불을 찾아 헤매는 사연. 차라리 재가 되어 숨진다 해도, 아 너를 안고 가련다 불나비 사랑.' 가수 김상국도 이 영화에 클럽 가수로 잠깐 등장한다.

나는 나, 어디에 비하냐

배우 김지미를 수식하는 단어 중 '카리스마'도 빼놓을 수 없다. 무엇보다 그는 활발하고 사교적이었다. 내가 영화계에 갓 데뷔했을 때, 김 씨와 또 다른 여배우 이빈화가 어느 파티에 나를 데려갔다. 여럿이 모인 술자리에 익숙하지 않았지만, 당대 최고 배우들의 초청이었기에 동행했다. 이미 가정이 있었던 나는 구설에 오르지 않도록 자기관리에 신경을 썼다. 반면, 김 씨는 분위기를 이끌어갔다. '사교계의 여왕'으로 부르기에 충분했다. 지금도 그는 "신 회장이 누구 험담하는 거 들어본 사람 있느냐"며 종종 내 편을 들어준다.

김 씨의 필모그래피는 화려한 것을 넘어, 압도적이기까지 하다. 1957년 김기덕 감독의 〈황혼열차〉로 데뷔한 그는 〈장희빈〉 (1961), 〈길소뜸〉(1985), 〈티켓〉(1986), 〈명자 아끼꼬 쏘냐〉(1992) 등 40여 년간 700여 작품에 출연했다. 세계영화사에서도 드문 기록이다. 그는 1986년 지미필름을 설립해 영화 제작에도 열정을 쏟았다.

김지미는 길거리 캐스팅으로 충무로에 들어왔다. 최은희와 조미령, 문정숙 등 동시대 여배우와 달리, 서구적인 외모와 당돌한 매력으로 혜성처럼 등장했다. 명동의 한 다방에 우연히 들른 김기덕 감독이 그곳에서 고등학생 김지미를 보고 〈황혼열차〉 출연을 제의했다고 한다. 김 감독은 "세상에 이렇게 예쁜 아이가 어디 있느냐?" 하면서 본명인 김명자 대신 예명 김지미를 붙여주었다. 김 씨는 전후 서울을 배경으로 한 〈비 오는 날의 오후 3시〉(1959)에서 한국영화 최초로 양장 차림으로만 나와 화제가 됐다. 멜로드라마 여주인공들이 한복과 양장을 번갈아 입고 나오던 때였다. 그렇게 '한국의 엘리자베스 테일러'라는 별명도 생겼다. 하지만 이때도 김 씨는 "김지미는 김지미인데, 어디다 감히 비교하느냐"며 자신감이 넘쳤다.

남자는 다 어린애

김 씨는 데뷔 1년 만에 홍성기 감독의 〈별아 내 가슴에〉(1958)로 스타덤에 올랐다. 그해 흥행 1위 기록을 세운, 손수건 없이는 볼 수 없는 신파 멜로다. 그리고 얼마 후 김 씨는 불과 열여덟 나이에 열두 살 연상인 홍 감독과 결혼식을 올렸다. 훗날 그는 "세상 물정도 모르던 시절, 영화를 찍는 건지 현실인지도 모를 정도로 정신없이 결혼식을 치렀다"고 회고했다.

김지미, 홍성기 커플은 최은희, 신상옥을 잇는 스타 감독과 배우의 만남으로 이목을 끌었지만, 인연은 길지 않았다. 1961년 신 감독 커플과 동시에 〈춘향전〉 영화를 개봉했다가 쓰디쓴 고배를 든 이후, 홍 감독이 내리막길을 걸으면서 사이가 멀어졌을 거란 관측이 나왔다. 남편의 빚 갚으랴, 영화 출연하랴, 가정 돌보랴 김 씨가 전쟁하듯 버텨낸 시간이 짧지 않다는 걸 난 잘 알고 있다. 1962년 9월, 그는 이혼을 발표하면서 "어차피 맞을 소나기"라며 담담해했다. 이혼 직후 최무룡과의 스캔들이 터지면서 모든 게 덮여버렸지만 말이다.

김 씨는 매사 숨김이 없었다. 최무룡에 이어 나훈아, 이종구 박사까지 네 번의 결혼과 이혼 후에 남긴 말은 더욱 유명하다. "살아보니 그렇게 대단한 남자는 없더라. 다들 어린애였다. 남자는 항상 부족하고 불안한 존재더라." 중앙일보 인터뷰(2010년 10월 23일)에선 이렇게 밝혔다.

"글쎄, 격정적으로 (사랑을) 했다기보다는 등 떠밀려 했다는 게 더 맞는 표현인데. 물론 그땐 사랑이었고 사랑이 절실했을지 몰라도, 점점 상대를 알게 되고 사랑이 희생이 돼가니 사랑 참 별거 아니다, 사랑 별 볼 일 없다 그런 생각이 들어. 그땐 그랬어. 내가 누구랑 차 한잔만 마셔도 그게 이슈가 되고, 아니라고 부인할수록 더 의심하고, 결국 세상의 시선 앞에 우리 두 사람만 딱 남게 되는 거야. 그럼, 나도 아 진짜 사랑하나 보다 결혼해야겠다 이렇게 되고. 거기에 내가 내숭을 못 떨고 거짓말을 못해. 까발리는 대로 다 까발려지는 거지. 내가 내숭 못 떨어서 손해 본 게 한둘이 아녜요. 그래, 남자는 다 어린애야. 여자들이 모성애로 감싸니까 사는 거지. 내가 어린 남자, 나이든 남자 다 살아봤지만 남자는 다 똑같아. 어린애야."

이 역시 김지미라서 할 수 있는 말이다. 그의 사연 많은 사생활을 꼬집는 사람도 있지만, 모진 풍파에도 제 길을 걸어온 '여걸 김지미'를 응원하는 이들도 적지 않다. 김지미는 늘 자신의 인생은 자기가 책임져야 한다고, 굽실거리지 말고 당당하게 살라고 주장한다. 21세기형 여성의 맏언니쯤 된다.

그의 화끈한 성격을 대변하는 일화가 있다. 1990년대 영화인협회이사장 시절, 그는 청와대 초청 오찬 자리에서 김대중 대통

령과 김영삼 전 대통령을 앞에 두고 줄담배를 피웠다. 그가 한
대 피울 때마다 경호원들이 담배꽁초를 얼른 치우곤 했는데, 그
는 아랑곳하지 않았다. "담배 피운다고 뭐라고 하면 '나는 가겠
습니다, 나는 담배를 피워야 하는 사람입니다' 하고 나오면 되지
내가 당황할 일이 뭐 있겠느냐"고 말했다고 한다.

김 씨의 당당한 매력은 홍콩에서도 통했다. 그가 신인 배우이
던 1960년대 초반, 홍콩에서 〈손오공〉을 찍었는데, 당시 관상가
들 사이에서는 '김지미는 황후가 될 상'이라는 이야기가 파다했
다고 한다. 김수용 감독도 그런 말을 들었다고 했다. 그의 매력
을 알아본 홍콩 쇼브라더스의 런런쇼 사장은 김 씨에게 전속 배
우 러브콜을 보냈는데, 김 씨가 거절해서 되레 화제가 되었다.
그는 "홍콩에서만 활동하다 한국으로 돌아왔을 때 입지가 좁아
질 것을 우려해 가지 않았다"고 회고했다.

김지미는 충무로 해결사 역할도 했다. 정진우 감독의 〈국경
아닌 국경선〉(1964)이 검열에 걸려 고초를 겪고 있을 때였다. 그
는 당시 김성은 국방부 장관을 찾아가 "이건 어디까지나 영화이
고 창작의 자유는 보장받아야 하지 않습니까? 영화를 다시 한
번 보세요"라고 설득해 결국 가위질을 면하게 만들었다.

신영균예술문화재단에서 해마다 수여하는 '아름다운예술인
상'이 있다. 2020년 올해 10년째를 맞는다. 김 씨는 2019년 시
상식에서 공로예술인 부문 수상자로 선정됐다. "영화계에 머물
다 가는 게 제 인생의 전부라고 생각한다. 이런 아름다운 상을
제정해 주신 것에 대해 전체 영화계를 대표해 감사하다는 말씀

을 드린다"고 수상 소감을 밝혔다. 그는 타고난 영화인이다. 배우로서나 개인으로서나 파란만장한 세월 속에 오직 스크린만 생각해 온 그가 더욱 빛나는 이유다. 현재 그는 미국 로스앤젤레스에 살고 있는데, 전화로 종종 안부를 주고받는다. 충무로 어른으로서의 당당한 자태를 다시 보고 싶다.

합죽이 김희갑과 액션스타 박노식

'말 타면 경마 잡히고 싶다'라는 속담이 있다. 사람의 욕심은 끝이 없다는 뜻이다. 속담 속 '경마'란 날쌘돌이 경주마끼리의 경기가 아닌, 말의 고삐 혹은 남이 탄 말의 고삐를 잡고 말을 모는 일을 가리킨다. 결국 '경마 잡히고 싶다'는 건 남이 모는 말을 타고 싶다는 뜻이다.

영화배우로 한창 잘나갈 때 자주 들었던 말이 있다. "영화로 번 돈을 왜 영화에 쓰지 않느냐?", "감독할 마음은 없느냐?" 등, 왜 영화를 직접 만들지 않느냐는 것이었다. 한편으로는 격려고, 또 한편으로는 질시일 수도 있다. 그러나 나는 흔들리지 않았다. 오직 연기 하나만 보고 달렸다. 김승호 씨와 김진규, 최무룡, 신성일 등 선후배 배우들이 영화를 제작했다가 손해를 보는 경우를 수없이 목격했기 때문이다. 스타가 영화를 제작한다면 화제가 될 수는 있지만, 실제 수익을 내는 건 또 다른 문제였다. 매사 신중하고 분에 넘치는 일을 꺼려하는 성격 탓일 수도 있다.

그런 내게도 딱 한 번의 외도가 있었다. 영화 제작에 직접 뛰어든 것이다. 바로 김수용 감독의 〈저것이 서울의 하늘이다〉 (1970)에서다. 1970년 일본 오사카 만국박람회가 배경으로, 재일본대한민국민단과 '엑스포70 재일한국인후원회'가 제작비를 지원했다. 외부 후원을 받게 됐으니 크게 무리할 필요가 없었다. 나는 배우 김희갑과 공동투자를 했다. 황정순, 윤정희, 사미자, 박암, 이순재 등 동료들도 흔쾌히 출연했다.

유일한 제작 영화, 달지 않은 결말

〈저것이 서울의 하늘이다〉는 김 노인(김희갑)이 일본에 사는 아들(나)의 초청으로 오사카 엑스포를 구경 왔다가 도쿄에서 한식점을 하는 황 여사(황정순)에게 정을 느껴 서로 돕게 되는 줄거리다. 재일 한국인학교에서 2세 교육을 하는 황 여사의 딸 희자(윤정희)는 조총련의 방해로 정상 수업을 하지 못하게 되자, 한국에서 학교를 돕는 모금운동을 펼친다.

촬영과 편집은 마쳤는데, 극장을 잡는 일이 문제였다. 그 시절 연간 150~200편의 신작 영화가 쏟아지는데 서울에 있는 개봉관은 10곳 남짓이라, 극장 잡기가 하늘의 별 따기였다. 나는 김희갑과 함께 국도극장을 찾아갔다. 당시 국도극장은 누구나 탐

3장 ― 한국영화사에 남을 이름들

227

내는 곳이었고, 게다가 추석 명절 대목이라 경쟁이 치열했다. 어렵게 문을 두드렸으나 오래전부터 예약이 꽉 차 있어서 안 된다는 대답만 듣고 돌아와야 했다.

나름 야심차게 준비한 작품인데, 손 놓고 기다릴 수만은 없었다. 김 씨가 해결사를 자청했다. "내가 잘 아는 정부 실세에게 부탁해 볼게." 우여곡절 끝에 예정된 다른 영화를 취소시킨 끝에 상영 일정을 잡았다. 하지만 국도극장 사장은 단단히 화가 난 모양이었다. 어느 날 나와 김 씨를 사장실로 불렀다. "내가 안 된다고 했는데 뒤에서 힘을 써? 앞으로 신영균과 김희갑이 나오는 영화는 절대 내 극장에 걸지 않을 테니 그리 알아."

그야말로 청천벽력 같았다. 나는 김 씨와 함께 선물 보따리를 꾸려 다시 사장실을 찾았다. 다시는 그럴 일이 없을 것이라며 사과하고 양해를 구했다. 결국 마무리는 좋게 되었지만, '내 극장이 없으니 이런 설움을 겪는구나' 하는 생각이 떠나질 않았다. 이 일을 계기로 나만의 영화관을 가져야겠다는 꿈이 간절해졌고, 그렇게 1977년 마침내 명보극장을 인수했다.

어렵사리 〈저것이 서울의 하늘이다〉를 극장에 걸기는 했지만, 그간 들인 노력에 비해 흥행하지 못했다. 당시엔 정부 허가를 받은 제작사만 영화를 만들 수 있었는데, 나와 김희갑이 다른 영화사의 이름을 빌린 사실이 알려져 벌금까지 물어야 했다. 이른바 '대명제작'으로 적발되어 벌금 200만 원을 냈다. 60년 영화인생에 작은 흠집이 되었다. 하지만 이 또한 크게 보면 삶의 자산이자 소중한 추억이 아닐까 싶다.

영화 속 감초 연기자

나보다 다섯 살 많은 김희갑은 서민의 애환을 대변한 코미디언이다. TV 코미디 프로그램에도 자주 출연해 대중적 인지도가 높았다. 볼을 쏙 움츠리는 전매특허 연기로 '합죽이'라는 별명도 얻었다. 그는 충무로에서 '약방의 감초'로 통했다. 출연작만 700여 편에 이른다. 한때 김 씨가 나오는 영화와 안 나오는 영화, 그렇게 둘로 구분할 정도였다. 〈사랑방 손님과 어머니〉, 〈서울의 지붕밑〉, 〈연산군〉, 〈빨간 마후라〉 등 나와 숱한 작품에서 손발을 맞췄다. 1960년대 가족영화 〈팔도강산〉(1967)은 그의 대표작으로 꼽을 만하다.

이 영화는 한의사 노부부(김희갑, 황정순)가 이곳저곳에 흩어져 사는 아들과 딸 7남매를 만나기 위해 전국 여행을 떠나는 얘기다. 바쁜 자식들 대신 부모가 여기저기를 돌며 겪는 가족 간 사랑과 애환을 다뤘다. 김승호, 김진규, 최은희. 이민자, 박노식, 고은아, 허장강 등 당대 내로라하는 스타들이 대거 출연했고, 나도 여섯째 사위를 맡았다.

〈팔도강산〉은 1960년대 근대화의 단면을 보여준다. 공보부 산하 국립영화제작소가 참여했다. 전국 명승고적과 산업 현장을 보여주는 계몽영화이기도 한데, 끈끈한 가족애 덕분에 일반인의 호응이 컸다. 국도극장에서 개봉해 32만 6,000여 명의 관객을 기록했다. 1960년대 영화 중 〈미워도 다시 한번〉과 〈성춘향〉에 이은 세 번째 흥행작이다. 가수 최희준이 부른 영화 주제가도 히

〈저것이 서울의 하늘이다〉 속 김희갑 그리고 황정순

트했다. 그의 구수한 목소리와 흥겨운 리듬이 잘 어울렸다.

팔도강산 좋을시고 딸을 찾아 백리길

팔도강산 얼싸안고 아들 찾아 천리길

에헤야 데헤야 우리 강산 얼시구

에헤야 데헤야 우리 강산 절시구

잘살고 못사는 게 마음먹기 달렸더라

잘살고 못사는 게 마음먹기 달렸더라

줄줄이 팔도강산 좋구나 좋아

이듬해엔 영화의 속편도 제작됐다. 세계 곳곳에서 조국을 위해 일하는 가족을 찾아다니는 〈속 팔도강산〉(1968)이다. 5개월간 일본, 미국, 브라질, 서독, 프랑스, 네덜란드, 이스라엘, 우간다, 베트남까지 9개국을 돌며 찍었다. 해외여행을 극도로 제한하던 시절, 컬러 시네마스코프 화면 또한 흥행에 한몫했다.

김희갑과 관련해 잊지 못할 에피소드가 있다. 배우 박준규의 부친인 박노식은 브라질에 있는 둘째 사위 역이었다. 촬영 중간 호텔에서 잠시 쉬고 있는데, 김희갑이 내 방으로 뛰어 들어와 "사람 살려, 나 좀 살려줘"를 외쳤다. 액션 스타인 박노식은 술을 마시면 간혹 객기를 부리곤 했는데, 그날 김 씨가 타깃이 된 모양이었다. 김 씨는 박 씨가 나만큼은 만만히 보지 못한다는 걸 잘 알고 있었다. 고등학교 때부터 레슬링으로 다져온 몸이 아니던가. 하여튼 그날 소동은 다행히 조용히 마무리됐다.

〈팔도강산〉은 시리즈로 이어졌다. 〈내일의 팔도강산〉, 〈우리의 팔도강산〉(1972), 〈아름다운 팔도강산〉(1972) 등이 잇따랐다. 김 씨 또한 각종 영화제 상을 휩쓸었다. 사실 그와 나는 예전 배우 중에서는 재산을 좀 모은 편이다. 둘 다 아끼면서 살았다. 구두쇠 소리까지 들었다. 만약 〈저것이 서울의 하늘이다〉가 성공했다면 다시 제작에 손을 댔을까. 모르겠다. 지금도 자신할 수 없는 일이다.

충무로의 간판 액션스타

한 살 아래의 박노식도 한국영화사에서 빼놓을 수 없는 배우다. 1960~70년대 한국 액션영화를 주도했다. 김기덕 감독의 전쟁영화 〈5인의 해병〉을 필두로 장일호 감독의 〈석가모니〉, 김수용 감독의 〈만선〉(1967), 신상옥 감독의 〈마적〉(1967) 등 50여 작품에 함께 출연했다.

박 씨도 어떻게 보면 〈팔도강산〉 시리즈의 혜택을 받았다. 시리즈가 인기를 끌면서 이후 액션활극 〈팔도사나이〉 시리즈도 잇달았는데, 여기에서 그는 대단한 존재감을 드러냈다. 전국의 사나이들이 한국인을 못살게 구는 일본인 건달들과 헌병들을 혼내준다는 내용이었다. 서울 출신의 큰형님(장동휘)과 익살맞은 광주 용팔이(박노식), 성질 급한 경상도 사나이(이대엽) 등 각 지역을 대표하는 사나이들이 악당들과 대결하는 구도다. 박 씨는

영화 〈팔도강산〉과 〈팔도사나이〉 속 박노식

여기에서 밝고 유머러스한 성격에 의리까지 갖춘 전라도 사나이로 사랑받았다. 그는 〈팔도사나이〉 시리즈에 이어 〈용팔이〉 시리즈도 성공시키며 충무로 간판 액션스타로 자리를 잡았다. 〈역전 출신 용팔이〉(1970), 〈위기일발 용팔이〉(1971), 〈운전수 용팔이〉(1971), 〈방범대원 용팔이〉(1976) 등 다양한 변주가 이어졌다. 본격 산업화에 접어든 한국 사회를 살아가는 서민들의 욕망을 대리 충족시켜준 셈이다.

공동 출연작이 꽤 있었지만, 박 씨와는 개인적으로 그리 친하게 지내지 못했다. 사석에서 어울린 적도 별로 없다. 나는 주로 시대극을, 그는 현대 액션영화를 했기에 배우로서 교집합이 크지 않았다. 다만 그가 우리 영화에 남긴 독특한 영역은 분명 높게 평가받아야 한다. 그의 뒤를 이어 아들 박준규도 개성 넘치는 배우로 활동하고 있으니, 이 또한 반가운 일이다.

허장강과 이예춘, 그 시절 신 스틸러들

1960~70년대 스크린에 활력을 불어넣었던 조연급 스타들도 잊을 수 없다. 대표적으로 허장강과 이예춘을 꼽을 수 있다. 말이 조연이지 주연 못지않게 왕성하게 활동한 이들이다. 요즘말로, 출중한 '신 스틸러Scene Stealer'였다. 그들이 없었다면 한국영화의 다양한 스펙트럼이 완성되지 못했을 것이다. 성격파 배우, 악역전문 배우로 명성을 쌓은 그들은 특히 나와는 남다른 인연

이 있다.

세 살 연상의 허장강은 나와 비슷하게 연극배우로 연기를 시작했다. 가극단 생활을 거쳐 1954년 이강천 감독의 〈아리랑〉을 통해 영화계에 데뷔했다. 1975년 심장마비로 타계할 때까지 600편 가까운 작품을 남겼는데, 나와도 〈상록수〉, 〈쌀〉, 〈서울의 지붕밑〉, 〈연산군〉, 〈대원군〉 등 80여 편에서 함께했다. 허 씨는 개성 넘치는 배우였다. 악역은 물론 구수한 서민적 면모로도 많은 인기를 모았다. 예명인 장강長江은 '뚝섬의 물이 마를 소냐, 기나긴 강물처럼 부디 오래 살고 대성하라'는 뜻으로 지은 건데, 이름과 달리 만 50세 한창 나이에 세상을 떠나 몹시 안타깝다. 좀 더 오래 살았더라면 그만의 독특한 색깔이 한국영화계에 풍성히 남았을 텐데 말이다. 폭넓은 연기로 '천의 얼굴'이란 수식어까지 붙었던 그는 특히 여배우 도금봉과 커플을 이루며 많은 웃음을 안겨주었다. 평소의 에너지를 숨기고 도금봉의 억센 캐릭터에 밀리는 공처가 역할이 명품급이었다. 내가 치과의사이던 시절, 병원에도 자주 찾아와서 영화와 연기 이야기를 나누던 기억이 새롭다.

허장강의 아들과 손자도 연기의 맥을 잇고 있다. 영화와 드라마, 뮤지컬 등 전방위 활동을 하고 있는 허준호는 물론, 일반인에겐 덜 알려져 있지만, 허장강의 또 다른 아들인 허기호도 한때 유망한 연기자였다. 이복동생인 허준호에 묻혀 배우로서 성공하지 못했지만 말이다. 허기호의 아들 진우 군은 2011년 신영균예술문화재단의 예술인 자녀 장학금을 받기도 했는데, 지금도 계속 연기의 칼날을 닦고 있는지 궁금하다.

이예춘은 나보다 아홉 살 많은 선배다. 해방 이전 연극배우와 악극단 시절을 거쳐 1955년 이강천 감독의 〈피아골〉에서 빨치산 대장 역을 맡으며 충무로에 입성했다. 남한과 북한을 이분법으로 그려왔던 기존 반공영화와 달리 빨치산을 인간적으로 그렸다는 이유로 용공 논쟁에 휘말리기도 한 화제작이다. 한국영화 검열의 역사 첫 대목에 등장하는 작품이다. 왕년의 영화팬이라면 김진규, 최은희 주연의 〈성춘향〉에서 신관 사또 변학도로 나온 그를 어렵지 않게 떠올릴 것이다. 춘향이 수청을 거절하자 온갖 몹쓸 짓을 하는, 바로 그 심술궂은 악덕 사또다.

하지만 그는 강인하면서도 마음이 따스한 배우였다. 300편이 넘는 출연작 대부분에서 선 굵은 악역을 맡긴 했지만, 실제로는 남들에 대한 배려심이 컸다. 〈연산군〉, 〈강화도령〉, 〈석가모니〉 등 50여 작품에서 함께했는데, 특히 홍콩에서 〈비련의 왕비달기〉를 찍을 때는 현지 호텔에서 두 달여를 같이 지내며 형제 같은 정을 나눴다. 안타깝게도 그 또한 예순을 채우지 못하고 1977년 세상을 떠났다.

이예춘의 예능 DNA는 아들 이덕화에게로 이어졌다. "부탁해요~"의 만능 재주꾼 이덕화도 이제 68세 할아버지가 되었으니, 시간이 참 빠르게 흐른다. 1981년 내 은혼식 때 이덕화가 흘린 뜨거운 눈물이 지금도 생생하다. 평소 나를 아버지처럼 따랐던 그가 은혼식 사회를 맡아주었는데, 즐거운 자리에서 그가 갑자기 대성통곡했다. 나중에 그는 "저 세상에 있는 선친이 그리워서

영화 〈두고온 산하〉 속 허장강

영화 〈성춘향〉 속 이예춘(오른쪽)

영화 〈비련의 왕비 달기〉 속 이예춘(오른쪽)

울음을 참을 수 없었다"고 했다.

　이덕화의 회고에 따르면, 20대 중반 자신이 오토바이 사고로 엄청난 중상을 입었을 때, 그 소식을 들은 아버지 이예춘이 충격으로 쓰러져 결국 일어나지 못했다고 한다. 40년 전 청년 이덕화의 마음이 어떠했을지 안쓰럽기만 하다.

남궁원과 윤일봉, 사라져가는 노병들

2020년은 고통으로 가득한 해다. 코로나19로 지구촌이 전대미문의 혼란에 휩싸였다. 한국전쟁이라는 민족 최대의 비극도 겪었으나, 코로나19가 남긴 상처도 그에 못지않게 클 것 같다. 피아니스트 백건우를 올 7월에 서울 조선호텔에서 만났다. 세계 120개국에 방송된 '우리, 다시: Hope from Korea' 프로젝트 참석차 방한한 그는 "이번 코로나 사태로 우리가 아무리 강해져도 신 같은 존재가 될 수 없다는 것을 느꼈다"고 했다. 공감했다.

과학기술이 아무리 발전해도 인간은 작고 작은 바이러스 하나에도 꼼짝 못 하는 미약한 존재다. 평생을 기독교인으로 살아온 나로서도 많은 반성을 했다. 개인의 성공과 가족의 안정을 위해 열심히 노력했지만, 그사이 남에게 끼친 잘못은 없는지 돌아보는 계기가 되었다. 신과 자연 앞에 선 인간의 한계도 곰곰 생각했다.

코로나19는 특히 고령자에게 위협적이다. 나도 조심 또 조심하고 있다. 아흔둘이란 나이 때문인지 주변에서도 많이 걱정해 주었다. 코로나19가 한국 사회를 본격적으로 흔들기 시작한 지난 3월 초, 배우 윤일봉에게서 전화가 왔다. "형님, 괜찮으시죠? 하기야, 저보다 더 건강하시니…. 100세도 거뜬하실 것 같습니다." "고마워요. 아우님도 늘 건강하세요."

윤일봉 하면, 배우 남궁원이 자연스럽게 떠오른다. 남궁원은 요즘 몸이 좋지 않아서 바깥나들이가 쉽지 않다. 그래서 종종 내가 먼저 안부를 묻는다. "부인도 잘 지내고 있죠? 언제 한번 두 분이 함께 나오세요. 점심 대접할게요." "예, 감사합니다. 맛난 것으로 사 주세요."

남궁원과 윤일봉은 2020년 올해 여든여섯으로, 1934년생 동갑내기다. 두 배우에게는 똑같은 수식어가 따라다닌다. '충무로의 살아 있는 전설', '한국영화의 산증인'이다. 물론 내게도 통용되는 말이다. 한때 충무로를 제 집처럼 휘저었던 '사나이 3인방'이라고 할 수 있다. 이제 1960~70년대 한국영화를 증언할 수 있는 배우도 우리 셋만 남았다.

두 배우와는 지금까지 쭉 친형제처럼 지내왔다. 둘 다 나보다 먼저 충무로에 들어왔지만, 여섯 살 많은 내가 형님 대접을 받았다. 나 또한 그들을 격의 없이 대했다. 고독해지기 십상인 노년을 함께할 친구가 있다는 건 대단한 축복이다.

2007년 6월 대종상 영화제의 한 장면이 생각난다. 영화발전

2007년 대종상 영화제에서

공로상을 받은 나를 축하해 주기 위해, 두 아우가 직접 꽃다발을 들고 나왔다. 2014년 12월도 잊을 수 없다. 당시 영화인총연합회 이사장인 남궁원이 영화배우협회와 영화인원로회와 함께 도예가 조규영 씨가 특별 제작한 백자를 내게 헌정했다. 전 영화인의 긍지를 높여줬다는 뜻에서다. 백자에 새긴 '금세기 최고의 배우이자 최고의 경영인'이란 문구가 지금도 뭉클하다.

모범생 조각남, 남궁원

남궁원은 무엇보다 시원시원한 외모가 매력적이다. 180cm가 넘는 훤칠한 키에 서구적 마스크로, '한국의 그레고리 펙'이란 별명이 붙었다. 신성일이 반항기 가득한 아웃사이더 꽃미남이라면, 남궁원은 신사풍의 모범생 조각남에 가깝다. 그는 나와 〈빨간 마후라〉, 〈비련의 왕비 달기〉, 〈남과 북〉 등에서 함께했다. 원래는 외교관과 교수를 지망하고 있던 그였지만, 한양대 공대를 졸업하고 유학을 준비하던 중 어머니가 갑자기 암에 걸려 병원비를 마련하고자 연기자로 돌아섰다고 한다. 그런데 워낙 타고난 외모 덕분에 학생 때부터 영화감독들의 캐스팅 제의를 받았다. 1958년 〈그 밤이 다시 오면〉으로 데뷔했고, 이듬해 〈독립협회와 청년 리승만〉(1959)으로 주목받았다.

남궁원 역시 1960년대 초반 신상옥 감독의 신필름 전속 배우였다. 우리 둘 다 신 감독에게 커다란 빚을 졌다. 영화배우의 바탕을 만들어준 분이기 때문이다. 남궁원은 신 감독의 1968년 작 〈내시〉로 입지를 다졌다. 숱한 후궁을 거느린 왕 역을 맡았는데, 에로틱한 연기 때문에 꽤나 화제가 되었다. 폐쇄된 공간 속에서 펼쳐진 애욕의 드라마, 관능미 넘치는 시대극이었다. 이 영화로 신 감독은 외설 혐의로 고발되는 수난도 겪었다.

연극에서 기초를 닦은 나와는 달리, 남궁원은 충무로 현장에서 연기 실력을 쌓아갔다. 노력파, 대기만성형 배우의 전형쯤 된다. 주변 사람들은 호쾌하고 선 굵은 이미지 때문에 나와 그를 최대 라이벌로 자주 꼽았지만, 우리 사이에는 그런 경쟁의식은 거의 없었다. 나는 거칠면서도 강인한 이미지, 그는 말끔하고 신사적인 면모가 두드러졌다.

남궁원은 사생활 측면에서도 나와 유사한 점이 많았다. 자기 관리와 가정생활에 충실했고, 사업 마인드도 있어서 햄버거집·중식당 등을 운영했다. 자녀교육에도 적극적이었다. 하버드대 출신으로 18대 의원을 지낸 홍정욱의 아버지로도 세간의 주목을 받았다. 그는 TV방송에서 "자녀들의 유학비를 대려고 밤무대 행사부터 에로물 출연도 마다치 않았다"고 털어놓기도 했다. 아이들을 위해 톱스타의 자존심을 잠시 접었던 셈이다.

1970년대 후반에 충무로를 떠난 나와는 다르게, 그는 1980년대까지도 현역 배우로 꾸준하게 활동했다. "죽을 때까지 배우는 배우다. 이건 그대로 지키겠다"고 마음먹었다고 한다. 남궁원은 2015년 신영균예술문화재단에서 수여하는 아름다운예술인상 공로예술인상을 받았다. 그때 그의 수상 소감을 옮겨본다.

영화 〈빨간 마후라〉와 〈봄 여름 가을 그리고 겨울〉 속 남궁원 그리고 윤일봉

"감회가 새롭습니다. 영화라는 오직 한 길로만 걸어온 걸 기특하게 생각해서 느지막하게 이 상을 주신 것 같습니다. 1950년경에 처음 영화 연기를 시작해서 60여 년 동안 영화로만, 영화배우로서만 생활해 왔습니다. (자료) 화면을 통해 보니 스스로도 믿기지가 않고 '그랬나' 하는 생각밖에 안 납니다. '내가 그동안 살았던 것이 헛된 삶이 아니었구나' 하는 자긍심도 듭니다."

칼날 같은 윤일봉

윤일봉은 한마디로 의리파다. 영화계 잡일이 있을 때마다 적극적으로 나서는 편이다. 맺고 끊는 게 분명해, 또 다른 후배 이순재가 "윤일봉 선배는 꼿꼿한 분이다. 잘못된 부분을 못 참아 영화계에서 칼날로 불렸다"라고 말할 정도다. 그런 성격을 잘 아는 나는 그를 1998년 영화진흥공사 사장에 선뜻 추천했다. 당시 신낙균 문화관광부 장관으로부터 의뢰를 받았는데, 정치인보다 충무로를 잘 아는 사람이 좋을 것 같아서 윤 씨를 밀었다. 그에게 영화계를 이끌어갈 리더십이 있다고 판단해서다.

윤 씨와는 개인적인 인연도 깊다. 1970년대 중반 무렵, 40대 초반의 그가 조심스럽게 입을 열었다. "형님, 제가 결혼하는데 주례 좀 서주세요." 그와 나의 나이 차이는 고작 여섯 살인데, 내게 주례를 부탁하다니…. 하지만 그만큼 서로 믿고 의지하는 사이였다. 굳이 친밀도를 따진다면, 남궁원보다는 그와 가깝게 지냈던 것 같다. 아들딸 잘 키우고 성공한 선배에게 주례를 부탁한다고 하니, 거절할 수 없었다. 나로서는 처음 서는 주례였지만 축하를 아끼지 않았다. 이 일을 계기로 윤일봉의 처남인 탤런트 유동근(아내 전인화)의 주례도 맡게 됐다. 윤 씨 일가는 알려진 대로 소문난 연예인 집안이다. 탤런트 엄태웅이 그의 사위인데, 2015년에는 TV 예능프로 '해피선데이-슈퍼맨이 돌아왔다'에 둘이 함께 나오기도 했다.

윤일봉은 나보다 12년 앞선 1948년에 데뷔했다. 중학생 때 철도 다큐영화에 캐스팅된 것이다. 첫 극영화는 정창화 감독의 〈최후의 유혹〉(1953)이고, 한국과 홍콩의 첫 합작영화 〈이국정원〉(1957)도 찍었다. 김기덕 감독의 〈5인의 해병〉에선 나와 함께했다. 우리 둘이 호흡을 맞춘 작품 중에는 이형표 감독의 〈애하〉(1967)가 독특했다. 한국영화로는 선구적으로 인공수정에 관한 문제를 둘러싼 갈등을 다뤄 화제가 되었다. 남성불임증에 걸린 사업가 남편(나)과 그 남편의 친구인 산부인과 의사(윤일봉), 그리고 자신도 모르는 남성의 정액으로 임신한 아내(고은아)를 둘러싸고 벌어지는 미스터리를 극화했다. 윤 씨는 이 작품으로 제6회 대종상영화제에서 남우조연상을 받았다.

윤일봉은 1980년에는 변장호 감독이 리메이크한 〈미워도 다시 한번 80〉에서, 내가 1968년 원작에서 맡았던 우유부단한 중년 강신호를 그대로 연기했다. 우연 치고는 무시할 수 없는 인연이다. 따지자면 시리즈 제5편에 해당하는데, 당시 관객 36만여

영화 〈애하〉와 〈미워도 다시 한번 80〉에서 윤일봉

명을 동원하며 그해 한국영화 흥행 1위에 오르는 기록을 세웠다. 최루성 신파영화의 힘은 역시 셌다. 원작의 전계현, 문희 대신에 김윤경, 김영란이 상대역으로 나왔다. 이듬해 1981년에는 〈미워도 다시 한번 80 제2부〉까지 제작됐으나, 흥행은 신통치 않았다. 관객들이 질릴 만큼 질렸던 게 원인이지 않았을까.

윤 씨도 영화와 드라마를 오가며 왕성하게 활동했고, 1990년대까지 현역으로 뛰었다. 본인은 자신에게 1984년 대종상 남우주연상을 안겨주었던 곽정환 감독의 〈가고파〉를 대표작으로 꼽는다. 한국전쟁 때 헤어져 각각 중국과 미국에 살던 형제들의 비극을 다룬 영화다. 윤 씨도 2013년 신영균예술문화재단의 아름다운예술인상 공로상을 수상했다.

그렇게 흘러간 세월

1960~70년대 우리 셋은 남부럽지 않은 인기를 누렸다. 서울 명동에 나가면 사람들이 몰려들었고, 잡지 기자들의 카메라 플래시가 쏟아졌다. 함께 볼링과 골프도 치며 유쾌한 시간을 공유했다. 그런데 우리 셋이 함께한 영화는 많지 않다. 다섯 손가락에 꼽을 정도인데, 신성일의 세 번째 연출작인 〈봄 여름 가을 그리고 겨울〉 정도만 기억난다. 각기 바쁜 스케줄 때문이었을 것이다. 배우라는 직업 앞에선 선후배가 따로 없었다. 연기는 기본적으로 자신과의 싸움이다. 연기를 천직으로 삼았던 만큼 우리는

매 순간에 집중했다.

남궁원은 2011년 〈여인의 향기〉로, 데뷔 53년 만에 처음 TV 드라마를 찍었다. 70대 후반 나이임에도 "배우는 역시 카메라 앞에서 죽어야 한다. 최선을 다하겠다"고 말했다. 윤일봉도 2012년 대한민국 대중문화예술상 은관문화훈장을 받으며 비슷한 말을 했다.

> "지금도 영화 현장에서 들려오는 '레디 고'를 듣고 싶은 마음은 변함없어요. 영화 현장의 소리는 언제나 두근거리죠. 카메라 앞에 서서 표현한다는 일이 얼마나 멋져요. 영화는 제 삶의 전부이며 인생의 스승 같은 존재예요. 영화를 통해 인생의 희로애락을 느끼며 살아왔고, 배우로서 살아온 세월에 대한 자긍심을 갖고 살고 있어요."

내가 하고 싶은 말을 그대로 옮긴 것 같다. 세월이 쌓인 배우라면 모두 고개를 주억거릴 것 같다. 내가 윤일봉보다 1년 전인 2011년에, 남궁원은 4년 후인 2016년에 똑같은 은관문화훈장을 받은 것 또한 흥미롭다. 그렇게 우리 셋은 앞에서 끌어주고, 뒤에서 밀어주며 지난 60여 년을 동고동락해 왔다. 한국전쟁의 영웅 맥아더 장군의 명연설을 인용해 본다.

'노병은 죽지 않는다. 다만 사라질 뿐이다.'

배우는 극이 바뀔 때 역을 바꾼다

극장주, 사업가로 발돋움하다

배우로 열심히 뛰면서도 마음 한구석에 한 가지 소망이 있었다. 나만의 극장을 장만하겠다는 꿈이다. 내게는 보다 안정적인 수입원이 필요했다. 인기에 따라 부침이 심한 영화배우의 삶은 아무래도 불안했기 때문이다. 당시 영화배우로는 최고 수준인 작품당 70만 원의 개런티를 받았으나, 그렇다고 미래가 완전히 보장된 것은 아니었다. 아내도 각종 경비를 아끼며 알뜰살뜰 목돈을 쌓아가고 있었다. 드디어 용단을 내렸다.

1963년, 그간의 영화 출연료를 모아서 서울 금호동의 금호극장을 인수했다. 필름 판매업을 하는 동업자도 구했다. 공사비 1,400만 원을 들여 100% 리모델링한 후 1월 1일, 지상 2층 규모의 금호극장 문을 열었다. 그때의 감격을 지금도 잊지 못한다. 배우 신영균에서 사업가 신영균으로 발돋움하는 순간이었다. 당시 신문기사의 한 대목을 옮겨 본다.

> 한국영화계의 톱스타 신영균 군이 금호동에 금호극장을 세웠
> 다. 어떤 사람이 말하기를 '그는 지역사회 문화향상을 위해 공
> 을 세웠다'고. 신정 1일을 기해 개관된 이 극장은 재개봉관이
> 지만, 2층 건물의 관객석 800개에 총공사비가 1,400만 원이
> 든 것. 난방장치가 훌륭하고 일본식 '삼국F8호' 영사기를 설
> 치한 변두리 극장 치고는 최고급. 개관 프로그램 역시 신영균
> 주연인 〈칠공주〉다.

　재개봉관이긴 했지만, 극장 수입이 배우 개런티보다 나을 때
가 많았다. 만약 돈을 벌겠다는 마음이 조금만 더 강했다면 당장
배우를 그만두고 사업가의 길을 걸었을 것이다. 그렇게 금호극
장은 남녀노소가 즐겨 찾는 명소가 되어갔다. 국회의원 총선거
때는 금호극장 앞에 천막 투표소를 설치할 만큼 랜드마크 역할
을 했다. 금호극장은 재개봉관이라 좌석제가 없었다. 관객은 들
어온 순서대로 원하는 자리에 앉았다. 수시로 담배를 피워대는
사람들로 극장 안은 뽀얀 연기가 자욱했다. 설이나 추석 같은 명
절에는 난리도 아니었다. 자리가 부족해 통로 계단에도 사람들
이 앉아 영화를 감상했고 손님끼리 시비가 붙기 일쑤였다.
　하루 일정이 끝나고 극장을 청소할 때는 여기저기 신발이 나
뒹굴었다. 고무신이나 슬리퍼도 있었다. 다 모으면 큰 자루가 가
득 찰 정도였다. 하지만 시간이 흐르며 동네 극장들이 신생 개봉

관들에 밀려 하나둘 문을 닫으면서, 1990년 금호극장은 역사 속으로 사라졌다.

1960년대 후반에는 충무로의 아데네극장도 인수해서 잠시 운영했다. 1961년 대한교육연합회(한국교원단체총연합회의 전신)가 설립한 700석 규모의 아데네극장은 청소년전용 극장으로, 서울 시내에서 유일하게 학생 출입이 가능한 곳이었다. 교복을 입고 영화관에 갔다고 선생님들에게 꾸중을 들을 일이 없으니 청소년들에게는 '꿈의 궁전'으로 불렸다. 특색 있는 곳이긴 했지만, 맞은편 대한극장에 밀려서인지 크게 성업하진 못했다. 나는 아데네극장을 1971년 극동극장으로 이름을 바꿔 운영했지만, 결국 2005년 문을 닫았다.

방화전용관이 된 명보극장

나는 재개봉관을 운영하면서 언젠가는 번듯한 개봉관을 갖겠다는 야심을 키워갔다. 앞서 이야기했듯 1970년 동료 김희갑과 함께 제작한 〈저것이 서울의 하늘이다〉가 자극제가 되었다. 서울에 개봉관이 10여 곳에 불과한 시절이다 보니, 추석 대목에 상영관을 찾느라 극장주에게 사정사정해야 했던 것이다. 개봉관을 인수해서 큰돈을 벌고 싶다는 욕심보다는 나와 동료들의 영화를 당당히 내걸고 싶다는 소망이 더욱 간절했다.

1977년 8월, 드디어 꿈은 현실이 되었다. 개봉관인 명보극장을 7억 5,000만 원에 인수한 것이다. 그렇게 나는 명보극장 회장이라는 직함도 얻었다. 1957년 설립된 명보극장은 당대 최고 영화관 중 하나였다. 개관하자마자 일주일 간격으로 외화를 상영했는데, 1958년 7월 12일 개봉한 딕 포웰 감독의 〈징기스칸〉은 당시 10만 관객을 동원해 그해 외화 관객 1위를 기록했다. 이듬해인 1959년 1월 9일 개봉한 〈부활〉 역시 11만 관객을 끌어들여 그해 외화 관객 1위에 올랐다. 그 무렵 국산영화(방화)가 본격적으로 양산되기 시작하면서, 명보극장도 방화전용관으로 자리매김했다. 국도극장, 국제극장, 아카데미극장과 함께 한국 영화의 전성기를 이끌었다는 평가를 받는다.

나는 이와 같은 명보극장의 명성을 이어가고자 애썼다. 〈내가 버린 여자〉(1978), 〈속續 별들의 고향〉(1979), 〈미워도 다시 한 번 80〉 등을 상영해 3년 연속 한국영화 최다 관객을 동원했고, 그후로도 2년 더 관객 동원 1위 극장의 영예를 누렸다. 하지만 1983년 처음으로 총 관객 수가 100만 명 이하로 떨어지면서 관객 동원 1위 극장이라는 타이틀을 서울 종로3가에 있는 서울극장에 내줬다. 서울 한복판의 명물인 서울극장은 지금도 영화인 고은아가 9개관 1,600석 규모로 운영하고 있다.

1980년대에 들어서면서 극장가에는 많은 변화가 일어났다. 관객 확보 경쟁이 뜨거워지면서 살아남으려면 특단의 조치가 필요했다. 1984년 3개월 동안, 나는 명보극장을 대대적으로 보수하는 공사를 했다. 7억 원가량 들여 외관을 도시형 페어·미러 글라스와 대리석으로 단장하고 완벽한 냉·난방시설 및 입체음

1980년대 명보극장

1994년 명보극장 재개관식

향 돌비시스템을 갖췄다. 재개관작은 테일러 핵포드Taylor Hackford
감독의 액션 멜로 〈어게인스트Against All Odds〉였다. 덕분에 프랜시
스 포드 코폴라Francis Ford Coppola 감독의 대작 영화 〈지옥의 묵시
록Apocalypse Now〉도 70㎜ 대형 화면으로 틀 수 있었다. 1980년대
후반 서울에서 70㎜ 영화를 볼 수 있는 곳은 명보극장과 대한극
장 두 곳뿐이었다.

변신은 계속됐다. 1993년 3월 14일 영화 〈플레이어The Player〉
를 끝으로 명보극장을 잠시 폐관하고, 1년 4개월간의 확장 공사
에 들어갔다. 1994년 지하 4층~지상 7층, 2,040석 규모의 5개
관을 완공하고 극장 이름을 '명보프라자'로 개칭했다. 무인자동
영사 시스템과 최첨단 음향시설도 갖췄다. 서울 강북 지역에 들
어선 첫 복합상영관이었다. 당시 언론 인터뷰에서 나는 "복합상
영관이 된 뒤에도 작품성 있는 영화를 상영한다는 명보극장의 이
미지를 유지하도록 노력하겠다"라고 말했다. 참고로 한국의 첫
복합상영관(시네마플렉스)은 1986년 12월 서울 강남 영동시장 인
근에 선보인 다모아극장(3개관 600석 규모)이다. 이 극장은
1992년 뤼미에르 극장으로 이름이 바뀌었고, 2007년에 문을
닫았다.

명보프라자의 설계는 서울 예술의전당으로 1992년 대한민
국 건축대상을 수상했던 김석철 씨가 직접 맡았다. 이후 명보프
라자 역시 1994년 건축대상을 수상하면서 실용성과 작품성을
두루 갖춘 극장으로서의 위용을 자랑했다. 처음 명보극장은 한
국 1세대 건축가인 김중업 씨가 설계했다. 명보극장을 허물면서

명보극장에서 명보프라자로

옛 건물의 일부를 원형으로 남기려고 했지만, 건물 자체가 수차례 개보수를 거친 콘크리트 구조라 여의치가 않았다. 명보프라자의 실험정신이 1998년 서울 강변CGV를 필두로 2000년대 잇달아 생긴 멀티플렉스 극장의 토대가 되지 않았을까 싶다.

2001년 또 한 번 명보프라자를 리모델링했다. 관객 편의를 위해 인테리어를 새롭게 하고 좌석 간격을 기존 극장보다 넓혔다. 이름도 다시 명보극장으로 바꿨다. 하지만 대기업 멀티플렉스의 영향으로 관객이 점점 줄어들었고, 2005년 3개관으로 축소했다가 2008년엔 결국 폐관했다. 그래도 명맥은 유지했다. 2009년 뮤지컬·연극전용 극장인 '명보아트홀'로 탈바꿈한 뒤, 단관 226석 규모의 명보실버극장을 개관했다.

명보극장은 영원히 남기를

그렇게 애지중지 꾸려온 명보극장(현 명보아트홀)을 나는 2010년 사회에 기부하기로 결심했다. 내 인생에 크나큰 용단이다. 부동산업자들이 극장 주변을 재개발하겠다며 "500억 원에 팔라"고 해도 꿈쩍 않던 나였다. 충무로는 한국영화의 고향인데, 유서 깊은 극장 하나쯤은 보존해야 한다는 사명감에서다. 지금도 그 선택을 후회하진 않는다. 아내와 아들 등 가족들도 내 의지를 적극 지지해 주었다. 특히 아들의 격려가 컸다. "스카라극장, 국도극장, 국제극장, 단성사 등 한국영화의 본거지가 모두 사라진 상황에서. 충무로를 상징할 최소한의 유산은 간직해야 하지 않을까요?"라며 힘을 실어 주었다. 미국에 있는 손녀도 전화해서는 "할아버지, 멋있으세요"라며 손뼉 쳐주었다. 그렇게 명보극장의 소유권은 신영균예술문화재단으로 넘어갔다. 후배 배우 안성기가 이사장을 맡고 있는 문화재단 측은, 극장 건물의 임대료로 10년째 영화인 및 자녀 지원 사업을 펼쳐오고 있다. 나는 공과 사를 엄격히 분리해, 재단 경비로는 커피 한잔도 마시지 않고 있다. 또 제주신영영화박물관도 함께 기증했다. 2010년 10월 5일, 기자회견에서 한 말을 떠올려 본다.

"재벌까진 아니어도 영화배우로서는 돈이 좀 있는 편입니다. 하지만 돈이 전부가 아닙니다. 여든 살이 넘었는데 좋은 일 하고 가야겠다는 생각을 오래전부터 했습니다. 명보극장은 지금의 나를 만들어 주었고, 40여 년간 운영해 온 가장 애착 가는 자산입니다. 스카라, 국도극장 등 중심가 극장이 다 없어졌는데, 충무로란 상징성을 고려했을 때 명보극장까지 없어져서는 안 될 것 같았습니다. 아들이 '영원히 보존해야 한다. 좋은 일 하시라'라고 하더군요. 그래서 재단을 만들어 기부하기로 결심했습니다. 재단을 통해 명보극장이 영원히 유지됐으면 좋겠습니다. 국내에 우수한 인재가 참 많은데 적극적으로 뒷받침만 해준다면 우리 후배 영화인들이 세계를 지배할 것으로 확신합니다."

명보제과, 신스볼링, 한주흥산

돌이켜 보면, 극장 운영 외에도 이런저런 사업에 관심이 많았다. 배우라는 직업이 아무래도 불안정했기에 가족을 책임질 수 있는 수단을 마련하고 싶었던 것 같다. 연기를 소명으로 생각하며 작품에 혼신의 힘을 쏟았지만, 그렇다고 가족까지 고생하게 만드는 건 무책임한 일이라고 여겼다. 노력 때문인지, 행운 때문인지 사업의 결과도 나쁘지 않았다.

우리나라 4대 제과, 명보제과

1960년대 초반, 나는 명보극장 옆에 있던 명보제과 빌딩을 600만 원에 인수했다. 원래 주인이 브라질로 이민을 가게 되었다면서, 장사도 잘 되는 편이라며 내게 인수를 제안했다. 첫 사업인 금호극장 운영으로 번 돈을 사업 밑천으로 삼았다. 나는 배우 활동으로 한창 분주하던 때라서 아내가 직접 경영을 맡아 사업을 키워나갔고, 이후 25년간 성업했다. 물론 틈나는 대로 나도 일손을 도왔다. 스타가 운영하는 빵집이라는 소문이 퍼졌다. 명보제과는 뉴욕제과·태극당·풍년제과와 함께 1960~70년대 우리나라 4대 제과로 꼽힐 만큼 성업을 이뤘다.

서울 쌍림동에 살던 우리 부부는 아예 제과점 빌딩으로 살림집을 옮길 만큼, 사업에 열의를 쏟았다. 그렇게 1, 2층은 제과점, 3층은 살림집, 4층은 직원 숙소, 5층은 빵 공장이 되었다. 남부러울 것 없는 스타가 이태원이나 한남동에 멋지고 화려한 집을 지어 살지 않고 빵집 건물에 사느냐며, 나를 '짠돌이'라고 부르는 이들도 있었다. 셋방살이로 시작해 열 번 넘게 이사하면서 평소 검소한 생활이 몸에 배었던 것 같다. 사업이 자리를 잡은 후엔 구의동으로 이사했다.

언젠가 배우 이순재가 내가 빵집 사장이면서도 빵도 잘 안 줬다고 푸념한 적이 있다. "한번 먹어보란 소리를 안 해서 몰래 훔쳐 먹은 적도 있다"고 대뜸 고백하는 바람에, 껄껄 웃은 기억이 난다. 그러면서 "결국은 좋은 일 하려고 그랬다는 걸 나중에 이해하게 됐어요. 건강하셔서 참 다행입니다"라는 덕담을 붙였다.

가까운 사람들에게 빵 하나 나눠주는 일에 인색할 정도로 아끼며 살진 않았던 것 같은데, 본의 아니게 서운하게 만든 사람이 있다면 지금이라도 미안하다는 말을 전하고 싶다. 인기 배우가 사업을 한다고 하니, '부자'나 '재벌'이란 이미지가 따라붙었다. 혹여 불필요한 오해를 살까 봐 더 조심했던 것 같다. 동갑내기 김수용 감독도 나만 보면 "신 재벌~ 신 재벌~" 하며 놀렸는데 적잖이 부담이 됐다. 그런 얘길 들으면 "덕분에 재벌이 됐네요"라고 맞받아치는 정도로 웃어넘기곤 했다.

신스볼링, 국내 최초 개인 볼링장

우리나라에서 개인 최초로 볼링장 사업을 한 이도 내가 아닐까 싶다. 1960년대 영화 촬영 차 대만에 갔다가 볼링이란 것을 처음 접했다. 이를 한국에 들여오면 성공하리란 확신이 들었다. 당시 국내에는 미 8군이나 워커힐 호텔에만 볼링장이 있었다. 볼링 대중화와 거리가 먼 시절이었다. 정부가 볼링을 사치 스포츠로 여겨서 허가를 잘 해주지 않아, 용품 수입에 애를 먹었던 기억이 난다. 감사원까지 직접 찾아가서 결재를 맡은 후 겨우겨우 허가를 받았다.

1970년대 초, 지금의 명동 '호텔28' 건물 3, 4층에 전세를 얻어 '신스볼링' 장을 차렸다. 한 층에 레인이 20개 정도 됐으니 꽤 큰 규모였다. 1층에는 맥줏집 '라데빵스'가 있어 라데빵스 빌딩으로도 불렸다. 음악감상실 '로즈 가든'까지 있는 복합문화공간이라서 볼링장을 차리기에 제격이었다. 신영균이 운영하는 곳이라는 입소문이 나면서, 내로라하는 장안의 멋쟁이들이 몰려들었다. 틈나는 대로 나도 신성일과 남궁원, 윤일봉 등 동료 배우들과 볼링을 즐겼다. '네 사람이 함께 뜨면 충무로 거리가 반짝반짝한다. 팬들이 구름처럼 쫓아다닌다' 같은 소문도 돌았다.

그런데 위기의 순간이 찾아왔다. 겨울철에 볼링장에 화재가 난 것이다. 이 사고로 결국 볼링장을 접어야 했다. 불이 나던 순간, 나도 그 장소에 있었다. 당시 집에서 김장 중이던 아내가 목에 수건을 멘 채로 놀라서 달려왔다. 사람들이 막는 걸 뿌리치며 남편을 찾았는데, 나는 이미 병원으로 옮겨진 후였다. 다행히 나는 건물 뒤편 홈통을 타고 탈출하다가 손등이 긁히는 정도의 가벼운 상처만 입었다. 아내는 헐레벌떡 택시를 불러 탔다고 한다. 손에 붕대를 감고 있는 나를 보고서야 "무사하셨군요" 하며 깊은 숨을 내쉬었다. 나도 나지만, 사고로 크게 다친 사람이 없었다는 것이 다행이었다.

위기는 기회도 됐다. 건물주가 빚이 늘어서인지 1972년에 이 건물을 내놓은 것이다. 나는 그간 벌어둔 돈에 은행 대출을 받아 6억 원에 빌딩을 매입했다. 사실 수중에는 2억 원가량이 전부였는데, 당시 은행장이 내 명성을 믿고 통 크게 수억 원을 빌려줬다. 대출금을 모두 갚는 데는 그리 오래 걸리지 않았다. 건물이 명동 증권거래소 맞은편에 있었는데, 금융기관이 줄줄이 입주하는 것을 보고 건물명을 '증권빌딩'으로 바꿨다. 그렇게 증권가가 여의도로 이전하기 전까지, 우리 건물은 그 이름처럼 증권계의 '메카' 역할을 했다.

한주흥산, 맥도날드

그 무렵 나는 부동산 임대사업을 하고자 '한주흥산 주식회사 (현 한주홀딩스코리아)'를 설립해, 증권빌딩 6층에 사무실을 차렸다. 한주흥산은 명보극장과 명보제과 건물, 증권빌딩 등을 관리하면서 수익을 창출했다. 그후 나는 30년 넘게 한주흥산 대표라는 호칭으로도 불렸다.

2003년부터는 한주흥산의 대표이사 자리를 아들에게 물려주고, 경영 일선에서 한발 물러났다. 실무에는 일일이 관여하지 않고 몇 가지 지침만 주면서 지금은 명예회장으로, 아들 언식이 회장으로 있다. 신언식 회장은 아들이기 전에 믿음직한 사업 파트너다. 1982년 서강대 경영학과를 졸업한 뒤 1985년 미국 브라이드포트Brideport 대학에서 MBA 과정을 밟았다. 1990~92년 SB식품 대표이사, 1991~2005년 한국맥도날드 '신맥' 대표이사를 지내며 경영 능력을 입증했다. 당시 한국맥도날드의 운영 주체는 '신맥'과 '맥킴'으로 나뉘어 있었는데, 신맥은 서울과 수도권, 충청, 강원지역을, 맥킴은 영호남과 제주 지역을 담당했다. 맥킴은 작고한 김도근 동일고무벨트 회장의 아들인 김형수 사장이 경영했다. 신맥의 대표이사를 맡던 시기, 아들은 한국맥도날드 광고에 직접 출연하는가 하면 2004년 맥도날드 일일 점원으로 프로모션 행사를 펼치는 등 열정적으로 사업을 키웠다. 그러다 호주 출신의 레이 프롤리Ray Frawley 사장이 한국맥도날드 경영을 담당하면서 실무에서는 손을 뗐다.

호텔28

증권빌딩은 2016년 7월 28일, 부티크 호텔 '호텔28'로 다시 태어났다. 부티크 호텔Boutique Hotel이란 규모는 작지만 독특하고 개성 있는 디자인과 인테리어, 서비스로 차별화한 호텔을 말한다. 고급 맞춤 의상을 뜻하는 패션 용어 '오트퀴트르 부티크'에서 유래했다. 대형 호텔 체인이 표준화된 서비스를 제공한다면, 부티크 호텔은 개성 있는 콘셉트를 내세운다. 20~30대 해외 여행객들에게는 잘 알려진 SLH Small Luxury Hotels of the World와 제휴도 맺었다. 당시 80개국 520여 개 호텔 체인을 보유한 SLH가 한국 호텔과 제휴한 건 처음이었다.

호텔28 곳곳에는 영화 카메라와 포스터, 트로피 등 나의 연기 인생 60년을 집약한 유물이 전시돼 있다. 건물 내부 벽면을 활용해 빔프로젝터로 흑백영화를 상영하고, 객실에도 영화 스틸컷이나 촬영용 스탠드 같은 소품을 활용했다. 호텔 조명도 촬영용 조명을 사용하는 등 호텔 전체를 영화 분위기가 물씬 나게끔 꾸몄다. 코로나19 사태로 2020년 올해 들어 호텔 매출이 수직으로 떨어졌지만, 언젠가 다시 명동에 외국 관광객이 북적댈 것으로 기대한다.

지금은 쇼핑과 관광이 명동을 상징하는 대표 키워드가 되었지만, 1970년대 명동은 문화의 중심지였다. 1973년 국립극장(시공관, 현재 명동예술극장)이 남산 장충동으로 옮겨가기 이전에 이곳에 있었고, 세시봉, 돌체, 필하모니 같은 음악 감상실도 많았다. 호텔28을 키워서 명동을 다시 문화 중심지로 바꾸고 싶다. 호텔28은 명동 한복판에 있다 보니 주로 외국인 관광객들이 머문다. 소박하게나마 한국영화의 뿌리를 지키고 알릴 수 있다는 게 뿌듯하다.

참고로 호텔명 '28'은 내가 태어난 해인 1928년에서 따왔다. 서울 강동구 고덕동에 있는 레스토랑 '스테이지28'도 마찬가지다. 조금 쑥스럽지만, 인생의 시작점과 초심을 잃지 않기 위해서다. 스테이지28 입구에는 로봇태권V 박물관 겸 테마파크 V센터도 세웠다. '달려라 달려 로보트야, 날아라 날아 태권V~' 하며 로봇 태권V의 주제가가 흘러나온다. 로봇 태권V는 1976년 애니메이션 영화로 개봉된 후 속작 7편이 시리즈로 나오며, 1970~80년대 대한민국 어린이들의 둘도 없는 친구였다. 13m가 넘는 대형 태권V는 물론 피규어 3,000종과 등장인물 김 박사와 훈이가 살았던 태권V 기지까지 재현해 놓았다. 한국인의 손으로 만든 첫 로봇 캐릭터를 보며, 21세기 어린이들도 꿈과 희망을 키워나갔으면 하는 바람이다.

호텔28 전경과 내부

The founder of Hotel 28, Shin Young-Kyun, was born in 1928. In 1960s, he became an actor and appeared in 517 films. Later, he served as a member of the Korean National Assembly. He is recognized as a successful businessman in real estate industry. Currently, he supports young talents as a founder of Shin Young Kyun Arts and Culture Foundation

SBS프로덕션에서 JIBS까지

"이것 한번 봐주시겠습니까. 성공할 수 있을까요?"

지금은 고인이 된 김종학 PD가 송지나 작가와 함께 1994년 무렵, 나를 찾아왔다. 당시 SBS프로덕션 대표를 맡고 있었는데, 그들이 드라마 〈모래시계〉 초고를 들고 와서 제작 가능성을 물은 것이다. 나는 단박에 작품성을 알아차리고, 흥행을 예감했다. "한번 잘 만들어 봅시다. 멋진 작품이 될 것 같습니다" 하며 함께 뜻을 모았다.

나는 선뜻 투자를 결정했다. 충무로 현장을 떠난 지 한참되었지만, 1960~70년대 영화를 보는 눈을 키워왔기에 과감하게 결정했다. 캐릭터가 뚜렷했고, 시대적 배경도 현실감 넘쳤다. 몸은 영화계를 떠났지만, 좋은 작품에 대한 갈증은 여전한 상황이었다. 영화든 드라마든, 무언가 이정표가 될 만한 작품을 물색하던 중이었다. 게다가 김종학, 송지나 콤비는 1991년 MBC 드라마 〈여명의 눈동자〉로도 이미 탄탄한 실력을 입증한 프로 중 프로였다. 나는 지원을 아끼지 않았다. 최고의 드라마가 탄생하는 데 일조했다. 송 작가에게 내 제주도 집을 잠시 내주었고, 그는 그곳에서 두 달 정도 머물며 〈모래시계〉 대본을 채워나갔다.

두고두고 기억될 명작

모든 과정이 순탄했던 건 아니다. 송 작가가 대본료로 선불금 2억 원을 요구하자, SBS 본사에서 꺼리는 기류가 있었다. 당시 SBS 편성제작본부장이었던 임형두 씨도 내게 "본사 차원에서는 힘들 것 같으니, SBS프로덕션에서 한번 검토해 달라"고 연락해 왔다. 당시 SBS프로덕션을 나름 독립적으로 이끌고 있었고 드라마에 대한 성공 가능성을 확신했기에 "그럼 내가 만들겠다"며 뚝심 있게 밀어붙였다.

〈모래시계〉는 방송인 신영균의 정점이 되었다. 1978년 윤정희와 함께한 〈화조〉를 끝으로 충무로 현장을 떠나 이런저런 사업을 벌였지만, 영상문화에 대한 끈은 놓지 않고 있던 나였다. 1980년대 컬러TV 방송이 시작되면서, 대중문화의 축은 영화에서 방송으로 옮겨갔다. 언젠가는 방송국에 투자해야겠다고 생각했는데, 그때 마침 민영방송 SBS(서울방송) 창립 주주 모집 소식이 들렸다. 태영건설 윤세영 회장이 지분 30%를 보유한 지배주

주였다.

나는 지분 5%를 투자해 5대 주주로 이름을 올렸다. 1990년 11월 14일 태영빌딩 회의실에서 창립총회가 열렸다. 윤 회장이 SBS 대표이사·사장에 취임했고, 나는 비상근 이사로 선임됐다. 1992년 SBS프로덕션을 설립하고 방송용 프로그램 및 비디오·음반 제작, 국내외 판매 사업을 펼쳐나갔다. SBS프로덕션이 만든 5부작 환경 다큐멘터리 〈지구를 지키는 사람들〉에서는 직접 리포터로 출연해 '영화 〈화조〉 이후 15년 만의 활동 재개'로 주목받기도 했다.

〈모래시계〉는 1995년 국민 드라마 반열에 올랐다. SBS프로덕션 대표 시절, 두고두고 기억될 명작을 남겼다는 것이 가장 뿌듯하다. 이 드라마는 광복 50주년 특별기획으로 제작돼 1월 9일부터 2월 16일까지 방영된 24부작이었는데, 평균 시청률 50.8%, 최고 시청률 64.5%를 기록하며 어마어마한 신드롬을 일으켰다. 드라마가 방송하는 날이 되면, 사람들이 모두 일찍 귀가해 거리가 한산할 정도였다. '퇴근시계', '귀가시계'라는 별칭까지 붙었다.

〈모래시계〉라는 제목은 권력의 유한함, 반복되는 역사 등 여러 가지 함의를 품고 있다. 5·18 광주민주화운동과 삼청교육대, 폭력조직과 정치권력의 공생 관계 등 그간 금기시돼 온 영역을 가감 없이 다룬 것도 인기 요인이었다. 특히 5·18 광주민주화운동을 다룬 드라마로는 국내 최초였는데, 당시 광주 시민들이 금남로 일대 교통 통제에도 항의하지 않고 엑스트라로 참여하는 등 적극적으로 협조해 줬다고 들었다.

드라마 〈모래시계〉 포스터와 배우 최민수, 고현정, 이정재, 박상원

1995년 2월 17일, 우리는 서울 청담동 라이브하우스에서 성공적인 종영 자축모임을 가졌다. 김종학 PD와 송지나 작가를 비롯해 촬영감독, 조명감독 등 모든 스태프와 최민수, 고현정, 이정재, 박상원, 정성모, 남성훈, 김영애, 김병기, 장항선 등 주요 출연자 60여 명이 참석했다. 30여 명의 취재진이 열띤 취재 경쟁을 벌여 〈모래시계〉의 인기를 실감케 했다. 나는 "선배 연기자로서 후배들이 너무 자랑스럽다"고 축하 인사말을 했다.

결과적으로 〈모래시계〉는 신생 방송사 SBS가 연착륙하는 데 톡톡한 효자 노릇을 했다. PSB 부산방송(현 KNN 부산·경남방송), TBC 대구방송, TJB 대전방송, KBC 광주방송 등 지역 민간방송이 1995년 개국한 데도 〈모래시계〉의 영향이 컸다. UBC 울산방송, JTV 전주방송, CJB 청주방송은 이때 허가를 받고 1997년 개국해 SBS와 네트워크를 맺었다. 이후 G1 강원방송, JIBS 제주방송까지 9개의 지역 민방 네트워크가 구축되었다.

〈모래시계〉는 수많은 화제를 불러 모았다. 극 중에서 폭력조직의 보스 역을 맡은 최민수는 "나 떨고 있냐", "이렇게 하면 너를 가질 수 있을 거라고 생각을 했어, 넌 내 여자니까"와 같은 명대사를 남기며 일약 스타로 떠올랐고, 그해 SBS 연기대상에서 대상을 받았다. 최민수의 아버지인 배우 최무룡도 아들을 무척 자랑스러워했을 것이다.

드라마에 출연한 배우들 모두 인기를 얻었다. 모래시계 검사 박상원, 카지노 대부의 딸 고현정, 고현정의 보디가드 이정재 등 〈모래시계〉의 주역들은 한국 드라마의 중추가 됐고, 지금까지도 성실하게 연기 활동을 이어가고 있다. 드라마가 끝난 지 벌써 25년이 흘렀다는 게 믿기지 않는다. 요즘에도 종종 후배 배우들을 초대해 식사하곤 한다. 이정재는 나를 만날 때마다 고맙다는 인사를 잊지 않는다. 고현정은 SBS 창사 20주년 행사 때 드라마 촬영 당시를 회상하며 "〈모래시계〉는 연기 인생에 있어서 가장 순수했던 시절에 촬영한 작품이기 때문에 배우로서 아주 뜻깊은 작품"이라고 말했다.

일부 영화계 인사들은 영화와 드라마를 구분하곤 한다. 급하게 찍을 수밖에 없는 드라마는 제작 환경 탓에 영화보다 작품성이 떨어진다고 보는 것이다. 일면 이해하지만, 내 생각은 조금 다르다. 연기자라는 대명제 앞에선 차이가 없다. 연극 또한 마찬가지다. 자기 마음에 드는 작품 속에서 실력을 발휘하고, 냉정한 평가를 받으면 된다. 장르의 호불호를 따질 문제가 아니다. 열정과 진정성이 담긴 연기를 하느냐, 못 하느냐가 핵심 아닐까.

방송 제작 그리고 운영

방송을 제작해 본 경험을 살려 방송사도 직접 운영하기로 했다. 10년 동안 몸담은 SBS프로덕션을 정리하고, 2001년 12월 제2의 고향인 제주에서 새로운 민영방송을 시작했다. 지분 21%를 출자해 JIBS를 설립했다. KBS 사장 출신인 홍두표 회장을 초대 JIBS 회장으로 스카우트했다. 그는 처음엔 그저 고문으로

도와주겠다고 했지만, 결국 국제도시 제주도의 특수성을 살릴 수 있는 방송을 만들어보자는 나의 제안을 받아들였다. 당시 계획은 원대했다. 일본과 중국 그리고 싱가포르 방송 등과 손잡고 말 그대로 국제적인 방송사를 만들고 싶었다. 제주도를 아시아 방송의 허브 비슷한 것으로 키우고자 했다. 아직 달성하지 못해 꿈으로 남은 구상이지만, 국제도시 제주도의 가능성은 여전히 열려 있다고 생각한다.

JIBS는 2017년부터 아들 신언식 회장이 이끌고 있다. 인터넷 영상문화가 급성장함에 따라 지역민방 경영도 예전 같지 않다. 방송 광고 경쟁이 치열하다. 제주도 곳곳에 투자한 자금으로 요즘 JIBS 살림을 돕고 있다. 제주에 남다른 애정을 갖고 있기 때문이다. 내 스마트폰 벨소리도 제주방송의 로고송인 '행복한 세상 함께 열어요 JIBS'다.

제주는 여러모로 내게 특별하다. 1999년 제주 남원읍에 신영 영화박물관을 개관했다. 2만 4,000여 평 대지에 사재 100억 원을 들여 만든 한국 최초의 영화박물관이다. 우리나라에도 이런 곳이 하나쯤은 있어야 한국영화가 더 번창하지 않겠나 싶었다. 미래 세대에게 우리 영화의 역사를 알려주고 싶은 마음도 컸다.

1970년대부터 영화박물관을 구상하고 미국과 프랑스, 이탈리아 등을 여행할 때마다 그 나라의 영화박물관은 꼭 둘러봤다. 그리고 틈틈이 국내외에서 영화 관련 골동품들을 수집했다. 그렇게 애지중지 경영해 온 제주신영영화박물관을 2010년 명보 극장과 함께 사회에 환원했다. 박물관의 인기는 시들해지겠지만, 그 의미만큼은 오래 남길 바란다.

　　박물관 옆 부지에는 어린이들을 위한 테마파크 '코코몽 에코파크'와 '다이노 대발이파크'를 운영하고 있다. 2020년 여름에는 신종 코로나바이러스 감염증 확산 방지에 동참하기 위해 여름철 단축 운영을 했다. 코로나19로 제주 경제가 가라앉았지만, 천혜의 자연을 갖춘 제주는 계속 커갈 것이다.

정치로 이루고 싶던 꿈

내가 왜 갑자기 현실정치에 뛰어들었는지 궁금해하는 사람이 많다. 솔직히 말하면, 영화계 발전에 기여하고 싶어서였다. 오랜 세월을 지나며 치과의사, 영화배우, 국회의원, 사업가 등 다양한 삶을 살았다. 그러나 늘 나 신영균 삶의 뿌리는 영화라고 생각해 왔다. 충무로 현장에 오래 몸담고, 자주 외국으로 촬영을 다니면서 한국영화가 더 발전할 수 있는 방법은 없을까 고민했다.

1996년, 김영삼 대통령이 청와대 관저로 나를 불렀다. 한국 예술문화단체총연합회(예총) 회장으로 있던 때였다. 1947년 설립된 전국문화단체총연합회(문총)을 이어받은 예총은 국내 예술문화인들의 친목과 권익 옹호를 위하여 1962년 공식 발족했다. 한국건축가협회 · 한국국악협회 · 한국무용협회 · 한국문인협회 · 한국미술협회 · 한국사진작가협회 · 한국연극협회 · 한국연예협회·한국영화인협회·한국음악협회 등이 소속된 국내 최대 예술가 조직이다. 나는 1993년부터 1998년까지 제20대, 제21대 회장을 역임했다.

거절하기 힘든 제안

김영삼 대통령이 뜻밖의 제안을 해왔다. "우리 문화예술계 발전을 위해 정치를 한번 해볼 생각은 없나요?"라고 물은 것이다. 예총 회장의 경험을 십분 살려서 여의도에서 뜻을 펼쳐보라는 제안이었다. 대통령이 먼저 말을 꺼낸 터라 부담이 됐다. "알겠습니다. 대통령께서 직접 말씀하시니 곰곰 고민해 보겠습니다." 그렇게 대답하고 자리를 나왔다.

그때 내 나이는 만 68세였다. 군부가 집권한 제5, 제6공화국이 끝나고 이른바 문민정부가 들어와 정치활동이 비교적 자유로운 때였지만, 선뜻 용단을 내릴 수 없었다. 집으로 돌아와 가족회의를 했다. 가족회의는 우리 집안의 오랜 전통인데, 지금도 집안에 대소사가 생기면 가족회의를 열고 식구들의 의견을 모으고 있다. 정치를 하려면 무엇보다 아내의 동의가 필요했다. 아내는 오래전부터 내가 정치를 하는 것엔 쭉 반대해 왔기 때문이다. 공연히 정치판에 들어가 분란에 휩싸이게 될지 모른다는 이유에서였다. 세상 모든 아내의 마음이 비슷하지 않을까. 나는 정치를 하고 싶다는 뜻을 분명하게 밝혔다. 남자로서 도전할 만한 일이고, 무엇보다 문화계 전체의 발전을 위한 일이었다. 아내도 어렵게 내 손을 들어주었다. "이제 전 모르겠어요. 당신 마음 가는 대로 하세요. 하고 싶은 일을 하셔야 하지 않겠어요."

문화예술계 지인들도 적극적으로 정계 입문을 권했다. 그간 문화계 발전을 위해 많이 노력해 왔으니 이제 정치의 한복판에 들어가 뜻을 펼쳐보라며 거들었다. 문화계를 대변할 인사가 여의도에 한 명쯤은 있어야 하지 않겠느냐는 응원과 지지에 큰 힘을 얻었다.

결국 1996년 4월 실시한 15대 총선에서, 나는 신한국당 비례대표로 첫 국회의원 배지를 달았다. 4년 후 새로 창당한 한나라당 비례대표에서도 공천을 받아 한 번 더 일할 기회를 얻었다. 이회창 한나라당 총재 특보단장을 하면서 당을 위해 헌신한 공로를 인정받은 셈이다. 8년간 한눈팔지 않고 국회 문화체육공보위원회에 몸담았다. 문화체육위원회를 제외한 다른 분과에는 별다른 관심이 없었다.

사실 정계 입문을 제안받은 건 그때가 처음이 아니었다. 벌써 47년 전이다. 1973년 제9대 총선을 앞두고 박정희 대통령의 민주공화당이 나를 국회의원 후보로 영입하려 했다. 어느 날, 당 사무총장이 나를 찾아와 이렇게 부탁했다. "신영균 씨, 배우로 성공했으니 국회의원 한번 해보는 게 어떻겠습니까. 인지도가 높고 인기도 많으니 당선이 그리 어렵지 않을 겁니다."

1960년대 전성기만큼은 아니지만, 그때까지만 해도 충무로에서 열심히 뛰던 시절이라 선뜻 출마 제의를 받아들이기 힘들

1993년 예총 신임회장 당선 연설

1996년 예술인회관 기공식에서 김영삼 대통령과

었다. 그런데도 영화계 발전에 도움이 될 수 있다는 생각에, 젊음을 무기 삼아 도전하기로 결심했다. 하지만 얼마 되지 않아 큰 장벽에 부닥쳤다. 당시엔 지금처럼 정치자금법이 없어서 '돈 선거'가 횡행했다. 유권자들에게 밥을 사고 막걸리를 대접하면서 한 표 달라고 하던 시절이다. '고무신 선거'라는 말도 회자했다. 유권자들에게 고무신을 돌리던 데서 유래했다.

"아니, 돈이 그렇게 많은 양반이 겨우 쌀 한 가마니 가지고 표를 달라니요?" 인기 배우에 재력가로 소문난 나에게 거는 유권자들의 기대치는 예상보다 높았다. 게다가 당시 서울은 야당세가 강해 공화당 후보는 좀처럼 기를 펴기 어려웠다. 공화당이 내게 맡긴 역할은 그중에서도 험지에 해당하는 영등포을 지구당위원장이었다. 지금은 첨단디지털단지로 탈바꿈했지만, 당시 제조업의 메카였던 구로공단의 여성 노동자들에게 인기를 끌 수 있을 거라는 이유에서였다. 하지만 단견이었다. 배우 신영균이라면 사인해 달라며 따라다닐 수 있어도, 공화당 후보 신영균은 외면하는 사람들이 적잖았다. 게다가 아무런 연고도 없는 지역에서 손가락질을 받으며 선거운동을 하는 게 여간 고통스러운 일이 아니었다. 하루하루가 힘겨웠다.

정치는 내가 할 일이 아니다 싶었다. 더 오래 끌다가는 몸도 정신도 무너지고 말 것 같았다. 6개월 정도 마음고생을 하다가 용단을 내렸다. 그리고 바로 공화당을 찾아갔다.

"도저히 힘들어서 출마는 못 하겠습니다. 다른 사람을 찾아보는 게 좋겠습니다." "이제 와 무슨 소립니까. 대체 어떻게 하겠다는 말입니까?"

당에선 펄쩍 뛰었다. 어떻게든 나를 출마시키려고 무진 애를 썼다. 결국 내가 병원에 입원한 뒤에야 다른 후보를 내세웠다. 선거 결과 동갑내기 신민당 김수한 의원이 초선 배지를 달았다. 1996년에 그를 같은 신한국당 소속으로 국회에서 다시 만났으니, 참 얄궂은 인연이다. 나는 비례대표 초선 의원으로, 김 의원은 국회의장으로 말이다. 여야가 다를 때는 다투기도 했지만, YS계라는 큰 그릇에 함께 담기니 우정이 싹텄다. 지금까지도 김수한 의원과는 안부를 전하며 가깝게 지내고 있다.

나설 때와 물러날 때

1988년 4월, 13대 총선에 나선 것도 내 의지가 아니었다. 선거를 불과 한 달 정도 앞두고 국가권력 핵심부에 있던 고위 공직자에게서 전화 한 통이 걸려왔다.

"신영균 씨, 서울 성동구병 선거구에 민주정의당 후보로 나가 줘야겠습니다." "예? 곧 있으면 투표 날인데 갑자기 나가라니요. 저는 정치에 뜻이 없습니다." "지금 다른 방도가 없습니다. 제 말 알아들은 것으로 알겠습니다."

권력의 칼날이 서슬 퍼렇던 시절, 나는 강권에 못 이겨 결국 다시 선거판에 나갔다. 1978년 〈화조〉를 끝으로 은막을 떠난 지 10년이 흘렀지만, 배우로서의 인지도가 남아 있을 때였다. 그러

4장 ─ 배우는 극이 바뀔 때 역을 바꾼다

자 상대 후보는 네거티브 전략을 서슴지 않았다. 마침 그 지역구에 아들 내외가 살고 있어 선거운동을 하다가 쉴 겸 집에 들른 적이 있는데, 그걸 두고 며느리랑 내 관계를 모함하는 식이었다. 결과는 통일민주당 박용만 후보의 당선이었다. 나는 불과 1.4% 포인트(1,627표) 차로 낙선했다. 지금껏 살면서 겪은 가장 큰 패배였다. 현실정치의 높은 벽을 실감했다.

이런 경험을 통해 깨달은 게 있다. 국회의원은 '4년제 비정규직'이라는 말이 있을 만큼 직업적으로 안정적이지 않다. 따라서 나라를 위해 '봉사하겠다'라는 큰 뜻을 품어야만 고난과 시련도 견뎌낼 수 있다. 또 정치하는 사람은 자신이 물러날 때를 잘 알아야 한다. 15, 16대 국회의원을 지내고 2004년 총선 불출마 및 정계 은퇴를 선언하면서 나는 이런 말을 남겼다.

"새로운 정치를 위해 후배들에게 의자를 물려주고 떠날 때가 된 것 같습니다. 이제 다시 영화인 신영균으로 돌아가겠습니다. 문화예술 사업에 마지막 힘을 쏟으면서 우리 정치에 계속 관심을 갖고 지켜보겠습니다."

여의도에서 8년 동안 지내면서 많은 정치인과 친분을 쌓았다. 몇몇 의원의 후원회장을 맡은 적도 있다. 우리나라 정치가 늘 혼탁한 모습을 보여 국민들의 신뢰가 밑바닥까지 떨어졌다는 것을 잘 안다. 선배 정치인으로서 책임을 통감한다. 그렇다고 정치 없는 사회, 정치 없는 국가를 상상할 수 있는가. 개인의 영달보다 국민의 행복을 위해 일하는 큰 정치인들이 늘어나기를 기대한다. 정치는 야망 있는 젊은이라면 한 번쯤 도전해 볼 만한 직업이다. 물론 그전에 실력을 탄탄히 다져야겠지만 말이다. 내가 처음 의원 배지를 단 게 70대를 바라볼 때였으니 출발이 늦은 셈이다. 조금 더 이른 나이에 시작했다면 대권을 꿈꾸었을지도 모른다. 이제는 다 지나간 일이니 웃으며 하는 말이다.

사실 나를 포함해 지금까지 연예인 출신의 국회의원이 여럿 있었다. 연예인들은 1970년대까지도 '딴따라'로 불리며 사회적 인식이 좋지 않았지만, 1980년 컬러TV가 보급되면서 스타들의 사회적 파워는 서서히 커졌다. 1980년 언론통폐합 조치로 문을 닫은 동양방송TBC 출신의 탤런트 홍성우를 시작으로, 탤런트 겸 배우 이낙훈, 영화 〈빨간 마후라〉에 나와 함께 출연한 이대엽, 충무로의 동반자 최무룡과 신성일, 지금도 현역 배우로 뛰고 있는 이순재, 코미디언 출신의 이주일, 드라마 〈수사반장〉과 〈전원일기〉의 최불암, 독립운동가 김좌진 장군의 손녀로도 유명한 탤런트 김을동 등등이 떠오른다. 하지만 숫자에 비해 국회의원으로 성공적인 활동을 한 경우는 드물어 아쉬움도 크다. 정치인으로서도 탁월한 역량을 발휘할 수 있는 후배 연예인이 나올 날을 기다린다. 연예인의 사회적 발언이 늘어나고, 또 그 책임이 갈수록 커지는 시대에 살고 있으니 말이다.

한 그루의 예술나무, 문예련

1996년 국회에 들어오자마자 가장 공을 들인 건, 문화예술을
통한 여야 화합의 장을 가능한 한 많이 마련하는 일이었다. 문화
예술계 발전을 위한 노력에는 여야가 따로 없기를 바랐다. 국회
차원에서 문화예술 활성화 방안을 함께 고민하고 연구하고자
'국회 문화예술연구회'를 설립했다. 정치, 경제, 사회 중심의 여
의도에 문화의 중요성을 알리려는 목적이었다. 문화는 예술이자
산업이기에, 백범 김구 선생의 소원처럼 문화가 강한 나라를 만
드는 데 일조하고 싶었다.

그해 6월 15일, 문화예술연구회는 정회원 20명과 준회원 등
64명 규모로 출범했다. 이회창, 김덕룡, 최형우, 김상현 등 당시
여야의 대권 잠룡으로 불리던 중진급 의원이 대거 참석해 눈길
을 끌었다. 가수 출신 국회의원 1호인 최희준 의원, 장편소설

《인간시장》으로 유명한 김홍신 의원, 소설 《여자의 남자》를 쓴 김한길 의원 등 문화예술 관련 의원들도 힘을 보탰다. 신한국당 강용식, 김충일, 국민회의 김상우, 자민련 박철언, 변웅전 의원 등도 초창기 멤버다.

국회 문화예술연구회는 많은 언론의 주목을 받았다. 서로 대립하기만 하던 여야가 '문화'라는 키워드로 모인, 기존에는 볼 수 없던 모임이었기 때문이다. 이런 연구회를 만든 취지가 궁금하다며 자주 인터뷰 요청이 들어왔다. 내 답변은 한결 같았다. 잡지 〈국회보〉 등에 실린 인터뷰 일부다.

> 국회 문화예술연구회는 그동안 경제개발 논리에 밀려 상대적으로 소외되어 온 문화예술 분야의 활성화가 21세기 선진국 진입의 시급한 과제임을 인식하고 국회 차원의 능동적 정책개발과 환경조성을 위한 연구 및 현장 활동을 통해 문화예술의 발전에 기여하고자 결성되었습니다.
>
> 저는 평생을 문화예술 분야의 발전을 위해 노력해 왔습니다만, 아쉬움이 많은 것도 사실입니다. 21세기를 주도할 문화예술 발전을 위해서는 문화예술계는 물론 우리 모두가 함께 고민하고 노력해야 합니다. 앞으로 관련법 및 제도의 연구와 검토는 물론 현장의 목소리까지 수렴하여 의정 활동을 통해 체계적으로 정책에 반영시키도록 노력할 것입니다.

4장 ─ 배우는 극이 바뀔 때 역을 바꾼다

힘을 보태준 고마운 후배들

연구회 창립총회 날에는 당시 인기 배우 최진실과 김무생 씨도 와서 자리를 빛내주었다. 그들에게도 적극적인 동참을 부탁했다. "최진실 씨, 국회에 문화예술연구회가 새로 생기는데 와서 힘 좀 실어줘요." "선생님, 꼭 갈게요. 앞으로도 도울 게 있으면 적극 돕겠습니다." 이제는 고인이 된 두 사람에게 다시 한번 그때의 고마움을 전하고 싶다. 최진실은 정말 예의 바르고 야무진 후배로, 만날 때마다 깍듯하게 나를 선배로 대접해 주었다. 연기에 대한 열정이 뜨거웠고 성품 또한 밝았는데, 2008년 마흔이란 꽃다운 나이에 극단적인 선택을 해 너무나 가슴이 아팠다.

열다섯 연하의 탤런트 김무생과도 평소 친하게 지냈다. 그는 주로 드라마에서 활동해 영화와 인연은 깊지 않았지만, 연극배우로 연기를 시작했다는 공통점이 있어 일종의 유대감을 느꼈다. 김 씨도 2005년 65세를 일기로 세상을 떠났는데, 2017년 그의 아들 탤런트 김주혁도 45세란 이른 나이에 불의의 교통사고로 세상을 등져 인생무상을 절감하게 했다. 미인은 박명이란 옛말이 떠오를 정도였다.

지금까지 수많은 죽음을 목격해 왔지만 그 어느 하나 가볍게 넘길 수 없었다. 김주혁이 타계한 이듬해 제55회 대종상 특별상 수상자로 선정됐을 때, 시상자로 서게 되었다. 그날 나는 다음 같은 추모사를 남겼다.

"김주혁 군의 아버지는 김무생 씨입니다. 김무생은 정말 멋있게 연기를 잘하는 배우였습니다. 나와 참 많은 작품을 했는데, 그 친구가 일찍 갔을 때 참 마음이 아팠습니다. 그런데 그 아들 김주혁 군도 너무 일찍 갔습니다. 참 훌륭한 연기자가 될 수 있었는데 그렇게 일찍 가서 마음이 아픕니다. 그러나 우리 영화인들 전체, 또 영화를 좋아하고 김주혁 군을 좋아하던 모두가 대종상 특별상을 주기에 기쁜 마음으로 받을 것 같습니다. 천국에 잘 있기를 바랍니다."

문화예술 발전을 위하여

국회 문화예술연구회 활동은 이후로도 꽤 많은 주목을 받았다. 연구회 회원들은 서울 예술의전당 오페라극장에서 최인호 원작, 이윤택 연출의 뮤지컬 〈고래사냥〉을 관람하기도 했고, 대학로 소극장 연극을 보며 젊음의 정취를 느끼기도 했다. 한국 공연사에 오래 남을 비언어극 〈난타〉도 함께 보러 갔다. 매 작품을 관람한 후에는 항상 출연자 및 스태프와 간담회를 하는 등 현장의 목소리를 듣고 문화 관련 정책 입안에 반영하려고 애썼다.

1996년 정기국회 개회식이던 9월 10일에는, 서울 정동극장에서 '국회 문화예술의 밤' 행사를 열어 국악 공연을 함께 봤다. 연구회 회원뿐 아니라 국회의장과 3당 대표를 포함한 299명 의원 모두에게 부부 동반 초청장을 보냈다. 참석한 의원 대부분이

혼자 오긴 했으나, 이런 대규모의 국회의원 부부 동반 문화행사
는 이때가 처음이었을 것이다. 중앙국악관현악단의 궁중아악과
민속악 등의 프로그램으로 이뤄진 이날 행사에는 신한국당 이
홍구 대표를 비롯, 이회창, 최형우, 김덕룡 의원과 자민련 김종필
총재, 국민회의 김상현 지도위의장 등 여야 대권후보군들이 대
거 동참해 눈길을 끌었다. 동료 배우 김지미도 와서 자리를 빛내
주었다.

문화예술연구회는 내 의정 활동과도 맞닿아 있었다. 앞에서
말했듯이 8년 동안 오직 한 곳, 국회 문화체육위원회에서 활동
했는데, 의정 초창기 문화예술 관련 정부 예산은 전체의 0.56%
수준에 불과했다. 문예진흥법, 공연법, 영화법, 지방문화원진흥
법 등 손봐야 할 법안도 많았다. 문화예술 창작인들의 창작 의욕
을 고취시켜 질 좋은 작품을 생산해 낼 수 있는 기반이 되어야
함에도 불구하고, 실제로는 여러 가지 제약이 이러한 창작 의욕
을 꺾을 때가 많았다. 나는 이런 요소들을 검토해서 법적·제도
적인 기반을 조성하는 데 주력했다. 첫 국정감사에서도 노력한
만큼 호평을 받았다. 1996년 10월 18일 동아일보에는 다음과
같이 실렸다.

영화배우 출신으로 예총 회장을 지내기도 한 국회 문화체육공
보위 소속 신영균 의원(신한국당)은 국감기간 중 자신의 산 경
험을 토대로 의정의 뒷전으로 밀려나 있었던 대중문화 예술분
야를 심도 있게 접근, 좋은 평을 듣고 있다. 신 의원은 17일

1996년 정동극장 '국회 문화예술의 밤' 행사에서
당시 김종필 자민련 총재 부부와 함께

문화체육부 국감에서도 문화예술 각 분야의 현장 활동가 및 대학교수 등 전문가 282명을 대상으로 실시한 여론조사 결과를 밝히면서 정부의 대책을 추궁했다. 그는 "'문체부가 문화예술 발전에 기여하지 못한다'고 답한 사람이 64.5%, '문체부 직원들의 문화예술 전반에 대한 이해도가 낮다'고 답한 사람이 74.5%였다"며 김영수 장관의 생각을 물었다. 신 의원은 지난 1일 국감에서 서울 인사동 대학로 충무로 등에 '예술의 거리'를 만들자고 제안한 데 이어, 17일 국감에서는 예술의전당 앞 지하보도에 '지하문화가로'를, 국립극장 인근에 '지상문화회랑'을 조성하자고 주장했다.

국회의원 시절, "예술과 정치는 어떤 관계가 있다고 보느냐"는 질문을 받은 적이 있다. 나는 이렇게 답했다. "예술문화를 흔히 꽃에 비유합니다. 땅 위를 기지 않고 기둥을 타고 올라가는 나팔꽃은 높이 올라갑니다. 예술과 정치도 마찬가지의 관계라고 봅니다. 기둥과 꽃이 서로 어울려 조화를 이루기 위한 풍토를 조성해야 한다고 봅니다."

지금도 그 생각에 변함이 없다. 정쟁과 권모술수가 난무하는 여의도 땅에도 한 그루의 예술나무를 심으려는 노력이 있었다. 언젠가는 꽃도 피고 열매도 맺길 바라면서 말이다. 국회의원 시절 국가 전체 예산의 0.5% 수준에 불과하던 문화 부문 예산은 1998년 김대중 정부 시대에 들어 1%를 처음 넘어섰고. 이후에도 비슷한 수치를 유지하고 있다. 국방, 복지 등 나라살림이 들어갈 곳이 많기는 하지만 문화 부문에 대한 보다 전폭적인 지원이 있기를 희망한다.

매력적인 나라, 살고 싶은 나라를 만들려면 문화도 필수적으로 뒷받침되어야 한다. 이제 주린 배를 채우기에 급급한 시대가 아니지 않은가. 문화는 상대방에 대한 배려와 공감에서 시작한다. 시와 소설을 읽고, 영화와 드라마를 보고, 음악과 미술을 감상하는 건 단순한 취미나 호사가 아니다. 인간에 대한 이해를 넓고 깊게 다지는 일이다. 문화가 강한 나라가 아름다운 나라이고, 아름다운 나라가 곧 평화로운 나라가 아닐까.

스크린쿼터제, 자생과 경쟁 사이에서

2020년은 한국영화사에서 가장 침울한 해로 기록될 것 같다. 코로나19 사태로 극장가는 꽁꽁 얼어붙었고, 충무로 여기저기서 탄식과 비명이 끊이지 않는다. 어디 영화계뿐이랴, 문화계 전체가 전대미문의 홍역을 앓고 있다. 비대면 온라인 문화가 그 빈틈을 파고들며 새로운 가능성을 보여주었으나, 아직까지 영화는 극장에서 대형 화면과 좋은 음향 시스템을 갖춰 감상하는 것이 최고가 아닐까. 침울한 분위기 가운데 하나 낭보가 있었다. 연초 봉준호 감독의 영화 〈기생충〉이 할리우드에 우뚝 섰다. 한국영화 최초로 제92회 아카데미 시상식에서 최고 작품상을 수상한 것이다. 〈기생충〉의 수상 순간, 미국에 있는 송강호에게 문자 메시지를 보냈다. 비록 연기 부문에서 수상하진 못했으나 그 이상의 개가를 올린 것에 대해 아낌없는 축하를 보냈다.

"우리 영화 101년 역사에 처음이다. 선배들이 뿌린 씨앗에 좋은 열매로 보답했다. 한국에 돌아오면 축하 파티를 열어주겠다." 송강호는 즉각 답신을 보내왔다. "예, 감사합니다. 봉준호 감독에게도 꼭 전하겠습니다."

무엇이 한국영화를 위한 길일까

한국영화의 성장이 놀랍다. 미학·산업적 측면에서도 날로 커가고 있어 충무로 원로로서 대단히 반갑다. 특히 〈기생충〉의 활약을 보면서 국회의원 시절이 생각났다. 앞서 말했듯 정치에 뛰어든 것은 문화계 이슈에 적극적인 목소리를 내고 싶어서였다. 1996년 여의도에 들어온 첫해, 문화계의 가장 민감한 이슈는 '스크린쿼터(한국영화 의무상영제)'였다. 이는 1967년 국산영화 진흥을 위해 도입한 제도인데 그 효과를 둘러싼 찬반 논쟁이 뜨거웠다. 자연히 영화계 출신 의원인 내 입장에 관심이 쏠렸다. 나는 국정감사장에 출석한 문화체육부 장관에게 이렇게 물었다.

"우리 영화 경쟁력이 동반되지 않은 상황에서 스크린쿼터 사수를 주장하는 건 한국영화 발전에 도움이 안 된다고 생각하는데, 이에 대한 장관의 견해를 밝혀주십시오."

신영균이 영화계를 대변할 거란 대중의 예상이 빗나가는 순간이었다. 평생 영화와 함께해 왔지만, 이 문제에서만큼은 많은 영화계 인사들과 생각이 달랐다. 스크린쿼터 도입 이후 국산영화의 제작 편수는 계속 감소하고, 관객 수도 줄고 있었다.

스크린쿼터제 시행 첫해인 1967년, 한국영화 의무상영일은 90일이었다. 이후 몇 차례 축소와 확대를 거듭하다 1984년 146일로 정해 유지해 오고 있었다. 하지만 국산영화 제작 편수는 1970년대 200여 편, 1990년대 전후 100여 편에 그쳤고, 급기야 1997년에는 59편으로 급감한 실정이었다. 나는 30년 넘게 유지해 온 스크린쿼터제의 성과가 이 정도라면, 당연히 재검토하는 게 옳다고 봤다.

또 1996년 시내 한 극장의 관람객 수를 분석해 보니, 3~9월 개봉한 6편의 한국영화 평균 좌석 점유율은 13.9%로 회당 관람객이 40~50명에 불과했다. 극장을 경영해 본 경험으로 볼 때, 이 같은 현실에서 극장주에게만 법을 지키라고 강요하는 건 불합리한 것 같았다. 영화는 문화이자 또한 산업이지 않은가.

나는 그때부터 스크린쿼터를 언제까지 유지할 것인지, 무엇이 한국영화의 발전을 위한 일인지 생산적인 논의가 이뤄지길 바랐다. 스크린쿼터 축소 반대에 앞장서던 후배 영화인들이 국회로 찾아와 면담을 요청하면 흔쾌히 받아들였다.

"선배님, 저희 얘기 좀 들어주세요. 스크린쿼터를 섣불리 축소해선 안 됩니다. 선배님이 영화계 민심을 대변해 주셔야 하지 않겠습니까." "충무로 현장의 목소리를 들어주고 싶은 생각이 왜 없겠어요. 하지만 우리 영화계의 미래를 위해서도 스크린쿼터 축소가 옳다고 보기 때문입니다. 이대로 가면 영화의 질이 떨어지고 극장도 흥행 부진에 문을 닫게 되고…."

하지만 시간이 흐를수록 갈등의 골은 더 깊어졌다. 정부의 미온적 대응도 한몫했다. 1998년 한미 양자투자협정BIT 협상 테이블에서 미국이 스크린쿼터 폐지를 요구하자, 한국정부가 이에 동조하는 발언을 해 영화계를 자극했다. 영화인들은 국제통화기금IMF 관리 체제를 초래한 경제 관료들이 자신들의 과오를 감추기 위해 미래 산업인 영화를 흥정 대상으로 삼는 것을 묵과할 수 없다며, 1998년 12월 '스크린쿼터 사수를 위한 범영화인 비상대책위원회'를 구성했다. 배우 김지미와 영화감독 임권택, 영화제작자 이태원이 공동위원장을 맡았다. 이듬해 6월 영화인 111명이 광화문 사거리에서 집단 삭발식을 했다. 사회적으로도 커다란 이슈로 부각했다. 문화계 전체가 들끓었다. 여론도 '스크린쿼터 절대 사수'에 공감하는 편이었다. 결국 정부 당국이 한발 물러서면서 거센 갈등이 일시적으로 가라앉았지만, 근본적인 해법과는 거리가 멀어 보였다. 말하자면 미봉책일 뿐이었다.

나는 당시 정부의 대응을 질타하면서 영화계에도 자성을 촉구했다. 1999년 1월 발간한 내 국회 의정보고서 《문화를 알면 미래가 보인다》에는, 1998년 여름 스크린쿼터제에 대한 찬반 양론을 지켜보며 정리한 나의 생각이 실렸다.

> 외교통상부 통상교섭본부장의 스크린쿼터제 폐지론 발언 이후, 최근 벌어진 영화인들의 스크린쿼터제 사수 결의대회까지 지켜보면서 평생을 영화와 함께 살아온 영화인이기에 느끼는 감회가 남다르다. 특히 현재 국회에서 영화를 포함한 우리나

라의 문화 정책을 다루는 문화관광상임위원회의 위원으로 나름대로 책임감을 느낀다. 다만 몇 가지는 우리 문화와 한국영화의 발전을 위해 다시 한번 생각해 볼 필요가 있을 것 같다.

우선 스크린쿼터제의 폐지를 주무부처와 충분한 의견조율도 없이 불쑥 거론한 통상교섭본부장의 경솔함과 주무부처로서 무기력한 모습만 보이는 문화관광부의 태도는 지적되어야 할 것이다. 외교통상부의 시각대로 스크린쿼터제가 시대착오적이고 영화 산업에도 별 도움이 되지 않는다고 해서 바로 폐지를 주장해 영화계는 물론 문화계로부터 거센 반발을 불러일으키는 것은 정책 수행에 아무런 도움이 되지 않는다. 나아가서 통상교섭본부장의 이러한 시각은 현 정부 역시 문화를 정치·경제의 시각으로 이해하려는 반문화적인 정책의 한계를 벗어나지 못하고 있음을 보여주는 것이라고 생각한다.

물론 영화계의 대응도 칭찬받을 일은 아니다. 국가 간 무한경쟁시대라는 21세기를 눈앞에 두고 냉정한 시장경제의 논리 속에서 한국영화의 세계화·국제화라는 과제와 한국영화의 보호·육성이라는 두 마리 토끼를 어떻게 조화시킬 것인가에 대한 진지한 고민 없이, 머리띠 두르고 애국심에 호소하는 감정적 대응만으로는 한국영화의 발전에 기여할 수 없다.

나는 무엇보다 스크린쿼터제라는 보호막만 믿고 현실에 안주하려는 일부 영화계의 게으름을 질타했다. 일례로 1980년대 충무로를 휩쓴 '벗기기 경쟁'을 지적했다. 신군부의 3S Sex, Screen, Sport

정책의 부작용이 결정적 요인이었지만, 영화인 또한 이에 편승해 싸구려 에로물을 양산한 책임에서 자유로울 수 없었다. 한국영화가 스스로 경쟁력을 갖추지 못한다면 어떠한 정책도 '언 발에 오줌 누기'에 불과하다고 여겼다. 나는 한국영화의 자생력 강화를 주장했다. 구체적으로는, 한국영화의 제작 물량에 맞춰 의무상영 일수를 정하는 '연동제'를 대안으로 제시하기도 했다.

자생력이 경쟁력

스크린쿼터는 우여곡절 끝에 2006년부터 연간 73일로 축소됐다. 예전 146일의 절반 수준이었지만, 한국영화는 결코 후퇴하지 않았다. 많은 사람의 우려와 달리, 국제적 경쟁력을 갖추게 되었다. 충무로에서도 투쟁 일색의 목소리가 잦아들었다. 대기업들이 영화 투자와 제작에 잇달아 뛰어들었고, 멀티플렉스가 속속 들어서면서 영화 관람 환경도 몰라보게 달라졌다. 한국영화의 시장점유율이 50%대를 훌쩍 넘어섰다. 영화 전체 시장에서 자국 영화의 점유율이 한국처럼 높은 나라를 찾아보기 힘들 정도로 발전했다. 2004년 강우석 감독의 〈실미도〉와 강제규 감독의 〈태극기 휘날리며〉는 한국영화사 100년 만에 처음으로 1,000만 관객을 돌파했다. 2012년에는 최동훈 감독의 〈도둑들〉, 추창민 감독의 〈광해, 왕이 된 남자〉가 연이어 1,000만 영화에 합류하며 그해 한국영화는 관객 1억 명 시대를 열어젖혔다.

상업영화뿐 아니라 예술영화의 지반도 탄탄해졌다. 〈초록물
고기〉(1997), 〈박하사탕〉(2000), 〈밀양〉(2007), 〈시〉의 이창동 감
독, 〈공동경비구역 JSA〉(2000), 〈올드 보이〉(2003), 〈친절한 금자
씨〉(2005), 〈아가씨〉(2016)의 박찬욱 감독 등이 세계적인 주목을
받았다. 봉준호 감독의 〈기생충〉도 하루아침에 나온 게 아니다.
〈살인의 추억〉(2003), 〈괴물〉(2006), 〈설국열차〉(2013) 같은 전작
들이 있었기에 오늘의 영광이 가능했다. 물론 이러한 성과가 스
크린쿼터 축소 때문만은 아니겠지만, '그저 그런 영화를 만들어
선 관객의 지지를 받지 못한다'는 시대적 요구와 맞물린 결과라
는 것만은 분명하다.

요즘 젊은이들은 아마 스크린쿼터가 며칠인지, 시행이 되고
있긴 한 건지 잘 체감하지 못할 것이다. 그런 제도가 있든 없든
알아서 한국영화를 찾아보는 시대가 됐으니 얼마나 즐거운 일
인가. 격세지감을 느낀다. 또 한편으로는 후배 영화인들의 노고
에 박수를 보낸다. 고사성어 청출어람의 뜻을 되새긴다. 한때 스
크린쿼터 논란의 중심에 서서 동료 영화인들의 거센 비판을 받
았지만, 영화계 발전을 위한 마음만은 그들과 똑같았다는 점을
기억해 줬으면 한다. 요즘에는 스크린쿼터보다 대작영화가 상영
관을 점령하는 스크린 독점이 더 심각한 문제로 떠오르고 있다.
영화의 상업성과 다양성, 그 둘 사이의 현명한 접점을 후배들이
잘 찾아갈 것으로 믿는다.

박정희 대통령과 영화 검열

2020년 1월 개봉한 우민호 감독의 〈남산의 부장들〉을 극장에서 관람했다. 요즘도 화제의 신작이 나오면 가급적 빠뜨리지 않고 보려고 한다. 영화는 나의 시작이자 끝이라고 할 수 있으니. 영화를 통해 세상을 배웠다고 해도 과언이 아니다. 〈남산의 부장들〉은 후배 배우 이병헌이 주연을 맡았다. 2013년 이 씨의 결혼식에서 주례를 맡았는데, 그후로 새 영화가 나올 때마다 내게 시사회 초대장을 보내준다.

〈남산의 부장들〉은 1979년 10월 26일 박정희 대통령 암살 사건을 다뤘다. 이병헌은 박 대통령을 저격한 김재규 중앙정보부장으로 나온다. 역시 그의 연기는 흠잡을 데 없었다. 다만 박 대통령의 비극적 말로에 초점을 맞추다 보니 개인적으론 박 대통령의 공과를 균형 있게 다루지 못했다는 느낌이 들었다. 박 대

4장 — 배우는 극이 바뀔 때 역을 바꾼다

301

통령은 3선 개헌, 유신 선포 등 장기 집권을 꾀하는 과정에서 많은 희생자를 만들어냈다. 다만 우리나라의 경제 성장과 산업화에 끼친 그의 공로를 완전히 부인할 수는 없을 것이다. 역사는 다양한 얼굴을 갖고 있다. 사회와 인물의 특정 측면을 부각하는 영화의 속성은 십분 인정하지만, 한 시대를 총체적으로 이해하려면 보다 폭넓은 시야가 필요하다고 생각한다.

박 대통령의 서거 소식을 접했을 때 말할 수 없이 큰 충격을 받았다. 당시 중앙정보부장이었던 김재규와는 특별한 인연이 없었지만, 프랑스 파리에서 실종된 김형욱 전 중앙정보부장과 박종규 대통령 경호실장과는 안면이 있는 사이였다.

10·26 사건이 일어나기 1년 전인 1978년 충무로 마지막 출연작인 〈화조〉이후에도, 나는 한국영화인협회장으로 일하는 등 충무로 발전을 위해 애쓰고 있었다. 거의 평생을 오직 영화 하나만 보고 살다시피 했기에 권력의 흥망성쇠에는 크게 관심이 없었으나, 10·26 사건의 비극을 보며 인생 공부를 다시 해야겠다고, 과욕을 버려야겠다고 생각했다.

어디 박 대통령뿐이랴. 전 세계 역사를 두루 살펴봐도 권력을 내려놓아야 할 시기를 판단하지 못해서 화를 입은 통치자들이 얼마나 많은가. '박수 칠 때 떠나라'는 말도 있다. 물론 최고의 자리에서 스스로 물러난다는 게 쉽지 않겠지만 말이다. 이는 정치뿐 아니라 세상만사에 고루 적용되는 진리일 것이다.

박정희와 계몽영화들

박 대통령과의 인연은 1962년으로 거슬러 올라간다. 그해 우리나라에서 열린 제9회 아시아영화제에서 처음 만난 것으로 기억한다. 나는 신상옥 감독의 〈상록수〉로 이 영화제에서 남우주연상을 받았다. 〈상록수〉는 최우수 각본상, 최우수 음악상, 최우수 남우조연상(허장강)도 휩쓸었다. 이 영화로 최은희는 그해 제1회 대종상 영화제에서 여우주연상을 받았으니, 그야말로 상복이 많은 작품인 셈이다.

아시아영화제는 우리나라를 비롯해 일본, 중국, 싱가포르 등 아시아 국가에서 번갈아 개최되었는데, 그해 개최국이 우리나라였다. 박 대통령이 의장을 맡아 영화계 인사들을 청와대로 초청했고, 최우수작품상 등은 직접 시상하기도 했다. 그후로도 나는 신상옥 감독과 최은희와 함께 종종 청와대에 초청받아 박 대통령 내외와 식사를 했다.

최고 권력자의 앞이라고 해서 특별히 위압감을 느끼진 않았던 것 같다. 배우라는 직업을 최고로 여겼기에, 특별히 대통령에게 잘 보여야 한다는 생각이 없어서 그랬는지도 모르겠다. 특히 육영수 여사는 우리가 갈 때마다 마치 어머니처럼 따뜻하게 대해줬다. 박지만은 어린 초등학생이었다. 박 대통령은 말수가 적은 편이었지만, 영화에 대한 관심은 매우 컸다.

"신영균 씨, 수고했어요. 〈상록수〉는 참 좋은 영화입니다. 우리나라도 농촌을 개발해야 잘사는 나라가 될 겁니다. 오랜 가난

4장 ― 배우는 극이 바뀔 때 역을 바꾼다

에서 벗어나려면 농촌부터 달라져야 합니다."

1970년대 들어 '잘 살아보세'를 내건 새마을운동이 범국민적으로 펼쳐졌다. 박 대통령이 〈상록수〉를 보고 감동받아 새마을운동을 구상한 것이라는 얘기가 들려 왔다. 개연성이 충분하다고 생각한다. 일제강점기를 배경으로 한 〈상록수〉는 소설가 심훈의 동명 소설이 원작인데, 농촌계몽운동에 헌신한 두 젊은 남녀가 주인공이다. 소설과 영화의 배경은 일제강점기이지만, 1960년대 우리나라의 농촌 현실에 대입해도 큰 무리가 없다. 이후 〈서편제〉의 임권택 감독도 1978년 한혜숙, 김희라 주연의 또 다른 〈상록수〉를 연출하기도 했다. 〈상록수〉는 2003년 제56회 칸영화제 클래식 복원(회고전) 부문에도 소개되었다. 칸영화제 초청 당시 신 감독은 언론 인터뷰에서 〈상록수〉를 대표작 중 하나로 꼽으며 다음 같은 소감을 남겼다.

외국인들이 40년 전 한국의 정서를 이해할 수 있을까 싶었는데, 세계적 거장에게 바치는 회고전에 초대되니 기분이 좋다. 5·16 직후 영화가 개봉했을 때, 박정희 대통령이 영화를 보고 눈물을 흘린 후 새마을운동을 시작하는 계기가 되었다. 영화가 진실을 다루고 있기 때문에 아마 세계인들에게 보편적 감동을 줄 수 있을 것이다. 영화는 상업성이나 오락성도 있어야 하지만, 무엇보다도 사회성이 있어야 한다. 〈상록수〉를 볼 때마다 눈물이 난다. 당시 50㎜ 렌즈 하나로 촬영했지만 오히려 그러한 특징을 잘 살렸고 이것이 영화의 기교적인 장점이 된 것 같다.

영화 〈상록수 *The Evergreen*〉 포스터와 영화 속 한 장면

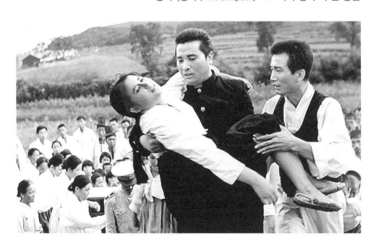

17년 전 신상옥 감독의 말은 2020년 현재에도 유효하다. 영화는 기본적으로 사회에 대한 발언이라고 생각한다. 신 감독과 함께한 영화 〈쌀〉, 〈삼일천하〉(1973) 등도 근대화에 대한 열망을 표출한다. 〈쌀〉은 가난한 농민들이 피나는 노력 끝에 바위산을 뚫고 금강 물을 끌어다가 벼농사를 짓는다는 줄거리다. 나는 여기에서 마을 발전에 앞장서는 6·25 참전 상이용사로, 최은희는 나를 적극 돕는 부잣집 딸로 나온다. 사람들은 황무지를 옥토로 바꾸는 데 힘을 모은다. 〈쌀〉은 〈상록수〉를 잇는 계몽영화다. 전쟁의 상처와 가난에서 벗어나길 원하던 1960년대 한국인의 절박한 현실을 담았다. 사회를 개조하는 주인공으로 여성을 앞세웠다는 점도 선구적이다. 〈삼일천하〉에서는 1884년 조선의 자주독립과 근대화를 목표로 갑신정변을 주도한 개화파 김옥균을 연기했다. 갑신정변은 청나라의 개입으로 3일 만에 실패해 삼일천하라고 불린다.

영화 검열과 규제

영화학자들은 신상옥 감독의 이런 영화들이 박정희 대통령의 근대화 프로젝트에 정당성을 부여해 준 계몽영화라고 평가한다. 지금은 자유로워진 편이긴 하나, 당시 영화는 정부의 엄격한 통제 속에서 만들어졌다. 나중에 최은희에게 들은 얘기지만, 신 감독은 박 대통령과 만났을 때 조심스럽게 영화 검열과 관련된 이

1962년 제9회 아시아영화제에서 박정희 대통령에게 상을 받는 최은희와 신상옥 감독

야기를 꺼냈다고 한다. 최 씨의 회고록에도 등장하는 얘기다.

> **신상옥**   각하, 한국영화도 이제 다른 산업처럼 해외시장에
> 진출해야 성장할 수 있습니다. 좋은 영화를 만들려
> 면 좋은 시나리오가 있어야 하는데, 그러자면 제일
> 먼저 생각과 표현에 제약이 없어야 합니다.
>
> **박정희**   어느 정도의 검열은 필요하다고 생각하는데, 모두
> 정부가 잘하자고 하는 일이니 정부 측 사정도 고려
> 해 가며 연구해 봅시다.

신 감독은 박정희 대통령에게 검열의 심각성을 재차 강조했다.

> **신상옥**   각하, 어느 정도가 아닙니다.
>
> **박정희**   검열이 그렇게 심하오? 알겠소. 알아보고 조치하
> 겠소.

하지만 그후로도 크게 달라진 건 없었다. 정부 당국의 검열은
더욱 강화되었고, 영화 정책도 규제 위주로 흘러갔다. 한국영화
산업은 쇠퇴기로 접어들었다. 신상옥 감독의 신필름도 커다란
위기에 직면했다. 1967년 국내 최대 스튜디오인 안양촬영소를
인수하면서 경영난에 빠진 데다, 박정희 대통령과의 사이도 벌
어지게 되었다. 특히 1975년 〈장미와 들개〉에 검열 당시 없었던
키스신이 예고편에 들어갔다는 이유로 신필름 영화사의 허가가

취소되기까지 했다

아이러니하게도 신필름은 북한의 영화를 일으키는 데 크게 일조했다. 1978년 최은희와 신상옥 납북 사건 이후에 말이다. 영화광으로 알려진 김정일은 "북한 영화의 발전을 위해 두 사람을 납치한 것"이라며 전폭적으로 지원했다. 최은희는 북에 납치된 후 매주 금요일 김정일이 주관하는 연회에 초대됐는데 김정일이 이런 말도 했다고 한다. "우린 최 선생이 나온 영화를 모두 갖고 있습네다. 그중에 〈상록수〉는 우리 동무들의 영화 교재로 쓰고 있디요."

한국영화의 원본 필름들은 북한에 더 많이 소장돼 있다고 한다. 최 씨는 언론과의 인터뷰에서 "〈빨간 마후라〉와 〈평양 폭격대〉(1971)는 반공영화인데도 북한에서 잘 보존하고 있어서 놀랐다"고 말하기도 했다. 언젠가 통일의 그날이 오면, 한국영화의 발자취가 더욱 온전히 복원될 수 있지 않을까 기대가 크다.

영화 검열은 사실 한국영화 100년사와 함께해 왔다. 일제강점기에도 영화계를 옥죄었다. 창작의 자유와 검열의 감시가 늘 충돌했다. 1970년대 박정희 정부 시절엔 문화공보부가 검열실을 직접 운영하기도 했다. 당시 영화를 개봉하려면 문공부 직원 2명과 중앙정보부와 치안본부 직원 각각 1명까지 총 4명의 검열관을 통과해야 했다. 검열관이 삭제할 대목을 대본에 기록하면, 영사기사가 해당 부분 필름을 잘라내는 식이었다.

1980년대 전두환 정부 시절에도 사정은 크게 나아지지 않았다. 〈별들의 고향〉, 〈영자의 전성시대〉(1975) 등 1970년대의 호스티스 영화와 〈애마부인〉 시리즈로 정점을 찍은 1980년대 에로영화는 갑갑한 시대의 목격자와 같다. 1980년 한국영화인협회 이사장이었던 나는 김정옥 연극인협회 이사장과 함께 당시 공화당과 신민당이 공동 발표한 헌법개정시안 중 '영화 연예계에 대한 검열을 할 수 있다'는 조항이 독소 조항이므로 관련 조항의 삭제를 촉구하기도 했다. 충무로에도 1989년 민주화 열기를 타고 변화의 바람이 일었다. 마침내 1996년 영화 사전심의가 위헌이라는 헌법재판소 결정이 났고, 이듬해 개정 영화진흥법에 따라 영화심의를 대신하는, 지금과 같은 영화등급제가 시행됐다. 표현과 소재의 한계가 사라진 한국영화가 앞으로도 계속 성장, 나아가 성숙하기를 바란다.

영화인을 위한 복지

셋집에 살던 배우들이 집을 사고 또 자가용을 마련하고 이젠 납세액 최고를 자랑하는 국민이 됐다. 1965년 30명의 개인 고액 납세자 가운데 낀 20명의 연예인이 전국 총액의 5.8%를 냈다니, 한 사람이 평균 6만 명 몫을 낸 셈이다.

1966년 8월, 신문 기사의 한 대목이다. 1965년 국세청 납세 현황에 따르면, 나와 신성일, 김지미가 약 200만 원을 냈고, 김진규, 엄앵란이 100만 원, 그밖에도 50만 원가량을 낸 스타들이 많았다. 예나 지금이나 연예인들의 세금 납부는 좋은 기삿거리가 된다. 더욱이 당시에는 한국에 이렇다 할 기업체가 적었다. 고액 납세자 30명 중 20명이 연예인이라니, 그 비중이 지금도 믿기지 않는다.

1969년 내가 연예계 고액납세자 1위에 올랐다. 국세청이 배우 및 가수별로 고액납세자 톱10을 발표했는데, 내가 476만 6,000원으로 가수 1위인 김상희(63만 3,000원)의 7배가 넘었다. 2위는 박노식(447만 원), 3위는 문희(332만 2,000원)였다. 이어 김지미(310만 9,000원), 신성일(300만 7,000원), 구봉서(238만 9,000원), 남정임(232만 3,000원), 윤정희(202만 1,000원), 허장강(134만 7,000원), 서영춘(120만 9,000원) 순이었다.

그렇다고 배우들이 돈을 쉽게 번 것은 아니다. "기계만도 못한 게 배우 생활"(엄앵란) "도살장에 끌려가는 기분"(문희)이라는 증언이 나올 만큼, 당시 배우들은 무리한 일정을 소화했다. 한 해 평균 20~30편, 많게는 50편의 영화를 찍었다. 집에서 편하게 자는 날이 드물었다. 제작자 입장에선 하루라도 빨리 촬영을 끝내야 돈을 아낄 수 있으니 재촉이 심했다. 요즘처럼 대기업이나 금융기관이 영화에 투자하던 시절이 아니었다. 그때는 지방 극장주 등이 돈을 모아 영화를 주로 만들었다.

납세의 의무

별다른 볼거리나 놀 거리가 없던 때, 영화배우들의 수입은 일반인과 비교할 수 없을 정도였다. 웬만한 기업인보다 많았다. 1960년대 집 한 채 가격이 200만~300만 원 할 때 톱스타들은 편당 70만 원 남짓을 받았다. 물론 그만큼 세금을 많이 내야 했다. 나와 신성일과 김지미 등이 연예인 납세 1위를 번갈아 했다. 아마 신성일이 가장 많이 1위에 올랐을 것이다. 하지만 지나친 과세에 대한 배우들의 불만도 일부에서 터져 나왔다. 예컨대 서민 연기의 대가인 김승호가 1960년대 중반 공항 직원에게 호통을 쳤다가 구설에 올랐다. 어느 고관의 비행장 입장은 자유롭게 허락하면서 자신을 막자, "고액 세금을 내는 애국민을 푸대접하느냐"고 항의했다는 것이다. 단지 스타라고 유세를 떤 건 아니었을 것이다. 1967년 상반기 자료를 보면, 신성일의 소득은 645만 원, 세금은 195만 7,000원이었다. 세금이 소득의 30.3%에 달하는 것이다.

1967년 3월 배우와 성우, 변호사 등 자영업자들의 소득표준 재조정에 관한 공청회에서 나는 배우 대표로 정부에 과세 완화를 요청하기도 했다. 당시 제작자들은 20일 내지 2개월짜리 연수표로 출연료를 지급하곤 했는데, 영화가 실패하면 자금난으로 부도수표가 되는 경우가 허다했다. 하지만 세무서에서 이런 점을 인정해 주지 않아 이중과세가 되는 실정을 지적한 것이다.

나는 납세의 의무를 늘 충실히 지켰다. 1967년 3월, 박정희 대통령이 참석한 세금의 날 기념식 때, 엄앵란과 함께 모범납세자 표창도 받았다. 1972년에는 〈신영균 씨의 어느 날〉이라는 10분짜리 정부 홍보영화를 찍기도 했다. 스토리는 대략 이렇다. 내가 빨간색 쿠가를 몰고 영화 촬영장에 도착한다. 촬영 중 웬일인지 자꾸 NG가 난다. 지난해보다 세금이 20%나 많이 나와 기분이 안 좋았던 것. 감독의 양해를 얻어 고지서를 들고 국세 상담소를 방문한 나는, 금년도 세정 전반에 대한 상세한 설명을 듣고 이를 납득하게 된다.

1971년은 제3차 경제개발 5개년 계획의 첫발을 내딛는 해로, 세정 목표는 '총화세정'이었다. 총화세정이란 관민의 협동정신과 공평한 과세, 성실한 납세를 의미한다. 개인과 기업이 이윤의 몇 %를 세금으로 내는 것은 세계 공통이다. 국민이 낸 세금으로 지난 10년 동안 1, 2차 경제개발, 고속도로 완성 등 국가발전을 이루었기에 앞으로도 성실하게 납세해야 한다는 내용이다. 마지막으로 나는 "우리가 낸 세금은 산업자원이 돼 우리에게 돌아오므로 다 같이 세금을 잘 내자"며 호소한다.

정부의 요청으로 찍은 영상이긴 하지만, 사실 납세에 대한 내 생각도 크게 다르지 않다. 배우 시절뿐 아니라 명보제과와 명보극장, 신스볼링 등을 운영하면서 세금을 피해갈 수 없었다. 불만이 전혀 없을 수는 없겠지만, 정부와 동업을 한다는 생각으로 세금을 냈다. 세금을 아까워하면 사업을 키워갈 수 없다.

어려운 영화인을 위하여

어려운 처지에 놓인 퇴역 영화인을 생각하면 세금 고민도 사치에 불과할 것이다. 1969년 7월에는 동료 배우들과 처지가 어려운 영화인들을 돕기 위해 충무로에 분식집을 차렸다. 분식점 이름은 1960년대 한국 공포영화의 대명사인 〈월하의 공동묘지〉(1967)에서 딴, '월하의 집'이었다. 스타들이 직접 서빙하는 분식점으로 입소문이 나면서, 개업 첫날부터 손님이 밀려들었다. 점심 시간에는 앉을 자리가 없을 만큼 성황했다. 라면을 먹는 것보다 스타를 구경하러 온 사람들이 더욱 많았다. 나와 최은희가 개업 당일 종일 식탁을 돌면서 라면 680그릇을 팔았던 기억이 난다. 동료 배우들의 동참을 독려하고자 당번을 정했고, 나오지 못하는 배우에게는 벌금 1만 원을 받았다.

여담이지만. 당시 후원이 좀 필요해서 삼양식품 전중윤 회장을 찾아가 만났다. 1963년 서민의 배고픔을 덜고자 한국 최초의 라면인 '삼양라면'을 출시한 주인공이다. 나는 "실은 내가 일본에서 영화 촬영을 하다가 라면을 처음 맛보고 한국에서 사업을 하면 잘되겠다고 생각했는데, 영화 일에 바쁘다 보니 삼양에 선수를 뺏겼어요. 그러니 영화계 후원에도 좀 관심을 가져주세요"라고 말했다. 전 회장이 껄껄 웃으며 흔쾌히 후원했던 것으로 기억한다.

1968년부터 한국영화배우협회장, 한국영화인협회장, 한국예술문화단체총연합회 회장 등을 잇달아 맡았다. 그때 숙원 과제가 하나 있었는데, 바로 예술인 의료보험제도 도입이다. 1970년대만 해도 작가와 배우 등 예술인은 의료보험 혜택을 적용받지 못했다. 1989년 7월부터 전국민 의료보험 시대가 열렸지만, 그 전까지는 사각지대에 있는 계층이 많았는데, 예술인도 그중 하나였다.

1981년 15대 예총 회장으로 선출된 나는 이 문제를 풀어보려고 백방으로 뛰었다. 국회도 자주 찾아갔다. "의원님, 예술인도 사람답게 살 권리가 있습니다. 병원비 부담 때문에 골병드는 것을 더는 방치할 수 없지 않겠습니까? 좀 도와주십시오."

법안에 힘을 실어줄 수 있는 의원들을 찾아다니며 일일이 설득하고 호소했다. 지금처럼 여론을 형성해서 의원들을 움직이게 하는 건 쉽지 않은 시대였다. 그래도 문화예술계의 꾸준한 노력이 쌓인 덕에 그리 시간이 오래 걸리진 않았다. 그해 3월, 의료보험법이 개정되면서 자영업자들도 의료보험조합을 설립할 수 있게 됐다. 정부 인가가 난 건 그해 12월 2일이다. 예총조합 산하에는 무용·음악·건축·미술·국악·연극·사진·문인·연예·영화인협회 등 10개 협회와 문화윤리위원회가 있었다. 7,014명의 조합원과 2만 2,329명의 조합원 가족을 포함해 총 2만 9,343명이 12월 3일부터 의료보험 혜택을 받게 됐다.

가수 양희은 씨도 30대 초반 난소암으로 투병할 때 이 제도의 혜택을 받았다. 명동 생맥주 카페 오비스 캐빈에서 데뷔한 양 씨는 이후 '아침이슬'과 '세노야' 등 여러 히트곡을 냈지만, 생활고에서 벗어나지 못했다고 한다. 당시 양 씨를 친동생처럼 아끼던 가수 윤형주 씨가 이 사실을 알고 예총 회장실을 찾아왔다.

윤형주 회장님, 양희은이 가수로 활동해 온 거 아시지 않습니까? 1년 치 밀린 가수협회비를 낼 테니 등록증을 만들어 주세요. 의료보험 혜택을 받을 수 있게 도와주십시오.

나　　　　그렇게 해야지요. 사정이 참 딱하네요. 더 많은 예
　　　　　술인이 혜택을 받을 수 있게 만든 제도잖아요.

　지금처럼 전산화가 돼 있지 않던 시절이라 내 재량으로도 가능했다. 양희은 씨는 경희대 의대 부속병원에서 수술을 받고 무사히 퇴원했고, 지금도 왕성하게 활동하면서 많은 사람에게 감동을 주고 있다. 이를 보면 때로 원칙보다 더 중요한 일이 있다는 걸 새삼 깨닫는다.

　이제는 다른 방식으로 나눔을 실천하고 있다. 2010년부터 사재를 기부해 설립한 신영균예술문화재단을 통해 어려움을 겪는 영화인과 그 자녀들을 돕고 있다. 1960~70년대 단역 배우나 스태프 위주로 구성된 영화인원로회를 격려하는 뜻에서 매년 말 송년 모임도 열어왔다. 우리의 손길이 직접 닿아야 할 곳은 여전히 많다.

나는 배우로

기억되고 싶다

진짜 빨간 마후라를 만났던 날

"고3 때 〈빨간 마후라〉를 처음 보고 조종사 로망을 키웠습니다."

어깨에 네 개의 별이 반짝이는 원인철 공군참모총장(37대)이 나를 반갑게 맞았다. 2019년 12월 11일, 서울 대방동 공군회관에서 열린 '2019 탑건Top Gun' 시상식에서다. 공군 창군 70주년을 기념해 열린 자리에 특별 초청을 받았다. 원 참모총장은 "영화가 1964년에 개봉했습니다. 세월이 정말 빠른 것 같습니다. 그때 태어나 공군에 입대했다면 현재 3성 장군쯤 되지 않았을까 싶어요. 〈빨간 마후라〉는 우리 공군을 알린 1등 공신입니다"라고 말했다.

행사장에는 공군 의장대도 출동했다. 군악대의 우렁찬 연주가 울려 퍼졌다. 나는 뜻밖의 환대에 감격할 수밖에 없었다. "고맙습니다. 팔팔하던 청년 신영균이 이제 구순 노인이 됐네요. 그래도 아직 허리가 꼿꼿합니다. 〈빨간 마후라〉의 자존심 덕분입니다. 그런데 한 가지 후회스러운 게 있어요. 이런 대접을 받으려면 공군 군의관으로 갔어야 했는데, 저는 해군 대위 출신이지 않습니까. 하하하."

그날 나는 55년 전 영화 촬영장으로 홀쩍 날아간 것 같았다. 참모총장이 수여한 감사패를 받으니 영화를 찍을 당시 풍경이 주마등처럼 스쳤다. 시상식 단상에 올라간 나의 목소리는 조금씩 떨리고 있었다.

> "출연작 300여 편 가운데 가장 보람 있는 작품입니다. 제 머리 뒤에서 실탄을 쏘는 등 목숨을 걸고 찍었어요. 동남아에서도 폭발적 인기를 끌었죠. 한국영화의 해외 개척에 크게 기여했습니다. 공군 여러분, 영화 속 나관중 소령처럼 대한민국 하늘을 잘 지켜주세요."

누차 밝혔듯, 〈빨간 마후라〉는 내 삶의 정점 같은 영화다. 1952년 한국전쟁이 한창일 때 평양에서 10km 떨어진 승호리 철교 폭파 작전에 참전한 '산돼지' 나관중 소령 역을 맡았다. 100년 한국영화사에서 그만큼 카리스마 넘치는 캐릭터도 드물지 않을까 싶다. 지금도 정말 영화를 잘 찍었다는 생각이 든다. 배우가 나이를 들어가도 영화는 살아 있고, 배우는 영화 덕분에 늘 다시 태어나기 때문이다.

현실에서 만난 나 소령

이날 깜짝 놀랄 만한 일이 있었다. 내가 앉은 행사장 테이블 오른쪽에 나관중 소령이 앉아 있는 게 아닌가. 듬직한 덩치도 덩치거니와 군건한 얼굴 또한 나 소령을 빼닮아 있었다. 알고 보니 2019 '탑건' 영예를 안은 제11전투비행단 102전투비행대대 조영재 소령이었다. 나도 순간 '산돼지 신영균', '영원한 소령'으로 돌아간 듯했다. 게다가 조 소령은 당시 만 36세, 내가 〈빨간 마후라〉를 찍었을 때의 바로 그 나이였다. 나도 모르게 입가에 미소가 흘렀다.

탑건은 해마다 열리는 '보라매 공중사격대회'에서 최고 점수를 얻은 전투조종사를 일컫는다. 조 소령이 F-15K를 시속 800~900km로 몰며 직경 91cm 표적지를 명중시켰다니 말 그대로 명사수 중 명사수다. 셀 수 없는 훈련을 거친 결과일 게 분명하다. 나는 모형 조종석에 앉아 촬영했는데 말이다. 〈빨간 마후라〉의 살아 있는 후예를 직접 마주하니 대단히 믿음직스러웠다.

인연은 인연을 낳는 모양이다. 조 소령은 영화에도 등장하는 그 유명한 '102대대' 소속이었다. 내게 크나큰 선물이다. 그의 수상 소감도 오래 기억될 것 같다.

"영화 속 나관중 소령은 공군 최초 전투대대인 102대대 출신입니다. 우리도 6·25 당시 승호리 폭격과 전술을 알고 있습니다. 공군이라면 모를 수 없는 위대한 승리입니다. 지금도

5장 ― 나는 배우로 기억되고 싶다

영화 속 〈빨간 마후라〉의 나관중 소령과 현실 속 조영재 소령

공군 70주년 행사에서 만난 조영재 소령(왼쪽)과 원인철 공군참모총장(오른쪽)

365일 24시간 영공방위를 묵묵히 수행하는 동료들에게 영광
을 돌립니다. 그간 보필해 준 아내에게 이 모든 것을 바칩니다."

영화에서 나 소령도 출격을 앞둔 대원들에게 이렇게 말한다.
"모두 준비는 됐나. 다 같이 '빨간 마후라'를 부르자. 내가 죽는
건 몰라도 너희들은 절대 죽어서는 안 된다." 나라를 지키기 위
해 목숨마저 초개처럼 바친 사나이들의 뜨거운 맹세가 들려올
듯했다.

〈빨간 마후라〉를 촬영했던 강릉기지 이현진 대위에게 직접
특별상도 시상했다. 그가 "필승"을 외치며 거수경례를 하는 순간
신상옥 감독, 최은희 여사, 동료배우 남궁원, 최무룡, 박암, 김희
갑 등의 얼굴이 떠올랐다. 이런 감격스러운 자리에 함께할 수 없
다는 사실이 안타까웠다. 어쩔 것인가. 세월의 칼날을 이겨낼 사
람은 단 한 명도 없을 것이다. 나는 대신 선후배와 동료 영화인
에게 마음속으로 경례를 올렸다.

다시 떠올린 전쟁 비극

이날 시상식에선 공군 구호 '하늘로~ 우주로~'가 여러 차례
울려 퍼졌다. 영공 수호의 강한 의지가 행사장을 감쌌다. 북한의
잇단 미사일 도발로 안보 상황이 위태로운 때였지만, 진짜 빨간
마후라 후배들이 있어 마음 든든했다. 하늘로, 우주로 뻗치는 패

5장 ─ 나는 배우로 기억되고 싶다

325

기 앞에 두려울 건 없을 것이다.

산다는 것은 인연의 연속이다. 좋든 싫든 한번 맺은 인연은 자를 수가 없다. 빨간 마후라 후예들과의 인연은 2020년 새해 들어서도 계속 이어졌다. 겨울 찬바람이 매섭던 올해 1월 13일 한국 최고의 빨간 마후라들과 함께했다. 2019년 말 공군 측이 창군 70돌 기념식에 초대한 것에 답례하는 뜻에서 전·현직 참모총장 14명을 저녁 자리에 초청했다. 누구나 알듯 참모총장은 대한민국 공군의 최고 사령관이다. 4성 대장이 무려 14명이나 모였으니 매우 감격스러웠다. 어깨에 붙은 별만 헤아려도 모두 56개, 아흔둘 노배우로서도 깍듯한 예우를 갖췄다.

때마침 이틀 뒤인 1월 15일은 한국공군사에 길이 남을 날이었다. 승호리 철교 폭파 작전에 성공한 바로 그날이다. 당시 우리 공군은 북한군의 대공포가 쏟아지는 중에도 F-51 전투기 고도를 크게 낮추며 날아가 적군의 주요 보급로를 차단했다. 우리보다 장비가 훨씬 우수한 미 공군도 실패한 임무였다. 한국전쟁은 소강 상태에 접어들었지만, 우리 군은 제공권만은 절대 양보할 수 없었다.

2020년은 한국전쟁 70주년이다. 〈5인의 해병〉, 〈남과 북〉, 〈군번 없는 용사〉(1966) 등 6·25 영화를 다수 찍었지만, 이날 70년 전의 민족 비극을 다시금 떠올렸다. 지금껏 몰랐던 역사적 사실도 새로 알게 됐다. 승호리 폭격만 해도 그렇다. 원인철 현 공군참모총장은 "1월 12일에도 두 차례 출격했지만 교량 폭파에 실패했습니다. 작전을 가다듬어 세 번째 공격에서 성공한 겁니다"라고 설명해 주었다. 나 역시 실탄 속에서 생명을 걸고 촬영했지만, 실제 전투와 어찌 비교할 수 있으랴.

승호리 첫 폭격 때 참전한 김두만 총장(11대) 얘기도 전해들었다. 역대 참모총장들의 찬사가 끊이지 않았다. 이계훈 총장(31대)이 말했다. "김두만 총장은 공군의 살아 있는 영웅입니다. 6·25 때 100회 출격 기록을 세웠습니다. 1949년 창군 이후 우리 공군의 발자취를 돌아본《항공 징비록》도 내셨어요. 오늘 갑자기 몸이 안 좋아져 참석하지 못했습니다."

아쉬움이 컸다. 전설 중의 전설인 빨간 마후라를 꼭 만나고 싶었는데 말이다. 게다가 김 총장은 나보다 한 살 많다고 했다. 나는 "언젠가 뵐 날이 있겠죠. 어서 쾌차하시길 바랍니다"라고 대답했다. 이날 별 중의 별들과 새해 덕담을 나눴다. 그래도 중심 화제는 단연 영화 〈빨간 마후라〉였다. "단박에 공군의 인기를 드높여준 영화", "공군 모두의 가슴에 각인된 작품" 등의 상찬이 잇따랐다. 김성일 총장(29대)은 신상옥 감독 이야기를 꺼냈다.

김 총장	2006년 타계 당시 제가 현역 참모총장이었어요. 신영균 선생님이 장례위원장을 맡으셨죠. 그때 부탁하신 것 기억하세요? 신 감독 발인 때 〈빨간 마후라〉 주제가를 연주해 달라고 하셨습니다.
나	예, 그때 정말 고마웠습니다.
김 총장	공군 의장대와 군악대가 신 감독의 마지막 순간을 지켰습니다.

신 감독과 이별한 지 벌써 14년이다. 세월의 무상함을 절감한다. 나는 조심스럽게 물었다. "제가 묻힐 때도 〈빨간 마후라〉 노래를 연주해 줄 수 있을까요?" 원인철 현 총장이 재치 있게 대답했다. "제 후임에 후임, 또 그 후임에 후임 총장에게 부탁할 일 아닌가요(웃음)."

이날 또 다른 소망이 생겼다. 나중에 죽으면 관 속에 성경책 하나 함께 묻어주면 된다고 말해왔는데, 이날 자리에 함께한 아들과 딸에게 성경책과 함께 빨간 마후라도 관에 넣어달라고 덧붙였다. 대한민국 하늘을 지켜온 보라매들을 영원히 기억하고 싶어서다. 아들이 "예" 하며 고개를 끄덕였다.

그런데 '빨간 마후라'라는 말은 어디서 유래했을까? 25대 박춘택 총장이 궁금증을 풀어줬다. "초대 김정렬 총장의 동생인 김영환 장군을 아시나요? 6·25 때 해인사와 팔만대장경을 지켜낸 분입니다. 그분이 초급장교 시절 강릉 형님 댁에서 발견한 빨간 천을 목에 둘러본 모양입니다. 멋있어 보여서 계속 둘렀는데, 그게 시작이 됐다고 합니다. 적진에 떨어졌을 때 구조 신호용으로도 딱 맞고요. 미 공군에도 없는 상징물입니다. 대한민국 공군만의 상징이죠."

이날 모임에서도 2019년 12월 행사 때처럼 공군 슬로건 '하늘로~ 우주로~'가 십여 차례 울려 퍼졌다. 나도 한 가지 약속을 했다. 지난해 공군 70주년 행사에서 기량이 뛰어난 전투 조종사에게 특별상을 처음 줬는데, 앞으로도 매년 '빨간 마후라' 특별상을 시상하겠다고. 그것이 우리 후배들을 위해 적어도 내가 할 수 있는 일이었다. 그리고 공군가처럼 불리는 영화 주제가를 선창했다. 참모총장 14명이 모두 따라 불렀다. 주제가의 가사처럼 '번개처럼 지나갈 청춘'이건만 보라매의 기개는 영원히 살아남을 것이다.

그때 30대인 김은기 총장이 한마디 곁들였다. "대한민국 군가 중 유일하게 '아가씨'가 들어간 노래입니다. 덕분에 아가씨들 사이에 공군의 인기가 한층 높아졌죠. 영화 속 조종사는 아무것도 묻지 않고 여인을 사랑하는 사나이 중 사나이 아닙니까."

신영균예술문화재단과 봉준호

2020년은 한국영화의 세계화 측면에서 기념비적인 해다. 봉준호 감독의 〈기생충〉이 마침내 큰일을 냈다. 한국영화 최초로 제92회 아카데미 시상식에서 최고 작품상을 수상한 것. 지난 2월 10일 시상식 생중계를 보던 나도 "와~"하고 일어서며 탄성을 질렀다. 기대를 하면서도 설마했던 일, 마냥 꿈만 같던 일이 현실이 됐다. 〈기생충〉은 감독상, 각본상, 국제영화상 등 노른자위 4관왕을 차지했다. 한국영화가 오스카(아카데미의 별칭) 트로피를 받은 것은 물론이거니와, 영어 외의 외국어로 된 영화가 작품상을 받은 것도 처음이었다. 봉 감독과 함께 작품상을 받은 곽신애 바른손이앤에이 대표는 무대에 올라, "지금 이 순간 상상도 못한 역사가 이루어진 기분이다. 아카데미 회원분들에게 경의와 감사를 드린다"라고 했다.

한국영화 101년 역사에 길이길이 명장면으로 남을 것 같다. 이날 점심을 거르며 TV 생중계를 세 시간 넘게 지켜봤다. 내가 시상식 현장에 있는 듯한 착각마저 들었다. 온몸에 소름이 돋았다. 한국영화인이라면 모두가 흥분한 날이었음에 분명하다. 내가 조연으로 출연했던 신상옥 감독의 〈사랑방 손님과 어머니〉도 1962년 한국영화 처음으로 아카데미 외국어영화상 부문에 출품했다. 그래서 더욱 감회가 새롭다. 나중에 뉴스를 보니 임권택 감독도 경기도 용인시 자택에서 부인 채령 여사와 함께 TV 생중계를 보며 자리에서 벌떡 일어나 아이처럼 손뼉을 쳤다고 한다. 이해하고도 남는다. 수차례 아카데미 문을 두드렸으나 번번이 문턱을 넘지 못한 임 감독이 아닌가. 칸이나 베를린, 베니스 등 그 어떤 세계적 영화제보다 아카데미는 그간 비영어권 영화인으로서는 도전하기 어려운 곳이었다.

세계 영화계를 뒤흔들다

이날 각본상 시상식에 울려 퍼진 한진원 작가의 한마디가 뇌리에 박혔다. "미국에 할리우드가 있듯이 한국에는 충무로가 있다. 제 심장인 충무로의 모든 필름메이커와 스토리텔러와 이 영광을 나누고 싶다." 지난 60여 년 충무로 현장을 지켜본 선배로서 가슴이 뭉클했다. 그리고 나도 속으로 외쳤다. '고맙다, 충무로 후배들아. 그대들 덕분에 선배들이 흘려온 땀이 더욱 빛나게 됐다. 한국영화가 더욱 커가기를 바랄 뿐이다. 술은 잘 못하지만 나도 오늘 와인 한잔을 들며 그대들의 기쁨을 나누고 싶다.' 봉준호 감독이 수상 소감에서 직접 영어로 "오늘 밤은 술 마실 준비가 돼 있다. 내일 아침까지 말이다I am ready to drink tonight, until next morning"라고 한 말에 대한 일종의 답이었다.

그렇다. 〈기생충〉의 감격은 하루아침에 이뤄진 게 아니다. 좋든 싫든 지난 한 세기 뿌려온 충무로의 씨앗이 드디어 알찬 결실을 맺은 것이라고 생각한다. 특히 표현과 상상의 폭을 넓히기 위해 부단히 노력해 온 선배 영화인들의 노고를 돌아보게 됐다. 한국영화 100년사는 검열과 통제를 딛고 일어서려는 충무로의 도전사로 요약될 수 있기 때문이다. 우리 사회에 만연한 빈부양극화와 계급 문제를 예리하게, 또 집요하게 파고든 봉 감독의 작가의식이 어느 날 갑자기 툭 튀어나온 건 아닐 것이다.

1960년대 밤잠을 설쳐가며 충무로 현장을 누빈 내가 1970년대 이후 연기 일선에서 멀어진 데는 정부의 영화 검열도 크게 작용했다. 당국의 통제가 거세지면서 한국영화를 보는 재미가 떨어졌고, 관객들도 서서히 등을 돌리게 됐다. 변명처럼 들릴지 몰라도, 이때부터 나 또한 영화보다 사업에 더 신경을 쓰게됐다. 할리우드 정상에 우뚝 선 〈기생충〉을 보면서 솔직히 부러웠다. 노배우의 과욕이겠지만, 젊음의 도전과 패기가 그리워졌다. 좋은 작품이 나오면 다시 한번 영화를 찍고 싶다는 마음이 더욱 간절해졌다. 실제로 내 마지막 작품인 〈저 높은 곳을 향하여〉의 제목처럼 말이다.

영화 〈기생충〉은 2020년 상반기 세계 영화계를 뒤흔들었다. 번역된 자막으로 영화를 보는 걸 꺼려 하는 외국 관객들까지 봉 감독의 재치 넘치는 대사와 화면에 푹 빠져들었다. 〈기생충〉의 영광은 돌아보면 예견된 것이었다. 2019년 세계 최고 권위의 예술영화제인 제72회 프랑스 칸영화제에서 황금종려상을, 2020년 올해 1월 아카데미의 전초전으로 불리는 제77회 골든 글로브 시상식에서 외국어영화상을 안겨주었다. 이 또한 한국영화사상 최초의 기록이었다. 세계 영화계의 중심지인 할리우드에서 한국영화의 저력을 잇달아 입증한 것이다. 향후 미국에서 드라마 제작도 추진한다고 하니 또 어떤 수작이 탄생할지 기대된다.

충무로 전체의 경사이기도 하지만, 개인적으로도 감회가 남다르다. 봉준호 감독의 당당한 모습을 보면서 1961년 한국영화 처음으로 국제영화제에서 수상한 〈마부〉(베를린영화제 은곰상)가 떠올랐다. 영화에서 나는 어려운 환경에서도 혼자 열심히 공부해 고시에 합격하는 마부의 큰아들을 연기했다. 〈기생충〉의 밑바탕에는 수많은 〈마부〉의 노고가 깔려 있을 것으로 생각한다. 봉 감독은 골든 글로브 시상식 무대에서 지금도 잊을 수 없는 멋진 말을 남겼다. 그는 "놀랍다. 믿을 수 없다. 서브타이틀(자막)의 장벽을 1cm 뛰어넘으면 훨씬 더 많은 영화를 즐길 수 있다. 오늘 함께 후보에 오른 많은 멋진 세계의 영화와 같이할 수 있어 그 자체가 영광이었다. 모두 즐길 수 있는 단 한 가지 언어는 바로 영화다"라고 말해 참석자들의 환호를 받았다. 그 1cm를 뛰어넘는 데 그 오랜 시간이 필요했던 것이다.

봉 감독의 첫 수상 영화제

봉 감독과 직접 만나서 얘기를 나눈 적은 없다. 하지만 그가 태어나서 영화로 처음 받은 상이, 내 이름을 따서 만든 상이라는 걸 아는 사람은 많지 않을 것 같다. 봉 감독은 연세대 사회학과 재학 시절 단편영화 〈백색인〉(1994)으로 신영청소년영화제 단편영화 부문 장려상을 받았다. 〈백색인〉은 화이트칼라, 이른바 우리 사회 인텔리들의 이기주의와 무심함을 비판한 실험성 강한 작품이다. 대학생이던 봉 감독이 돈이 있을 리가 없었다. 제작비가 부족해서 아버지의 와이셔츠 상품권을 빼돌려 주연 배우 김뢰하 씨에게 출연료 대신 줬다고 한다. 많지 않은 상금이라도 그에게 의미가 각별했을 것 같다.

봉 감독은 2019년 11월 6일 신영균예술문화재단의 아름다운예술인상 영화예술인 부문에 선정됐다. 그의 수상에 토를 달 사람은 없었다. 당시 〈기생충〉이 한창 북미 개봉을 준비하고 있던 터라 봉 감독은 시상식에 참석할 수 없었다. 미국에 체류 중이던 그는 고맙게도 영상으로 수상 소감을 대신하는 성의를 보여주었다.

"아무것도 모르고 영화라는 걸 해보겠다고 덤벼들던 시기에 저를 가장 처음으로 격려해 준 것이 신영청소년영화제였습니다. 25년이 지나 신영균예술문화재단의 아름다운예술인상을 받게 된 게 길고도 의미 있는 인연이라 더 큰 기쁨이 있는 것

봉준호 감독과 영화 〈백색인〉 속 배우 김뢰하

같습니다. 앞으로도 아름다운예술인상을 통해 고난 속에서도 전진해 나가는 많은 창작자와 예술가들이 더 힘을 얻고 응원 받을 수 있었으면 좋겠습니다."

〈백색인〉에서 〈기생충〉까지 봉 감독의 성장사를 비교적 가까이서 지켜본 충무로 선배로서 그의 아카데미 정복 소식이 마치 나의 경사처럼 다가오는 건 어쩌면 자연스러운 일이다. 대학생 봉준호가 세계적 감독 봉준호로 성장하는 데 조금이나마 일조했다면, 그 또한 영광스러운 일이 아닐까 싶다. 지난 60여 년 영화계에 몸담으면서 수많은 상을 받기도 하고 주기도 했다. 누가 보든 안 보든 열심히 뛰는 영화계 후배들에게 작은 상 하나라도 엄청난 격려와 힘이 된다는 걸 잘 알고 있다. 1990년대에 운영한 신영청소년영화제도 그런 취지에서 시작했다.

아름다운 예술인들을 위하여

2010년 신영균예술문화재단을 설립한 이후로는 '필름게이트'라는 단편영화 사전제작 지원 사업을 하고 있다. 매년 두 차례 다섯 작품씩 선정해 제작비 600만 원을 지원한다. 영화 연출, 시나리오, 촬영 등 제작 분야의 인재들을 양성하는 것이 목적이다.

2013년에는 재단의 지원을 받아 만든 문병곤 감독의 단편영화 〈세이프〉가 제66회 칸영화제에서 단편 경쟁부문 황금종려상을 받았다. 단편으로는 한국영화 첫 수상이라는 쾌거를 이뤘다. 13분 분량의 이 영화는 불법 사행성 게임장 환전소에서 아르바이트로 일하는 여대생이 가불금을 갚기 위해 돈을 몰래 빼돌리면서 벌어지는 일을 다룬다. 자본주의의 어두운 면을 날카롭게 꼬집었다는 평가를 받았다.

〈기생충〉과 〈세이프〉의 칸영화제 수상은 영화계 지원 사업이 얼마나 중요한지 다시 생각하게 만든다. 한국영화의 위상이 높아졌다고 하지만, 여전히 열악한 환경에 노출된 후배들이 많다. 꿈과 열정만으로 젊은 시절 영화에 투신했다가 노후가 힘들어지기도 한다.

문화예술계 진흥에 조금이라도 보탬이 되고자 설립한 신영균예술문화재단이 2020년 올해로 10년째를 맞는다. 2019년 현재까지 영화와 연극에 평생을 바친 분들의 자녀 416명에게 장학금을, 한국영화의 내일을 열어갈 인재 81명에게 단편영화 제작비를, 어린이들 743명에게 영화에 대한 꿈을 심어주는 어린이 영화캠프 참가비를 지원했다. 아름다운예술인상 수상자 35명을 포함해 지난해까지 총 1,275명과 인연을 맺었다.

아름다운예술인상 중에서도 특별히 애착이 가는 건 2018년 신설한 '굿피플예술인상'이다. 지난해 수상자는 연예인봉사단체를 설립하고 연탄 배달 봉사와 장기기증 서약 등 꾸준히 선행을 해온 최수종과 하희라 부부였다. 최수종 씨는 "앞으로도 신영균 선배님의 발자취를 따라 선한 영향력을 끼치며 축복의 통로가

5장 ─ 나는 배우로 기억되고 싶다

되도록 더욱 노력하겠다"라고 소감을 밝혔다. 이 상의 취지와 의미를 잘 이해해 주고 있어서 고마웠다.

내 평생 가장 잘한 일을 꼽으라면, 이 재단을 설립한 것이다. 짧다면 짧고, 길다면 긴 시간 영화배우로 살면서 받은 사랑의 씨앗을 충무로 곳곳에 다시 심으려고 했다. 우리 영화인들이 '선한 영향력'을 행사할수록 토양은 더욱 비옥해지고 탐스러운 열매가 많이 맺히리라 믿는다. 제2, 제3의 봉준호 감독도 그렇게 탄생할 것이다.

〈기생충〉 제작진에게 지키지 못한 약속이 하나 있다. 한국에 돌아오면 모든 스태프에게 술 한잔 사겠다고 공언했다. 멋진 파티를 열어주겠다고 선언했다. 하지만 코로나19로 지금껏 빈말이 되고 말았다. 하지만 아직도 그 약속은 유효하다. 언젠가 약속을 지킬 날이 올 것으로 믿는다. 미국 아카데미 회원이던 봉준호 감독과 주연 송강호에 이어, 〈기생충〉의 다른 배우와 스태프들이 아카데미 신규 회원으로 초청됐다는 소식을 지난 7월에 들었다. 다시 한번 축하할 일이다. 혹시라도 한잔 생각이 나면 주저 없이 연락 주었으면 한다. 언제 어디든지 환영이다.

한국영화의 페르소나 안성기에게

2019년 11월 6일, 서울 명보아트홀에서 신영균예술문화재단이 주최하는 제9회 아름다운예술인상 시상식이 열렸다. 방송인 임백천과 나의 손녀인 배우 신재이가 사회를 맡은 가운데, 문화예술계 인사 200여 명이 참석했다. 이날 재단이사장을 맡은 배우 안성기의 인사말이 인상적이었다.

"재단을 9년 전에 설립하고 지금까지도 든든한 버팀목이 되어주는 신영균 회장님께 감사를 드린다. 모든 것이 10년이 되어야 인정을 받는다고 생각한다. 우리 재단도 내년이면 10년이 된다. 그럼 인정을 받고 안정적인 재단 운영이 가능하지 않을까 싶다. 재단에선 장학 사업, 젊은 영화인을 지원하는 필름게이트 사업 등을 하고 있다. 내년엔 젊은 영화인을 지원하는

5장 ─ 나는 배우로 기억되고 싶다

필름게이트 쪽에 집중해서 젊은 영화인들에게 용기를 주려고
한다. 올해는 한국영화 100주년이다. 저와 김지미 선배님은
62년이 되었다. 김지미 선배님과 데뷔 동기다. 시간이 빨리
지나갔다. 먼 시간이 아닌 것도 같다. 우리 재단도 100년을
향해 달려가겠다."

안 이사장은 내 마음을 꿰뚫어본 모양이다. 이심전심이랄까.
내가 하고 싶은 말을 그대로 전달했다. 더도 아니고, 덜도 아닌
2020년 노배우 신영균의 지향점을 압축했다. 그렇다. 신영균예
술문화재단은 올해 10주년을 기념한다. 젊은 영화인을 양성해
온 것이 내 인생의 최대 보람이다.

후배 안성기를 재단이사장으로 선임한 건 최고의 선택이었
다. 충무로 선배와 후배를 잇는 징검다리로 그만한 영화인이 없
다. 연기면 연기, 인품은 인품, 모든 면에서 후회 없는 결정이었
다. 안 씨는 재단 설립 이후 지금까지 그 누구보다 열심히 뛰어
주었다. 그 분주한 일정 가운데서도 말이다. 10년 전 재단 창립
당시 가장 큰 고민이 이사장 인선이었다. 재단의 순수성을 이해
하고 이를 책임감 있게 맡아줄 사람이 필요했다. 안성기를 후보
에 올렸다. 그에게 재단이사장 자리를 제안했을 때, 그는 처음엔
사양했다. 아직 나설 때가 아니라고 생각했던 것 같다. 기다렸다.
그가 한 달여 숙고 끝에 이사장 자리를 수락했다. 재단의 설립
취지를 알아보고, 그 뜻에 충분히 공감한 후 내린 결정이었다.
정말 반가웠다.

역시 안성기는 안성기였다. 지난 10년간 국민배우라는 타이틀을 잊고, 자신을 낮추며 어린 영화 지망생들을 격려하고 지원해 왔다. '한결같이 살자'라는 그의 좌우명대로, 안 씨는 충무로 대소사를 꾸준히 챙겨온 그의 진면목을 재단 활동에서도 유감없이 보여주었다. 재단 업무라면 절대 "No"라고 말하는 법이 없었다. 그 진지한 마음과 성실한 자세에 감탄하고 있다.

물 같고 오랜 친구 같은

안성기는 두말 할 필요가 없는 진짜 배우다. 그를 싫어하는 사람을 찾기 어려울 만큼 모범적인 삶을 살아왔다. 뛰어난 연기는 둘째 치고, 그만큼 자기관리에 철저한 연기자가 있을지 모르겠다. 그를 둘러싼 험담이나 악담을 거의 들어본 적이 없다. 때문에 일부에선 "사람이 너무 일관돼 심심한 것 아니냐" 같은 농담이 나올 정도다. 한번은 신영균예술문화재단 이사 중 한 명인 채윤희 여성영화인모임 회장(올댓시네마 대표)이 이런 얘기를 꺼냈다. "충무로에서 가장 재미없는 사람은 신영균 회장님이다. 그에 못지않게 재미없는 사람이 안성기 배우다." 주변 사람들이 "맞아요" 하며 웃음을 터뜨렸다. 물론 나는 안다. 그 말이 안 씨에 대한 무한 애정의 표현이라는 것을.

안성기는 배우 경력만 놓고 보면, 사실 나의 선배뻘이다. 익히 알려진 대로, 그는 1957년 김기영 감독의 〈황혼열차〉로 데뷔했다. 만 다섯 살 때다. 나보다 3년 먼저 충무로에 발을 들였다. 김기영 감독과 대학 시절 함께 연극을 한 아버지 안화영 씨의 손을 잡고서다. 영화배우이자 영화제작자로도 활동한 안화영 씨는 2019년 초 95세를 일기로 타계했는데, 젊은 시절 나와도 가깝게 지냈다. 데뷔 이후 안성기는 아역스타로 이름을 알렸지만, 나와 함께한 작품은 거의 없다. 1961년 강대진 감독의 〈어부들〉에서 선주의 귀염둥이 아들로 나왔던 게 어렴풋하게 기억난다. 이 영화는 그해 〈마부〉로 베를린영화제 은곰상을 받은 강대진 감독이 야심작으로 기획한 것인데, 바닷가 사람들의 애환을 다뤘다. 김승호, 황정순, 김희갑, 전계현 등 스타들이 출동했음에도 별다른 소문 없이 사라지고 말았다. 한국영상자료원 데이터베이스를 검색해 보니, 나와 안 씨는 이듬해 김수용 감독의 〈부라보 청춘〉에도 함께 출연했다는데, 자세한 내용은 생각나지 않는다.

안성기와 본격적 인연을 맺은 건 스크린 밖에서다. 1977년 여름 명보극장을 인수하면서 극장 사업에 나섰다고 앞서 이야기했다. 당시 명보극장은 한국영화 화제작을 다수 상영해 '방화의 명소'로 불렸는데, 아역배우가 아닌 성인배우 안성기의 오늘을 연 이장호 감독의 〈바람 불어 좋은 날〉(1980), 배창호 감독의 〈적도의 꽃〉(1983)과 〈깊고 푸른 밤〉(1985) 등이 명보극장에서 잇달아 개봉했다. 그때만 해도 영화가 극장에 걸리면 감독과 배우, 스태프들이 극장 주변에서 관객들의 반응을 일일이 살폈다. 영화가 잘되면 잘된 대로, 못되면 못된 대로 삼삼오오 모여 충무로 일대 냉면집에서 일희일비를 나누던 시절이다. 나는 명보극

영화
〈바람 불어 좋은 날〉
속 안성기

안성기, 윤일봉과

장에서 안 씨를 자주 마주쳤다. 자연스럽게 옛날 얘기, 영화 얘기를 하며 가까워졌다. 나보다 스물네 살이나 어리지만, 세상을 대하는 그의 진중한 태도에 놀라곤 했다.

안 씨는 내가 정말 아끼는 후배 중 하나다. 신앙과 가정을 무엇보다 중요하게 생각한다는 점에서도 비슷한 것 같다. 안성기는 독실한 가톨릭 신자다. 가톨릭 세례명이 사도 요한인 그는 2014년 프란치스코 교황 방한 당시 명동대성당 미사에서 한국 천주교 신자를 대표해서 독서 말씀을 읽기도 했다. 특히나 그는 가정을 최우선으로 여겨왔다. "내 연기의 힘은 가정에서 나온다. 가정이 중심이고 뿌리다"라는 말을 자주 했다. 개인 신영균의 인생 모토와 정확하게 일치하는 대목이다.

굳이 차이점을 찾는다면, 연기 자체에 대한 생각이다. 연극에서 시작한 까닭에 나는 연극, 영화, 드라마를 구분하지 않는 편이지만, 안 씨는 영화 하나만을 고집해 왔다. 광고 스타로도 인기가 높지만, 영화 이외의 장르에는 눈을 돌리지 않았다. 그는 작품의 완성도를 고민하는 편이다. 시나리오 하나를 고르는 데도 심사숙고를 한다. "영화는 많은 생각을 하고 사람들과 이야기할 시간적 여유가 충분한 데 반해, 드라마는 50분 분량 촬영을 이틀 만에 끝내는 경우가 많다"고도 말한 적 있다. 그의 의견을 충분히 존중한다.

안 씨의 두드러진 매력은 편안함이다. 말수가 많거나 언변이 화려하진 않지만, 그와 함께 있으면 주변 사람들도 마음이 차분해진다. 물 같은 사람이라고 할까. 그를 둘러싼 이들을 조용하게 빨아들인다. 그만큼 흡수력, 혹은 화합력이 강하다고 할 수 있다. 그래서인지 팬들은 그를 반짝이는 스타라기보다 오랜 친구처럼 생각해 왔다. 한마디로 믿을 수 있는, 신뢰할 수 있는 연기자다.

선배와 후배가 함께하는 현장

1960~70년대를 화려하게 장식한 나와는 다르게, 그는 지난 60여 년을 변함없이 달려왔다. 안성기 없는 20세기 후반, 나아가 21세기 한국영화는 상상할 수 없을 것이다. 2017년 데뷔 60주년을 맞아 한국영상자료원이 마련한 배우 안성기의 특별전 제목은 '한국영화의 페르소나'였다. 보통 한국사람의 평범한 얼굴을 대변해 온 그에게 딱 들어맞는 표현이다. 그런 '선배 같은 후배'와 노년을 함께한다는 건 대단히 큰 즐거움이다.

안 씨는 지난해 11월, 경기대학교에서 명예문학박사 학위를 받았다. 학교 측은 "영화를 통해 친절하고 부드러운 미소로 세상 그늘진 곳에 온기를 비춰온 안성기 씨의 보편적 인류애"를 높게 평가했다. 당시 안성기는 이렇게 다짐했다.

"1970년대 후반 한국영화 암흑기에 연기 활동을 하면서 품은 가장 큰 소망은 영화와 영화인이 대중의 사랑과 존중을 받는 것이었다. 많은 이의 도움으로 여태껏 경험하지 못한 영광을 안게 되었다. 모두에게 감사드린다. 한국영화 100년 가운데

62년을 함께할 수 있어서 정말 영광이고 다행이다. 늙지 않는, 지치지 않는 마음으로 배우 생활을 계속하겠다."

안성기의 '지치지 않는 마음'이 앞으로도 변하지 않을 것으로 굳게 믿는다. 그가 국민배우라는 타이틀을 부담스러워한다는 것을 알고 있지만, 명실상부한 국민배우로 활동해 갈 것으로 의심하지 않는다. 2011년 나도 서강대에서 명예문학박사 학위를 받는데, 당시 참석한 안 씨가 "영화배우가 명예문학박사 학위를 받는 것은 처음 있는 일입니다. 언젠가 꼭 한번 같은 영화에 출연하고 싶습니다"라고 했던 기억이 난다. 앞으로 그와 영화를 함께 찍을 수 있을지는 기약할 수 없다. 다만 그때 답례사로 한 말, 즉 "빛나는 문학박사의 영예를 귀하고 곱게 잘 간직하며 남은 인생을 보람 있게 살겠습니다"라는 약속만큼은 지키고 싶다.

앞서 말했듯, 노년의 보람은 영화계 후배들을 돕는 것이다. 안성기는 3년 전 데뷔 60주년 특별전에서 앞으로의 계획을 밝혔다. "연기를 오래 하는 것, 젊은 후배들이 보다 오래 일할 수 있도록 배우 정년을 늘리는 것이 꿈이다. 대기업이 투자하면서 나이 드신 분들이 도태되는 것이 마음 아프다. 지금 현장에 남은 선배들과 밑에서 올라오는 세대가 공존하는 모습을 만들어가고 싶다"라고 했다. 이것이 바로, 신영균예술문화재단을 만든 이유다. 후배 안성기가 배우로서, 또 자연인으로서 그 뜻을 계속 키워가길 응원한다.

송강호와 이병헌, 믿고 기대하며

송강호와 이병헌은 오늘날 한국영화를 이끌고 있는 최고 배우이자 내가 아끼는 후배 연기자다. 다른 배우로 대체할 수 없는 개성과 실력을 갖췄다.

이 두 사람을 보고 있으면 마음이 든든하다. 그들도 시간이 날 때마다 전화를 하는 등 내 안부를 잊지 않고 챙긴다. 선배를 대하는 따뜻한 마음씨가 고맙다. 그들은 2019년 6월, 내 손녀의 결혼식에도 참석해 주었다. 송강호는 아들과, 이병헌은 아내 이민정과 함께 참석했다. 송강호는 그해 10월 내 91세 생일 때도 아내와 함께 참석해, "아름답고 행복한 시간을 지켜보게 되어 행복했다"며 축하 인사말을 해주었다.

영화계 원로로서 이런저런 자리에서 내가 늘 강조하는 것이 선후배 간 교류다. 선배 없는 후배 없고, 후배 없는 선배 없는 법

5장 ― 나는 배우로 기억되고 싶다

이다. 선배들이 피땀 흘려 한국영화 100년을 일구었다면. 후배들은 또 다른 100년을 열어가야 한다. 1960~70년대를 주름잡던 배우에만 머물기보다 충무로의 신구 세대를 잇는 다리가 되고 싶다. 송강호와 이병헌은 그런 나의 뜻을 잘 이해해 주는 것 같아 기쁘다.

쑥스럽지만 솔직히 말하면, 나는 그들의 팬이다. 두 사람이 출연한 작품은 거의 빠짐없이 본다. 그들도 신작이 나올 때면 VIP 시사회에 나를 초청해 주는데, 무대인사를 하며 "귀하신 분이 오셨다"며 소개할 때도 있다. 머쓱한 한편으론 감사하다. 나이 차이를 넘어서는 우정을 느낀다.

송강호, 젊은 시절의 나를 만나다

송강호를 보노라면, 어쩐지 젊은 시절의 나를 만나는 것 같다. 평범한 얼굴에서 분출하는 비범함이랄까. 표정 하나, 대사 하나에도 노력을 쏟는 배우라는 게 보인다. 정이 갈 수밖에 없다. 나만 그렇게 느끼는 건 아닌 것 같다. 여론조사업체 한국갤럽이 진행한 '2019 한국인이 가장 좋아하는 영화배우' 설문조사에서, 송강호가 당당히 1위에 올랐다. 작품마다 최선을 다하고, 매번 진정성 있는 연기를 펼쳐온 덕분이지 않을까.

송 씨를 처음 눈여겨보게 된 작품은 2000년 개봉한 박찬욱 감독의 〈공동경비구역 JSA〉다. 그는 북한군 오경필 중사 역을 맡아 열연했다. 남북분단의 아픔을 그만큼 절절히 연기한 배우도 드물 것이다. 나도 1965년 김기덕 감독의 〈남과 북〉에서 사랑을 찾아 남에 내려온 북한군 장일구 역을 맡아 연기했는데, 그때 가슴 아팠던 기억이 새록새록 떠올랐다. 송강호에게는 스스로 빛을 내는 스타만의 아우라가 있다. '아, 이 배우는 나중에 크게 되겠구나' 예감했다.

2003년 봉준호 감독의 〈살인의 추억〉을 본 뒤에는 송 씨의 저력에 새삼 놀랐다. 연쇄살인범을 쫓는 일선 형사를 그만큼 리얼하게 소화할 배우가 있을지 모르겠다. 그와 가깝게 지낸 것도 10년쯤 된 것 같다. 영화 관련 시상식에서 그를 우연히 만나, 반가운 마음에 내가 먼저 말을 건넸다.

나　　　강호야, 수상 축하한다. 네 전화번호 좀 주라. 앞으로 우리 자주 보자.

송강호　　　제가 영광이죠. 선배님, 늘 건강하시기 바랍니다.

후배들과 가까워지고 싶은 마음이야 늘 있지만, 나이가 들어 행동으로 옮기기는 쉽지 않다. 2015년에는 송강호를 포함해 박중훈과 한석규, 장동건, 현빈 등과 저녁을 함께하며 모처럼 즐거운 시간을 누렸다. 그는 "선배님께서 제 이름을 처음 부르셨을 때 목소리가 참 정겨웠어요"라고 말하며 내가 내민 손을 정겹게 잡았다.

5장 ─ 나는 배우로 기억되고 싶다

2019년 91세 생일을 맞아 송강호와 함께

따뜻한 마음을 주는 이병헌

이병헌은 오래전부터 알고 지냈다. 1996년 제40회 미스코리아 선발대회에서 그의 동생 이지안(본명 이은희)이 영광의 '진'이 됐는데, 마침 그때 내가 심사위원장이었다. 그 무렵에 그를 처음 만난 것 같다. 이후 고 김우중 전 대우그룹 회장의 부인인 정희자 여사의 초대로 강원도의 한 골프장을 찾았을 때도, 그와 마주치게 되었다. 데뷔한 지 얼마 되지 않았을 때인데도 한눈에 앞길이 환해 보였다.

대우그룹 고故 김우중 회장 집안과 이 씨의 인연도 그때 처음 전해 들었다. 1994년 TV에서 우연히 이병헌을 본 정 여사는, 4년 전 교통사고로 먼저 세상을 뜬 장남 김선재 군이 떠올랐다고 한다. 연극배우 유인촌의 주선으로 이 씨를 만난 정 여사는 그에게 "양아들을 삼고 싶다"고 제안했다. 이 씨의 부모님도 "누군가의 슬픔을 조금이라도 덜어줄 수 있는 존재가 된다면 얼마나 좋은 일이냐"며 허락하셨고, 그렇게 정 여사의 제안을 받아들여 이병헌은 김우중 회장의 양아들이 되었다.

정 여사가 왜 그러한 제안을 했는지 알 것 같다. 출중하고 훤한 외모를 갖춘 이병헌은 예의가 바르고 언제나 다정다감하다. 2011년 내가 서강대 명예문학박사 학위를 받았을 때는 한창 촬영 중이었는데도 직접 꽃다발을 들고 달려와 큰 감동을 주었다. 2013년 어느 날에는 이병헌이 명동의 내 사무실로 찾아왔다. 배우 이민정과 결혼을 앞둔 때였다.

이병헌	평소 존경해 온 선배님께서 주례를 서 주셨으면 합니다.
나	허허, 내가 좋아하는 후배인데 당연히 해줘야지.

나는 예정된 일정을 취소하고 기꺼이 그의 주례를 섰다. 유동근과 전인화, 임백천과 김연주 부부를 비롯해 수십 차례 주례를 섰는데도, 처음처럼 긴장이 됐다. "행복한 결혼생활의 비결은 없지만, 서로 아끼고 배려하는 마음만 진실하다면 문제될 게 없다"라는 말로 둘의 앞날을 축복했다.

무엇보다 이 씨는 〈지·아이·조G.I.Joe〉(2009) 시리즈, 〈레드: 더 레전드Red 2〉(2013), 〈터미네이터 제니시스Terminator Genisys〉(2015) 등 할리우드 대작에 출연하며 국제적 인지도를 갖춘 톱스타로 일어섰다. 2016년 한국인 최초이자 아시아 배우 중 처음으로 아카데미 시상식에 시상자로 초대받을 만큼 말이다.

한국영화 100년을 빛낸 스타

2019년 영화평론가 전찬일 씨가 '한국영화 100년을 빛낸 남성 스타 10명'을 꼽았다. 그중에 송강호와 이병헌 그리고 내가 포함됐다. 전 씨는 우리 셋에 대해 이렇게 풀어냈다.

신영균, 한국영화의 남성 아이콘

신영균 하면 자동적으로 떠오르는 단어가 카리스마다. '선이 굵다'거나 '남자답다' 등도 으레 따라붙는 수식어. 적잖은 평자들이 그를 규정할 때 '아이콘'이라는 육중한 어휘를 동원하곤 한다. 나 또한 예외가 아니다. '한국영화의 남성 아이콘'으로 신영균 그 말고 과연 누구를 앞세울 수 있겠는가.

송강호, 천의무봉, 전혀 다른 세 모습의 남자

조연으로 주연 못잖은 주목을 끌었던 〈넘버3〉와 〈쉬리〉 등을 지나 단독 주연으로 그 존재감을 유감없이 증명한 〈반칙왕〉 (김지운, 2000) 이후 〈기생충〉(봉준호, 2019)에 이르는 20년 가까이를, 한국영화계의 절대 강자이자 우리 시대 최고 배우의 위상을 지켜오고 있는 천의무봉의 배우.

이병헌, 국제성을 겸비한 국내 유일의 월드 스타 연기자

이 땅의 배우가 브루스 윌리스나 에단 호크, 조시 하트넷 같은 할리우드 특급 스타들과 어깨를 나란히 하며, 영어 연기를 펼칠 수 있으리라 상상조차 했겠는가. 그 함의에서 BTS를 선취하고 있다고 한들 과언만은 아닐 듯. 김진규의 지적 풍모, 신영균의 남성다운 육체성, 신성일과 최무룡의 아이콘적 외모, 안성기의 육중한 연기력, 심지어 장동휘, 박노식, 허장강 등의 액션파워까지 두루 겸비한 스타 연기자.

나는 오래전에 사라진, 지금은 전설로만 남은 별이 되었지만, 지금도 무섭게 성장하는 두 스타를 보면 마음이 뿌듯하다. 충무로의 장래가 밝다. 20년 넘게 두 사람을 옆에서 지켜봐 왔다. 그저 이들이 연기에 대한 초심과 열정을 끝까지 잃지 않기를 희망한다. 그들이 〈공동경비구역 JSA〉, 〈좋은 놈, 나쁜 놈, 이상한 놈〉(2008), 〈밀정〉(2016) 등에 이어 2021년 개봉 예정인 항공 재난 영화 〈비상선언〉에서 오랜만에 호흡을 맞춘다는 소식을 들었다. 영화 제목을 듣는 순간, 〈빨간 마후라〉에서 목숨을 걸고 찍은 전투기 추락 장면이 새삼 떠올랐다. 나와 두 후배들 사이에는 40여 년이라는 시간의 강이 흐르지만, 영화라는 뗏목이 우리를 단단히 이어주고 있는 듯하다.

어디 두 사람뿐이랴. 한국영화계를 책임질 후배 연기자들 한 사람 한 사람이 모두 소중하다. 시간이 나고, 기회가 맞으면 가급적 많은 후배와 만나려고 한다. 함께 식사하면서 지금 충무로가 어떻게 돌아가고 있는지, 어려운 점은 무엇인지 들으려고 한다. 그때만큼 유쾌한 시간도 없다. 일례로 2019년 7월 뒤늦게 그리고 영광스럽게 대한민국 예술원 신입회원으로 선출된 후에, 나는 후배 배우들을 초청해 정담을 나누었다. 최주봉, 전영록, 독고영재, 김보성 등과 그간 쌓인 이야기를 나눴다. 추석 명절을 앞두고 있던 시기였기에, 생활이 어려운 회원들을 위해 약소하게나마 금적적 지원도 했다.

2020년 7월 중순에는 원로영화인회 여성회원들을 초청해 모처럼 오찬을 함께했다. 문미봉, 김미정, 오경아, 나오미, 정지희, 엄유신, 김계옥, 채주이, 임난영 등이다. 회갑을 넘긴 할머니들이지만, 모두 나보다 어린 '젊은' 배우들이다. 한때는 은막의 스타로 이름을 알린 그들이다. 그들이 있었기에 1960~70년대 충무로 르네상스도 가능했다.

나이가 나이인지라 아무래도 코로나19 얘기가 빠질 수 없었다. 하루 속히 백신과 치료제가 나와 자주 얼굴을 보며 살았으면 좋겠다며 모두의 건강을 기원했다.

받은 사랑에 대한 작은 답례

"언제부터 이렇게 기부를 해오신 겁니까?"

2010년 500억 원 상당의 명보극장을 사회에 내놓은 후 이같은 질문을 참 많이 받았다. 알게 모르게 크고 작은 기부를 실천해 왔지만, 언제가 처음인지 물으면 선뜻 답하기 어려웠다. 자료를 다시 뒤져보니 공식 기록으로 남은 최초의 기부는 40여 년 전이다. 1976년 12월 18일자 동아일보 기사다.

영화배우이면서 사업가로서도 수완을 보이고 있는 신영균이 영화인 자녀를 위한 장학기금으로 1,000만 원을 영화진흥공사에 내놓아 미담이 되고 있다. 이에 따라 영화진흥공사는 가칭 '영균장학회'를 설치키로 했는데 신 씨는 이번에 내놓는 1,000만 원에다 앞으로 출연하는 영화에서 받는 개런티를 장학기금으로 보태겠다고. 이 장학금은 중·고교 및 대학에 재학하고 있는 순수 영화인의 자녀들 중 선발하여 내년부터 지급될 예정.

이듬해 같은 신문 3월 19일자에는 속보가 실렸다. '영균장학회' 첫 장학금이 노강 씨의 딸 노영미 양(서울한양여고) 등 10명의 고교 재학생과 5명의 대학 재학생에게 지급되었다는 소식이었다. 고교생에겐 연간 8만 원, 대학생에겐 20만 원씩, 또한 영화진흥공사도 영화를 전공하거나 관심이 깊은 대학생 7명과 고교생 3명에게 같은 액수의 장학금을 주었다고 보도했다.

꾸준히 노력하면⋯ 된다

예전부터 장학 사업에 관심이 많았다. 뜻이 있지만 형편이 따라주지 않아 어려운 학생들을 돕는 일이라면 선뜻 마음이 움직였다. 6·25 전쟁통에도 대학을 다니며 학업의 끈을 놓지 않았기에, 치과의사도 되고 결국은 내가 원하던 배우도 될 수 있었다고 믿기 때문이다. 자라나는 새싹들에게 포기하지 않고 꾸준히 노력하면 꿈을 이룰 수 있다는 희망을 주고 싶었다.

2010년 사재를 털어 설립한 신영균예술문화재단에서도 매년 고등학생, 대학생 20명에게 장학금을 주고 있다. 10년 이상 연극·영화계에 종사한 사람의 자녀들을 대상으로 18개 연극·

영화 단체의 추천을 받아 선정한다. 큰돈은 아니지만 어려운 형편의 연극·영화인들에게 응원과 격려를 보내려고 한다. 나에게도 무보수로 연극단을 따라 전국 유랑을 하던 시절이 있었다. 지금도 첫 월급으로 700원을 받았을 때의 감격이 잊히지 않는다. 어머니에게 처음으로 효도를 한 것 같았다.

2012년에는 아들의 모교인 서강대에 10억 원을 기부했다. 그 해 서강대가 아트&테크놀로지 전공을 신설했다는 소식을 듣고 스티브 잡스Steve Jobs와 같은 인재를 육성하길 바라는 마음으로 쾌척했다. 기금 전달식 때 우리 가족은 물론 영화배우 윤정희와 그 남편인 피아니스트 백건우 씨, 후배 배우인 이병헌도 참석해 의미를 더해주었다.

한 세기 가깝게 살면서 이런저런 상을 많이 받았다. 각종 영화제 남우주연상과 인기스타상은 물론 국민훈장 동백장(1987), 국회대상 공로상(2010), 대한민국 대중문화예술상 은관문화훈장(2011) 등을 수상했다. 올해 2020년 6월, 제56회 대종상 영화제에서는 공로상도 받았다. "대종상에서 공로상을 받으니까 옛날 생각이 난다. 1962년 서른넷에 〈연산군〉으로 대종상 제1회 남우주연상을 탔다. 그때는 너무 기쁘고 좋아서 잠을 못 잤다. 영화 인생을 멋있게 마무리 잘하라는 상인 것 같다"라는 수상 소감을 남겼다. 그에 못지않게 자랑스럽게 여기는 상이 또 하나 있다. 2012년 10월 선정된 '제22회 자랑스러운 서울대인'이다. 청소년 장학 사업과 영화 인재 발굴 공로를 인정받았다. 모교에서 주는 상이라 더욱 감격스러울 수밖에 없었다.

남을 위한 것 같으나 결국 나를 위한 것

기부에 대한 생각을 보다 구체적으로 한 건, 결혼 50주년을 맞은 2006년 금혼식 때였다. 미리 호텔까지 예약해 두었다가 행사 4~5일 전에 계획을 바꾸었다. 우리 가족, 지인들과 성대한 잔치를 하는 것이 무슨 의미가 있을까, 차라리 처지가 어려운 사람들과 밥 한 그릇 나누는 게 더 보람된 일이 아닐까 싶었다. 아내의 의견을 물으니, "좋은 생각"이라며 뜻을 보탰다. 예정된 행사를 취소하고 1억 원을 언론사에 기부했다. 관련 소식이 전해진 뒤 주변으로부터 더욱 많은 축하 전화를 받았다. 기부는 남을 위한 것이 아닌, 결국 나를 위한 것임을 확인하게 되었다.

영화계를 돕는 일 외에 또 하나 신경을 쓰는 부분이 있다. 탈북민 지원에도 남다른 애정을 쏟고 있다. 어릴 적 떠나온 황해도 평산 고향에 대한 그리움에서다. 영화배우와 국회의원을 하면서도 북한 땅 한번 밟아볼 기회가 없었던 게 늘 아쉬웠다. 살아생전 남북 평화통일에 기여할 수 있는 일은 없을까 찾아보았다. 그러다 2016년 10월, 재단법인 '통일과나눔'의 통일나눔펀드에 10억 원을 기부했다. 통일나눔펀드는 2015년 7월 출범한 순수 민간 차원의 통일 기금이다. 통일나눔재단은 통일을 염원하는 국민 167만여 명이 십시일반 보내온 2,261억여 원의 성금으로 각종 통일 지원 사업을 하고 있었다. 나는 기부금을 전달하며 이렇게 말했다.

2010년 배우 신영균 사재 기부 기자회견

신영균예술문화재단 예술인 자녀 장학증시

2020년 신영균예술문화재단 예술인 자녀 장학금 수여식

"내 소원은 생전에 통일이 되어 고향 땅을 밟는 겁니다. 10리를 걸어서 소학교에 다니고, 밤 따고 물고기 잡으며 뛰어놀던 기억이 생생해요. 열두 살에 떠나올 땐 귀향이 이렇게 오래 걸릴 줄 몰랐습니다. 자식들 손잡고 목숨 걸고 탈북해서 대한민국에 정착한 동포들을 돕고 싶습니다. 나 같은 사람이 앞장서서 하면 좀 따라 오지 않을까요."

안병훈 통일나눔재단 이사장도 내 뜻에 공감하며 "통일은 대한민국 국민이 관심을 갖고 북한 주민을 움직여서 북한 스스로 변화를 일으키도록 해야 실현되는데, 그 첫 단추가 탈북민"이라고 말했다. 나도 고개를 끄덕였다. 안 이사장의 고향도 황해도 사리원으로, 내 고향 평산과 가깝다.

사실 그해 11월 10일은 우리 부부의 결혼 60주년 회혼식이기도 했다. 화려한 잔치보다는 선행을 통해 자축하려는 마음이 컸다. 아들 역시 "아버지, 이번에도 좋은 일 하세요"라며 응원해 주었다. 통일과나눔 재단은 이 기부금이 탈북 학생들의 장학 사업에 쓰이길 바란다는 내 뜻을 존중해, 해마다 '신영균장학기금 장학생'을 선발하고 있다. 우수한 탈북 청소년들을 선발해 학비와 생활비를 지원하고, 장학생들을 대상으로 여름캠프를 마련하고 있다고 들었다. 2019년에는 이 캠프에 참석한 학생들이 내게 손 편지를 보내왔다. 재단에서 편지와 학생들의 사진으로 책을 만들어 선물해 주었다. 시간이 날 때마다 돋보기 안경을 쓰고 하나하나 읽어보았다.

신영균 회장님께

선생님께서 기부해 주신 기부금으로 아주 많은 학생이 큰 도움을 받고 있습니다. 이○○라는 남자아이는 고등학교 3학년 때부터 이 장학금을 열심히 모아 연세대학교 물리치료학과에 진학하여 자신의 꿈을 위해 공부하는 데 선생님께서 주신 장학금을 알차게 썼습니다. 그 남자아이가 저의 오빠입니다. 저는 교대를 준비 중입니다. 3년 동안 이 장학금을 받으며 꿈을 실현하기 위한 일에 알차게 쓰고 있습니다. 장학금을 받지 못했더라면 아마 어려웠을 것입니다. 저는 당신의 선행이 얼마나 많은 아이의 미래를 바꾸고 있는지 말씀드리고 싶었습니다. 저도 받는 사람에서 주는 사람이 될 수 있도록 노력하겠습니다. 감사합니다, 선생님.

_장학생 이○○

회장님 정말 감사합니다. 회장님의 크나큰 공로와 우리 탈북 청소년들을 위하시는 애틋한 마음이 존재하였기에, 저뿐만이 아닌, 저희 모든 '신영균장학생'들은 생소한 대한민국 땅에서 꿈과 희망을 찾을 수 있었습니다.

_장학생 남○○

나중에 통일부에서 통일에 이바지할 수 있는 인재가 되어, 나라와 저와 같은 탈북민들에게 좋은 선배, 멘토가 되도록 하겠습니다. 저를 도와주신 분들에게 보답할 수 있는 방법은 제가 열심히 공부하여 통일의 주요 인물이 되는 것이라고 생각합니다. 그때까지 정말 열심히 하겠습니다. 항상 감사드립니다.

_장학생 김○○

학생들이 손으로 꾹꾹 눌러 쓴 한 글자 한 글자가 마음에 와 닿았다. 통일의 그 순간을 끝내 지켜보지 못한다 하더라도, 이 친구들의 기억 한 자락에 내 이름 세 글자가 남을 수 있다면 그것만으로도 족하다. 아니, 나를 또 기억하지 못하면 어떤가. 기부는 기부로 끝나야 한다. 그 이상의 무엇을 바라는 건 욕심일 뿐이다. 스스로 별다른 의미를 부여하고 싶지 않다. 세상에 선한 영향력을 행사하는 기업가나 연예인들이 얼마나 많은가. 최근에는 한국인 노벨과학상 수상자를 배출해 달라며 한국과학기술원KAIST에 676억 원 상당을 기부한 이수영 광원산업 회장의 사연이 화제가 되기도 했다. 이런 소식이 들려올 때마다 반갑고 뿌듯하다. 기부는 내가 그동안 많은 사람에게 받은 무한한 사랑과 행운에 대한 작은 답례일 뿐이다.

잘 자라준 자녀들에게 고맙다

아내는 나를 두고 "참 효자였다"라는 말을 자주 한다. 영화 촬영,
극장 사업 등 분주한 일정을 소화하면서도 나는 집에 돌아오면
꼭 어머니의 안부부터 확인했다. 방은 따뜻한지, 식사는 잘하셨
는지를 일일이 여쭤보았다. 아내 또한 며느리로서 시어머니가
돌아가실 때까지 정성껏 보살폈다.

1년 연상의 방송인 송해 씨는 '나는 나는 딴따라'라는 노래까
지 부르며 연예인에 대한 강한 자부심을 표출했지만, 평소 나는
'딴따라'라는 단어를 꽤나 경계했다. 아이들에게도 '딴따라 집안
의 자식'이라는 말을 듣지 않게 하려고 엄하게 기른 편이다. 아
마 연예인을 보는 주변의 시선이 곱지 않던 시절에 배우로 활동
했기 때문일 것이다. 연예인도 사생활에선 누구보다 깨끗하고,
또한 타의 모범이 되어야 한다고 믿었다. 일종의 소신과 같았다.

풍부한 추억거리를 유산으로

내 생활의 중심은 언제나 가정이었다. 어느덧 구순에 접어들다 보니 자손들도 많아졌다. 딸과 아들, 손자에 증손자까지 모두 15명의 대가족을 이루게 되었다. 명절이나 생일 등 집안의 대소사가 생기면, 가급적 많은 식구가 모여 즐거운 시간을 보내려고 한다. 1인 가구가 늘어나고 국제결혼도 급증하면서 가족이란 개념 자체가 예전과 크게 달라졌지만, '가정이 화목하면 모든 일이 잘 된다'는 가화만사성은 시공을 초월한 금언이라고 생각한다. 집안이 불안하면 밖에 나가서도 일을 제대로 할 수 없다. "나 때는 말이야" 식의 구닥다리 할아버지의 잔소리로 들리지 않기를 바란다. 집에서 새는 바가지는 바깥에 나가서도 새게 마련이지 않은가. 그래서 가정교육의 중요성을 늘 강조하는 편이다.

집안을 이끄는 특별한 가훈 같은 건 없다. 다만 아이들을 잘 키우려고 노력했다. "절대 탈선하면 안 된다"고 하신 어머니의 말씀을 늘 마음에 품고 살았고, 또 그 가르침을 아들과 딸에게도 전하려고 했다. 지금은 각각 60대 초반과 50대 후반이 된 아들 언식과 딸 혜진도 우리 부부의 뜻을 잘 따라주었다. 어릴 때부터 부모의 속을 썩인 적이 거의 없다. 젊은 혈기로 부모에게 반항하고 싶을 때도 적잖았을 텐데 말이다. 아들은 종종 "아버지는 전형적인 마초였다. 사춘기 때 반항하면 많이 혼났다"라고 하지만, 지금은 웃으며 옛일을 돌아보곤 한다. 아들 신언식 회장은 호텔 28, JIBS 제주방송 등 자기 사업을 하면서도 이런저런 영화계 행사에 동참하며, 배우 출신의 아버지를 자랑스럽게 여긴다. 딸 또한 사업가로 뛰면서도 우리 부부의 둘도 없는 말벗이 되고 있다. 내 입으로 말하긴 그렇지만 감히 효자, 효녀라고 할 수 있다.

엄한 아버지를 자처했으나 그 반대로 자상한 아버지가 되려고 했다. 여섯 살 때 아버지를 잃고, 아버지의 사랑을 듬뿍 받지 못하고 자란 내 유년기의 기억을 자녀들에게 물려주고 싶지 않았다. 영화를 찍으면서도 가족들을 촬영장에 데려갔고, 틈이 나는 대로 가족여행을 떠났다. 나 외에 촬영 현장에 가족들을 동행한 배우는 보질 못했다. 처음에는 어색했지만, 한두 번 반복되다 보니 주변에서 자연스럽게 받아주었다. 다른 배우들도 우리 아이들을 귀엽게 맞아주곤 했다. 이제는 나처럼 할아버지, 할머니가 된 아들과 딸도 그때 얘기가 나오면 어린 시절로 순간 이동한다. 자녀들에게 남긴 풍부한 추억거리만큼 훌륭한 유산도 없을 것 같다.

아들　　초등학교 때가 제일 기억나요. 주말만 되면 김밥과 과일을 싸서 지방 촬영장에 다녔어요. 태릉 주변 개천에서 스태프들과 가재잡기 놀이를 했어요. 때로는 영화인들이 촬영용 말도 태워주셨죠. 어릴 때 저만큼 말을 많이 타본 아이도 드물 겁니다. 산교육을 받은 셈이죠. 초등학교 4학년 때인가, 5학년 때인가, 제주도에 간 것도 잊을 수 없어요. 제주시에서 서귀포까지 택시를 타고 3시간이나 걸렸죠. 당시 5·16도로가 비포장 상태였는데, 사슴이 뛰어다니고 꿩이 날아다녔죠. 너무나

아이들이 어릴 적 촬영장에서

신기했어요. 그때 문희 아줌마와 한 방에서 잤는데, 문희 아줌마가 갑자기 한밤에 비명을 질렀어요. 제주도 화장실에서 기르는 똥돼지를 처음 보고 기겁을 한 거죠,

딸　　부모님께 반항할 이유가 별로 없었어요. 무섭지도 않았고요. 아버지가 워낙 가정적이셨거든요. 어쩌다 술을 드시고 들어오는 날엔, 자는 우리를 깨워 뽀뽀하고 양말을 벗겨달라고 한 게 귀찮긴 했지만요. 학교에서도 스타 배우의 딸이라는 이유로 늘 주목받았습니다. 선생님들도 예뻐하셨고요. 알게 모르게 조심했던 것 같아요. 어려서부터 문희 아줌마, 김지미 아줌마 등과 친하게 지냈습니다. 함께 게임도 자주 했어요. 문희 아줌마가 게임에 져서 엉덩이로 자기 이름을 쓰던 모습이 생생합니다.

정말 그랬다. 나는 영화 계약서를 쓸 때 촬영장에 가족 동반을 조건으로 달기도 했다. 충무로에서 입지를 다지게 되자, 영화사에서도 선뜻 오케이 사인을 해주었다. 해외여행이 자유롭지 않던 시절, 외국 로케이션을 떠날 때도 식구들과 함께한 적이 있다. 1960년대 후반에 영화 〈팔도강산〉 시리즈를 찍을 때가 기억난다. 앞서 소개했듯, 〈팔도강산〉은 1남 6녀를 둔 김희갑, 황정순 부부가 세계 곳곳에 흩어져 사는 자녀들을 만나러 유람여행을 떠나는 줄거리인데, 당시 뉴욕 촬영 중간에 우리 가족을 만날 수 있었다. 엠파이어스테이트 빌딩 앞에서 길을 잃어 난리가 난

일도 있다. 우린 뉴욕과 로스앤젤레스, 하와이와 일본을 거쳐 한국에 돌아왔다.

배우보다는 사업가 기질

아이들은 나를 닮지 않았는지, 연예인의 길을 걷지 않았다. 사실 나 또한 자녀들이 배우가 되기를 희망하지 않았다. 연예인에 대한 오해와 편견이 심했던 시절을 겪어서인지, 자녀들은 열심히 공부해서 평범하게, 그러나 모범적으로 살기를 원했다. 자기가 하고 싶은 일을 하라고 권했다. 만약 아들과 딸이 배우가 되겠다고 강하게 주장했으면 어쩔 수 없이 승낙했을 텐데, 아이들도 그런 목소리를 내지 않았다. 자녀의 진로를 둘러싼 갈등은 없었다. 선후배, 동료 배우들의 많은 자제가 대를 이어 연기를 업으로 택한 것과는 비교된다. 이예춘-이덕화 부자, 김승호-김희라 부자, 허장강-허준호 부자, 박노식-박준규 부자, 최무룡-최민수 부자, 김진규-김진아 부녀가 대표적이다.

주변에서 딸애를 배우로 키우면 어떻겠느냐는 제안을 받은 적도 있다. 딸 혜진은 대학 시절 '이화여대 브룩 실즈'라는 별명이 붙을 만큼 체형과 미모가 뛰어났다. 충무로 감독들은 물론 일본 감독들의 러브 콜도 꽤 많이 받았지만, 나는 물론 딸도 선뜻 응하지 않았다. 딸애에게 마음을 두고 집까지 따라오는 이들도 많아, 단속에 더 신경을 쓰기도 했다. 저녁 8시까지는 무조건 귀

2012년 서울 인사동 센터마크호텔 개관식에서
아들 언식(위 사진 왼쪽에서 두 번째)과 딸 혜진(아래 사진 오른쪽)

가령을 내렸는데, 말하자면 통행금지 통보였다. 한번은 수상한 사람이 집 앞에 시커먼 지프차를 대고 있어, 혹시 귀가하던 딸이 납치당하진 않을까 골프채를 들고 대문 앞을 지킨 적도 있다. 골프채를 들고 대문 앞을 지킨 적도 있다. 요즘 같으면 남녀차별이라고 호된 비판을 받겠으나, 반세기 전 예쁜 딸을 둔 아버지의 마음으로 이해해 주었으면 한다. 다행히 딸도 큰 불만 없이 부모의 뜻에 따라 주었다.

아들과 딸은 내게서 배우보다는 사업가 기질을 물려받은 것 같다. 아들은 서강대에서 경영학을, 딸은 이화여대 음대에서 하프를 전공했는데, 각각 한주홀딩스코리아와 세영엔터프라이즈를 이끌고 있다. 사업가로서 신영균은 매우 신중한 편이다. 절대 무리한 투자를 하지 않았다. 아내가 "열 번 두드린 돌다리도 또 열 번 두드리고 건너는 사람"이라고 놀릴 정도다. 사업을 하는 자녀들에게도 늘 이런 점을 강조했다. 내 인생의 모토이자 경영의 요체라 할 수 있다.

> "사업을 해도 바르게 해라. 열심히 하고 아끼며 살아라. 헛된데 돈을 쓰지 마라. 특히 남의 돈을 빌려서 사업을 키우지 마라. 빚지고 살면 안 된다. 은행대출도 멀리 해라. 능력이 닿는 범위 안에서 일을 추진해야 한다."

노후에 접어들면서 아내가 가끔씩 꺼내는 얘기가 있다. "아들과 딸이 하나씩 더 있었다면 얼마나 좋았을까요." 나도 고개를 끄덕인다. 우리 세대에 자녀가 둘이라면, 비교적 적은 편에 속한다. 하지만 자녀를 갖는다는 게 어디 사람 뜻대로 되는 일인가. 하늘이 주는 선물이지 않은가. 그래도 부모의 마음을 구석구석 헤아리는 아들과 딸 덕분에 행복한 노년을 누리고 있다. 언제나 감사하게 생각한다.

출산 기피에 따른 인구 감소가 한국 사회의 가장 큰 난제로 떠올랐다. 결혼마저도 뜻대로 할 수 없는 사회를 살아가는 현 세대들에게, 기성세대로서 큰 책임감을 느낀다. 정책 당국의 근본적이고 장기적인 대책을 요구한다. 대한민국 곳곳에, 골목 곳곳에 아기 울음소리가 끊이지 않기를 희망한다.

100세 시대 건강관리

100세 시대다. 의료기술의 발전으로 평균 수명이 늘고 있다. 우리나라도 초고령사회로 접어들었다. 고령층이 늘어난 반면, 출산율은 계속 떨어지면서 한국 사회의 노동인구 문제가 묵직한 숙제로 부상했다. 전략적이고도 장기적인 정책 개발이 시급하다. 노인들이 쌓아온 지혜와 노하우를 사회 전반의 발전에 원용하는 비전도 필요해 보인다. 할리우드 영화감독 코엔 형제의 〈노인을 위한 나라는 없다 *No Country For Old Men*〉(2007)는 영화 제목일 뿐이다. '99세까지 팔팔하게'를 뜻하는 유행어 '구구팔팔'은 이제 먼 나라 얘기가 아니다. 우리가 당장 풀어가야 할 과제다.

1928년생이니 2020년 올해로 만 아흔둘이다. 100세 시대라 해도, 건강하게 나이 들기란 결코 쉬운 일이 아니다. "건강은 어떻게 관리하느냐?", "장수 비결이 있나" 등의 질문을 자주 받는다. 지인들의 문의도 종종 받는 편이다. 15, 16대 국회의원을 함께하며 우정을 이어온 유흥수 전 주일대사도 그랬다. 그는 최근 전화를 걸어와 "조금 전 한 모임에서 예전에 한 당신의 기부 이야기를 듣고선, 한 사람이 '혹시 이분이 나중에 좋은 곳에 가려고 좋은 일 하는 것 아니냐'고 말해 폭소가 터졌어요. 신 회장님은 워낙 건강하신 데다 착한 일도 많이 하셨으니 오래 사실 것 같아요" 하며 덕담을 건넸다. 나도 기분 좋게 웃어넘겼다.

시곗바늘처럼 규칙적인 생활 패턴

장수의 요체를 꼽는다 해도 사실 중뿔나게 특별한 건 없다. 그래도 굳이 하나 들라면, 규칙적인 생활이다. 내 일상은 매일이 비슷하다. 보통 밤 10시에 잠들고, 다음 날 오전 6시에 일어난다. 오전 8시 30분께 아침을 먹고, 10시쯤 명동 사무실로 나간다. 출근 전 아내가 끓여준 콩국을 잊지 않고 마신다. 점심은 조미료를 최소화한 메뉴로 소식小食한다. 오후 3시쯤 헬스클럽에서 가벼운 근육운동, 러닝머신을 두어 시간 하고 귀가한다. 특히 매일 최소 5,000보는 걸으려고 노력한다. 평균 6,000~7,000보를 걷는 것 같다. 나이가 나이라서, 1만 보가 넘으면 부담스럽다. 단조롭지만 시곗바늘 같은 생활이다.

나는 기관지가 약한 편이다. 배우 시절 소리를 크게 지르는 사극을 많이 해서 성대에 무리가 간 것 같다. 촬영장에 갈 때마다 아내가 손수 준비한 음료를 들고 가곤 했다. 아내는 지금도 맥문동과 여주, 오미자 등을 넣고 온종일 달인 물을 매일 챙겨주고 있다. 지금껏 그나마 건강한 것도 아내의 덕이 가장 크다.

꾸준한 운동

건강관리에 신경을 쓰기 시작한 건 40대 들어 당뇨를 얻으면서다. 다리 쭉 펴고 잘 시간도 없이 촬영을 강행하다 보니, 대기 시간에는 초콜릿과 사탕 등을 많이 먹었다. 짧은 시간 안에 피로를 풀고, 부족한 에너지를 보충하기 위해서였다. 그런데 과유불급이었다. 단 것을 과하게 즐기다 보니 뜻하지 않게 당뇨가 찾아왔다. 충격이 컸다. 어릴 때부터 운동을 좋아해서 건강만큼은 자신했기에 더 그랬던 것 같다. 술을 많이 하지 않고 담배도 평생 멀리했지만, 경고등이 한 번 켜지고 나서는 더욱 철저하게 몸을 아끼게 됐다. 어릴 적 그토록 좋아하던 떡도 나이 들어선 거의 먹지 않을 정도다.

운동은 주로 골프를 한다. 가끔 필드에 나가는 것도 건강을 유지하는 데 도움이 된다. 1962년에 찍은, 이제 제목도 기억나지 않는 한 영화에서 주인공이 필드에 나가는 장면이 있었는데, 이때 촬영을 위해 처음 골프채를 잡았다. 어느덧 구력球歷 60년을 목전에 두고 있지만, 그렇다고 기량이 남들보다 빼어난 건 아니다. 그 당시 폼만 잡았지 제대로 골프를 배우고 칠 시간은 없었다. 우리나라 최초의 컨트리클럽이었던 서울CC에서 레슨을 받고 영화 촬영을 했다. 감독 지시에 따라 한 장면, 한 장면을 만들어냈다. 영화를 본 관객들이야 내 골프 솜씨가 대단한 줄 알았겠지만, 그건 어디까지나 영화 속 얘기였다.

1970년대 본격적으로 사업에 뛰어들면서 필드에 나갈 기회가 전에 비해 늘어났다. 동료배우 김진규와 곽규석 정도가 초창기에 같이 골프를 즐기던 멤버다. 영화계에서 좀 멀어진 1980년대부터는 '화목회'라는 친목회를 결성해, 한 달에 2~3회 정기 모임을 갖기도 했다. 영화배우 신성일, 허창성 삼립식품 회장, 예비역 장성들, 당시 내가 몸담았던 국회 평화통일정책자문회의 멤버들이 주요 골프 메이트였다.

故 이병철 삼성 창업주가 만든 '장수클럽'에도 들어갔다. 한 달에 두 번 남짓 안양CC, 이스트밸리CC에서 번갈아 정기 모임을 해왔는데, 요즘에는 생각처럼 자주 가지 못하고 있다. 이홍구 전 국무총리, 금진호 전 상공부장관, 정재철 전 의원 등 20명 정도가 회원으로 있다. 80세 이상이면 가입할 수 있는데 기존 멤버 전원이 찬성해야 한다.

'일맥회'라는 모임도 있다. 배명인 전 법무부장관이 회장이고 주로 기업인이나 군 장성 출신, 장관이나 대사 출신으로 이뤄졌다. '유유회'라는 모임은 박관용 전 국회의장, 유흥수 전 주일대사, 윤세영 전 SBS 회장, 허억 삼아제약 명예회장, 전윤철 전 감사원장 등 6명이 멤버다. 서울대 출신 골퍼로 구성된 '관악회'도 있다. 배우 중에서는 정혜선과 손숙, 문희, 이순재, 안성기 등과 종종 골프를 즐긴다. 요즘에는 몸이 좋지 않은 남궁원이 함께하지 못해 아쉽다.

누구나 공감하듯, 골프의 매력은 좋은 공기를 마시며 많이 걸을 수 있다는 것이다. 한창 시절엔 체중이 85kg까지 나갔지만 60대 이후 꾸준히 70kg 초반을 유지해 온 건 골프 덕분이라는 생각이 든다. 요즘엔 실수하지 않으면 보기 플레이로 80대 후반 타수가 나온다. 비거리는 150~200야드 정도다. 골프에 더욱 깊이 빠졌다면 골프장을 하나 인수했을지도 모르겠다. 나이가 들면 들수록 적당한 근육이 필수다. 근력이 있어야 균형 잡힌 몸을 유지할 수 있다. 한창 바쁘던 배우 시절에도 헬스장에 꾸준히 다녔다. 그때는 늘 시간이 부족했는데, 80대 이후에는 거의 매일 다니고 있다.

비교적 여유가 있어서 골프를 즐기지만, 아무래도 골프는 대다수에겐 부담스러울 것이다. 노년에 가장 알맞은 건강 관리법은 역시 걷기다. 시간과 장소, 경비에 구애받을 필요가 없으니 누구나 어렵지 않게 실천할 수 있다. 최근 사석에서 재미난 건배사를 들었다. 누군가가 "누죽걸산"이라고 외쳤다. '누우면 죽고 걸으면 산다'의 약자였다. 재치 넘치는 표현이다. 한자 사자성어도 있다고 한다. '와사보생臥死步生'이라는데, 한국인의 조어 능력은 역시 혀를 내두를 수준이다.

올봄 지인 중 한 명이 보내준 인터넷 블로그를 스마트폰으로 종종 들여다본다. 일본에서 65세 이상의 노인들의 걸음수를 10년 동안 측정한 결과다. 매일 4,000보를 걸은 사람은 우울증이 없어졌고, 5,000보를 걸은 사람은 치매나 심장질환이 예방되고, 7,000보를 걸은 사람은 골다공증과 암이 예방되었다고 한다. 또 8,000보를 걸으면 고혈압과 당뇨를, 1만 보를 걸으면 각종 대상증후군을 막을 수 있다고 한다. 한마디로 많이 걷는 것을 권하고 있다.

이처럼 걷는 것은 만병의 근원이 되는 스트레스 해소에도 최고다. 몸을 움직일 수 있을 때 가급적 많이 걷는 것, 그 이상의 보약도 없을 것 같다. 내게 마음의 양식이 신앙이라면 몸의 양식은 걷기다.

긍정적인 생각과 감사

정기적인 운동도 필요하지만, 가장 중요하게 생각하는 건 마음가짐이다. 긍정적인 사고와 감사하는 태도가 진정한 불로초가 아닐까 싶다. 남을 도울 수 있다는 것도 큰 행복이라고 본다.

지금도 잊지 못할 에피소드 하나가 있다. 밤 12시(자정)부터 새벽 4시까지 통행금지가 있던 1960년대 초반의 일이다. 야간 촬영을 마치고 집으로 돌아오는데, 한 부인이 도로 위에 누워 있었다. 급히 차를 세웠다.

"아이가 곧 나올 것 같아요. 죄송한데 병원까지 좀 태워주실 수 없을까요?" 만삭의 여인은 통증이 심한지 배를 움켜쥐고 길바닥에서 도움을 청했다. 당시엔 야간 촬영이 잦은 배우들에게 경찰에서 심야 통행증을 발급해 줬는데, 그 부인이 다행히 나를 만난 것이다.

　병원에 도착하자마자 아이가 나왔다. 마치 내 아이를 본 것처럼 기뻤다. 그렇게 인연이 이어져 아이가 첫돌이 되었을 때 우리 집에 인사를 오기도 했다. 그 아이가 장성해 결혼하고 자녀를 낳았다는 얘기도 건너 들었다. 생명의 탄생에 조금이나마 기여했다고, 하나님께서 내게 장수라는 선물을 주신 건 아닐까, 지금도 종종 그런 생각이 든다.

마지막 꿈, 노인과 바다

나무를 좋아한다. 나무는 거짓말을 하지 않는다. 받은 사랑만큼 되돌려준다. 나무를 가꾸는 건 내 오랜 취미이자 일상이 되었다. 나는 제주도도 좋아한다. 내게는 제2의 고향이다. 북한에서 태어나 서울에서 자란 까닭에 어린 시절엔 바다를 구경하지 못했다. 정신없이 영화를 찍던 시절, 제주 바다는 마치 해방구와 같았다. 푸른 바다를 응시하노라면 갑갑했던 마음이 시원해지고, 세상사 고민이 싹 사라지는 것 같았다.

제주신영영화박물관 옆에 집 하나를 마련했다. 1년에도 수차례 내려가 지친 몸과 마음을 충전한다. 제주에 가면 꼭 빼놓지 않는 것이 조경이다. 1967년, 신상옥 감독의 〈마적〉을 촬영하면서 처음 제주를 방문했다. 1930년대 만주에서 활약한 한국 독립단원의 활약을 그린 작품인데, 일본군과의 전투 장면을 제주에서 찍었다. 하와이에나 어울리는 야자나무 풍경이 무척이나 신기했다. 이곳에서 살면 정말 좋겠다 싶었다. 노후를 보내기에 안성맞춤일 것 같고, 호텔을 지어도 멋질 것 같았다. 그래서 바로 실행에 옮겼다. 우선 땅부터 구해야 했다. 현지 부동산 중개인을 소개받아 촬영 도중 짬을 내서 땅을 보러 다녔다. 그러다 서귀포시 남원읍의 현재 신영영화박물관 일대 부지가 눈에 들어왔다. 바닷가 바로 옆이었다. 지금은 영화박물관과 테마파크 덕분에 이국적 풍광을 자랑하지만, 당시에는 돌투성이 황량한 땅에 불과했다. 그사이 뜨문뜨문 논밭도 보였다. 정확히 기억나진 않지만, 평당 5,000원에 2만 5,000평 정도 매입했던 것 같다.

그다음부터는 서울과 제주를 오가며 온갖 정성을 들였다. 땅에 있는 돌을 골라내고, 나무를 심었다. 아내의 고생도 말이 아니었다. 우선 동백나무 1,000주, 워싱턴 야자수 200주, 카나리아 야자수 100주 남짓을 심었다. 이후에도 계속 나무를 늘려 나갔다. 덕분에 지금은 시원한 그늘을 갖춘 울창한 나무숲이 되었다. 나무들을 보고 있으면 '당신은 헛살지 않았어요'라고 말을 건네는 것 같다.

나무를 사랑하는 마음으로

2020년 첫 해돋이도 제주에서 맞았다. 그리고 마음속으로 빌었다. 오늘 당장 떠나더라도 후회가 남지 않는 하루를 보내게 해

제주신영영화박물관 전경

서울 고덕동 스테이지28

달라고. 한 그루 나무를 가꾸는 일, 가족과 마주앉아서 와인 잔을 부딪치는 일, 내가 좋아하는 바다를 마음껏 보는 일, 그 하나하나가 값지고 소중한 일상이다.

제주도 집뿐이 아니다. 지금은 서울 장충동의 한 빌라에서 살고 있는데, 그 직전에는 한강이 내다보이는 강동구 고덕동에 살았다. 현재 그곳에서 딸애가 스테이지28이라는 패밀리 레스토랑을 운영하고 있다. 식당 초입에 로봇 태권브이 박물관이 있어서 가족 단위 손님도 적잖이 찾아오는 편이다.

1989년부터 20년 가까이 고덕동 집에 살 때도 틈틈이 꽃과 나무를 심고, 전지가위를 들고 다녔다. 처음에는 볼 것 없던 고덕동의 집터가 지금은 작고 푸른 동산으로 탈바꿈했다. 대추나무, 감나무, 소나무, 느티나무, 오리나무 등이 사이좋게 어울린다. 그 어느 하나에도 내 손길이 미치지 않은 곳이 없다고 해도 과장은 아닐 듯싶다. 화초나 나무도 주인을 알아보고, 주인이 게으르면 이내 시들시들해진다.

이제 나무로 치면 고목이 됐지만, 젊은 시절엔 꿈도 많았다. 1963년 '새해의 포부'라는 글을 한 언론사에 기고한 적이 있다. 1960년 〈과부〉로 데뷔해 1962년 한 해에만 31편의 영화를 찍었으니 몸이 열 개라도 모자라던 시절이었다.

> 남자가 뜻을 세운 다음에야 꼭 그 길에서 대성할 것으로 믿는다. 지난해가 '소성'의 해였다면 올해는 대성의 해가 되기를 간절히 빈다.

30대 중반의 신영균은 쉽게 만족하는 법이 없었다. 배우로 대성하기 위해 가장 큰 목표로 삼은 것은, 해외 진출이었다. 외국어도 열심히 공부해서 외국 영화계에서 본받을 만한 점은 우리나라로 들여올 작정이었다.

그 같은 목표에는 1년이 더 지나서야 다가설 수 있었다. 1964년 개봉한 〈빨간 마후라〉가 대만과 홍콩 등에 수출됐다. 같은 해 홍콩과 합작한 〈비련의 왕비 달기〉는 아시아 21개국에서 동시 개봉했다. 나름 1세대 한류 바람에 기여했다고 자부한다. 지금 돌아보면 기적 같은 일이었다. 아무리 시나리오가 좋고 감독과 배우가 훌륭해도 제작 환경이 뒷받침되지 않으면 외국 영화를 뛰어넘기 어려운 때였다.

2007년 발족한 한국영화인원로회(회장 이해룡)가 있다. 충무로 산증인들의 노고를 위로하고 서로 격려하는 모임이다. 나는 원로회 명예회장으로 어려운 영화인을 후원해 오고 있다. 2019년 12월 19일 송년 모임에서 뜻밖에도 특별공로패를 받았다. 시상자로 무대에 선 후배 양택조 씨가 "제가 장가갈 때 주례를 해주신 신 회장님께 제가 상을 주는 날이 다 온다"며 껄껄 웃었다. 충무로의 뿌리인 영화계 원로 중에는 힘겹게 살아가는 이들이 여전히 많다. 우리 정부나 후배들이 좀 더 관심을 가져줬으면 하는 바람이다. 이날 모임에선 원로 방송인 송해 씨도 특별공로패를 받았다. 송 씨가 흥에 겨워 노래 몇 곡조를 힘차게 뽑아냈다. 나처럼 북한 출신인 그가 "살아생전 꼭 고향에 가고 싶다"라는 소감을 말하는 대목에선 나도 가슴이 북받쳤다.

아름다운 마침표

1978년 〈화조〉를 끝으로 충무로 현장과 멀어졌지만, 꼭 하나 이루고 싶은 게 있다. 스펜서 트레이시 주연의 〈노인과 바다*The Old Man And The Sea*〉(1958) 같은 영화 한 편을 꼭 남기고 싶다는 것이다. 건강이 허락하는 한 노년의 정점을 찍을 작품이었으면 한다. 나보다 두 살 어린 클린트 이스트우드도 영원한 현역으로 뛰고 있다. 혹시 알겠나, 칸영화제에서 공로상을 받을 수 있을지.

한창 때는 〈왕과 나*The King And I*〉(1956)의 율 브리너, 〈황야의 7인*The Magnificent Seven*〉(1960)의 찰스 브론슨 같은 성격파 배우를 동경했다. 일제강점기 독립군의 활약을 그린 김묵 감독의 액션사극 〈광야의 호랑이〉(1964)를 찍을 때는 남성미를 강조하기 위해 일부러 가슴에 털을 붙이기도 했다.

하지만 연기도 나이에 맞는 것이 있다는 생각이 든다. 한 해 한 해 나이를 먹으면서 기름기 없는, 있는 그대로를 보여주는 스펜서 트레이시의 연기에 매료됐다. 한참 오래전 영양제 광고에서 "체력은 국력!"이라고 외치던 신영균을 더는 찾을 수 없다. 세월의 연륜이 담긴 캐릭터, 특히 제2의 고향인 제주 바다에서 고독한 어부의 내면을 표현해 보고 싶다. 어린 손자와 함께 지난 시간을 읊조리는 것도 멋지지 않을까. 영화인이나 지인, 상대를 가리지 않고 사람들을 만날 때마다 "좋은 시나리오를 만났으면 한다. 투자도 직접 하겠다"라고 소문을 내고 다녔지만, 아쉽게도 아직까지 마땅한 작품을 만나지 못했다. 머지않은 시간 안에 마지막 소원을 꼭 이룰 수 있길 고대한다. 그것이 60년 영화 인생에 아름다운 마침표이자, 또 그간 나를 응원해 온 팬들에 대한 고별 선물이 될 테니 말이다.

노인 역의 상대 여배우를 꼽으라면 단연 〈화조〉를 함께 찍은 윤정희가 떠오른다. 나만 보면 "영화 한편 같이 하자"고 노래를 부르던 그다. 최근 알츠하이머 증세가 심해졌다는 소식에 안타까운 마음을 금할 길 없다. 그가 기적처럼 완쾌된다면, 이렇게 묻지 않을까 싶다. "신 회장님, 마지막 작품을 함께 찍겠다는 약속은 잊지 않으셨죠?"

물론 그 약속을 잊지 않았다. 하지만 지키지 못하면 또 어떤가. 윤 씨의 회복을 바랄 뿐이다. 지난 7월 그의 남편인 피아니스트 백건우 씨를 정말 오랜만에 서울에서 만났다. 그에게서 윤 씨의 근황을 들었다. "사람은 알아보지 못하지만, 아내는 행복하게 지내고 있다"는 그의 말이 작은 위로가 됐다. 이 날 백건우 씨로부터 마음의 큰 선물도 받았다. 그는 내 영화 인생이 독일 작곡가인 요하네스 브람스(1833~1897)의 음악 인생과 닮은 구석이 많다고 했다. 평소 막역하게 지내온 사이였는데도, 그의 말에 놀랐다. 전혀 예상하지 못한 말이었기 때문이다. 백 씨가 지그시 미소를 띠며 설명을 이어나갔다.

"브람스는 타인을 감쌀 줄 아는 듬직한 음악가였어요. 뭐랄까, 존경할 만한 대목이 많습니다. 스물세 살 연상의 스승인 슈만(1810~1856)과 그 가족을 평생 돌보았죠. 정신적으로 불

윤정희와 백건우 부부

백건우와 함께

안했던 슈만의 일곱 자녀를 마치 자기 자식처럼 살폈습니다. 영화계 선후배들을 챙겨온 신 선생님과 비슷하지 않나요. 물론 다른 점도 있어요. 브람스는 평생 독신으로 살며 슈만 가족을 살폈는데, 선생님은 단란한 가정을 꾸려 오셨으니까요. 하하하."

음악은 잘 모르지만, 순간 얼굴이 화끈 달아올랐다. 지나친 평가인 게 분명하지만, 그래도 지나온 나의 세월을 인정해 준 것같아 감사했다. "땡큐"라는 대답이 절로 튀어 나왔다. 평소에도 그렇듯 상대의 마음을 잘 헤아려주는 백 씨를 보며, 아내에 대한 그의 가없는 사랑을 다시금 짐작할 수 있었다. 가수 노사연의 '바램' 노랫말이 문득 스쳐갔다. '나는 사막을 걷는다 해도 꽃길이라 생각할 겁니다. 우린 늙어가는 것이 아니라 조금씩 익어가는 겁니다. 내가 힘들고 외로워질 때 내 애길 조금만 들어준다면 어느 날 갑자기 세월의 한복판에 덩그러니 혼자 있진 않겠죠.'

백건우와 윤정희 부부의 아름다운 그리고 영원한 동행을 기원한다. 서로서로 큰 나무 같은 그늘이 되어주기를.

주고 가는 마음

    2020년 아흔둘 노배우의 비망록에 이제 마침표를 찍으려고 한다. 지난 세월을 열심히 살아왔다고 자부하지만, 독자들에게 공연히 객담만 늘어놓은 건 아닌지 모르겠다. 미흡하고 부족한 게 있다면 모두 내 책임이다. 다만 지난 세월은 내가 받은 달란트를 모두 쏟아온 시간이었다.

    솔직히 부담이 됐다. 세상이 크게 달라졌다. 디지털 세상 속에서 온라인으로 연결된 지구촌이 24시간 쉬지 않고 돌아간다. 영화 환경도 상전벽해가 되었다. '딴따라'로 취급받던 배우가 지금은 젊은이들이 선망하는 직종이 됐다. 이런 급변한 시대에 망백노인의 과거사가 어떤 보탬이 될 수 있을지 겸연쩍다.

그래도 용기를 냈다. 짧지 않은 인생을 멋있게 마무리하고 싶어서다. 고난의 20세기를 살아온 많은 한국인의 자취일 수 있다는 생각도 했다. 서울 시장과 충북도 지사 등을 지낸 이원종 씨가 최근 전화를 걸어 말했다. "선진국의 특징은 기록문화다. 영광과 치욕의 순간 모두를 남겨야 한다. 20세기 영화예술계의 이면이 대한민국을 비추는 거울이 될 수도 있다."

이번 회고록은 2019년 11월부터 2020년 3월까지 5개월 동안 중앙일보에 연재된 〈남기고 싶은 이야기-빨간 마후라, 후회 없이 살았다〉가 밑바탕이 되었다. 당시 연재에 앞서 기자들과 인터뷰를 했는데, 그 기사 첫마디는 이렇게 시작한다. "이제 내가 나이 아흔을 넘었으니 살아봐야 얼마나 더 살겠습니까. 그저 남은 거 다 베풀고 가면서 인생을 아름답게 마무리하고 싶어요. 나중에 내 관 속에는 성경책 하나 함께 묻어주면 됩니다." 이어서 "이제 남은 재산은 얼마 안 되지만 그 역시 사회에 환원할 겁니다"라며 뜻을 분명히 밝혔다.

지금도 그 마음에 변함이 없다. 사회 지도층의 도덕적 책무를 뜻하는 '노블레스 오블리주'라는 거창한 단어를 들먹이고 싶진 않다. 주변에서 이를 대표하는 사람 중 한 명으로 종종 나를 꼽지만, 나에게 그런 말을 들을 자격이 있는지 자신이 없다. 20세기를 살아온 수많은 이처럼 나 또한 그저 내 길을 묵묵히 그리고 성실하게 걸어왔을 뿐이다. 마냥 화려해 보이는 스타의 발자취도 따지고 보면 장삼이사의 그것과 크게 다르지 않다.

단 하나, 남들보다 경제적으로 여유롭게 살아온 것은 분명하다. 선망과 질투의 대상이 된 적도 없지 않지만, 내 땀과 노력의 결실이기에 굳이 감추고 숨길 이유도 없다. 인생은 빈손으로 왔다가 빈손으로 가는 일 아닌가. 나도 이제 빈손으로 돌아갈 날이 얼마 남지 않았다. 이 책 서두에서 밝힌 것처럼, 지난 40~50년 동안 손때 묻은 성경책 하나만 곁에 두고 마지막 길을 떠나려고 한다.

최근 1~2년 사이 충무로에 큰 경사들이 있었다. 2019년 한국영화 100주년을 기념했고, 2020년 2월 봉준호 감독의 〈기생충〉이 할리우드 정상에 섰다. 이런저런 100주년 행사에서 빠뜨리지 않고 한 말이 있다. "수많은 선배가 흘려온 땀이 오늘의 한국영화를 일으켰습니다. 충무로 선후배의 유대가 더욱 돈독해졌으면 합니다." 한국영화가 몰라보게 성장했지만, 촬영 현장의 동료의식은 예전 같지 않은 것이 못내 아쉽다. 예컨대, 2019년 12월 〈미워도 다시 한번〉의 전계현의 장례식장에서 젊은 영화인을 거의 볼 수 없어 안타까웠다.

〈기생충〉의 봉준호 감독에겐 고맙다는 말로도 부족하다. 지난 60여 년 충무로와 동고동락하며 키워온 꿈 중의 하나가 '한국영화의 세계화'였기 때문이다. 코로나19 사태로 요즘 영화계 곳곳에서 비명이 들려오고 있지만, 지금까지 쌓아온 저력이 있으니 이를 무난히 극복해 갈 것으로 믿는다.

특히 이번 기회에 한국영화의 본거지인 충무로를 되살렸으면 하는 바람이 크다. '오! 옛날이여'를 예찬하자는 게 아니다. 충무로라는 문화유산을 영원히 간직했으면 하는 개인적 소망이다. 한국영화가 존속하는 한 '충무로'란 세 글자는 결코 사라지지 않을 것이다. 미국의 할리우드 부럽지 않은 명소로 키워갈 수 있다.

다행히 봉준호 감독이 불을 댕긴 것 같다. 서울시에서 중구 초동 공영주차장 부지에 독립·예술영화 상영을 위한 시네마테크 공사를 시작했다. 한국영화의 메카 충무로에 젊은 영화인들의 활기가 넘쳤으면 한다. 2010년 명보극장을 기증한 것도 그런 마음에서였다. 영화 산업의 중심이 대기업과 서울 강남으로 이동한 것을 잘 안다. 다만 부모 없는 자식 없듯 어제가 없는 오늘은 없다. 충무로는 그 어떤 것과도 바꿀 수 없는 소중한 유산이다. 우리 영화계를 이끌 인재들이 모여 제2, 제3의 봉준호가 탄생하기를 바란다.

복 받은 삶이었다

치과의사, 배우, 국회의원, 사업가 등 다양한 옷을 갈아입으며 탄탄한 길을 걸어왔다. 실패를 거의 몰랐다. 스타 연기자와 든든한 가장이라는 두 마리 토끼도 잡았다. 남들이 부러워할 만한 부도 일궜다. 굳이 성공의 비결을 꼽으라면, 신앙과 노력이다. 어머니의 기도와 아내의 헌신도 절대적이었다. '촬영장에서 죽으면 영광이다'라는 각오로 배우 활동을 한 것도 두 여인의 희생과 사랑이 있었기에 가능했다.

남은 것을 모두 베풀고 가겠다는 약속은 허언虛言이 아니다.

지금 당장 자세히 밝힐 수는 없지만, 계획이 있다. 신앙과 영화와 관련된 일이다. 기부는 남모르게 해야 하는 것이 아니냐고 물을지 모르겠다. 그 뜻을 모르는 건 아니다. 성경에도 '오른손이 하는 일을 왼손이 모르게 하라'라고 적혀 있다. 다만 좋은 일을 널리 알리고 아름답게 행하는 것이, 다른 많은 사람을 그 대열에 동참하게 만드는 일이라고 생각했다.

'특종의 여왕'으로 불리는 미국 방송인 바버라 월터스는 인터뷰 상대를 만날 때마다 5가지 질문을 던진다고 한다. "병원에 입원하게 됐을 때 누가 간호했으면 좋겠는가?", "당신이 처음으로 가진 직업은?", "사랑을 느꼈던 첫 사람은?", "지난해 당신을 가장 기쁘게 한 일은?", "마지막으로 울어본 적은 언제인가?"이다. 이에 대한 간단한 답변으로 책장을 덮으려고 한다.

첫째, 내가 아프면 딸 혜진이가 간호해 줬으면 좋겠다. 아내는 평생 나를 위해 고생해 왔으니 더는 무리다. 무엇보다 80대 후반의 나이 탓에 아픈 곳이 많다. 든든한 건 아들이겠지만, 딸이 더 살갑게 챙겨주지 않을까 싶다.

둘째, 이에 대한 대답은 이미 말했다. 당연 치과의사다. 그전에 연극을 했지만 직업이라고 부르기엔 적당하지 않다.

셋째, 이 질문에 대한 답은 간단하다. 아내밖에 없다. 결혼 이전의 다른 여성과의 교제를 사랑이라고 부를 수 없을 것 같다.

넷째, 지난해는 아니지만 가장 최근에 즐거웠던 일은 2020년 올해 6월 제주도에서 아들, 손자와 함께 골프를 친 일이다. 아들 생일을 맞아 온 가족이 제주도에 모였다. 그간 아들과 함께 골프를 친 적은 여러 번 있었지만, 20대 손자까지 3대가 함께 라운딩을 한 건 처음이었다. 가족을 최우선에 두고 살아온 게 헛되지 않은 것 같다. 싱겁게 들릴 수도 있지만 아들이 나보다, 손자가 아들보다 키가 더 큰 것도 흐뭇했다.

마지막 다섯째, 솔직히 아흔을 넘기면서 울 일이 별로 없다. 달고 짜고 쓰고 매운 맛을 다 겪어온 까닭일 것이다. 다만 스크린의 연인이었던 윤정희의 투병 소식을 듣고, 전계현의 타계 뉴스를 듣고 큰 충격을 받았다. 펑펑 울 정도는 아니었지만, 속으로 눈물을 삼켰다.

마지막 인사말이 길었다. 지금까지 나와 함께해 온 감독과 배우, 스태프들 그리고 변변찮은 회고록을 읽어준 독자들에게 머리 숙여 감사드린다. 구순 노인의 희미한 기억을 되살려내고 관련 자료를 찾으며 지난 90년의 시간을 정리해 준 중앙일보 박정호 논설위원과 김경희 기자의 도움이 없었다면, 이 책이 나올 수 없었을 것이다. 또 두서없는 원고를 멋지고 훌륭한 책으로 만들어준 알에이치코리아 출판사와 관계자들의 노고도 잊을 수 없다. 또 하나의 신세를 지게 되었다. 고맙고 또 고맙다.

신영균

신영균, 한국영화의
영원한 남성 아이콘

2019년 총 10회에 걸쳐 월간 문화전문지 〈쿨투라〉에 '한국영화 100주년 연재'를 했다. 그리고 그 네 번째 7월호에 한국영화사의 남자 배우 10인을 발표했다. 연장자 순으로, 선정 사유를 곁들인 그 명단은 다음과 같다.

'한국영화사의 신화적 출발점'인 나운규, '한국영화의 영원한 아버지 상像' 김승호, '아버지 김승호를 넘어선 독보적 아들' 김진규, '한국영화의 남성 아이콘' 신영균, '비교 불가의 대한민국 대표 스타 아이콘' 신성일, '보통 사람의 얼굴을 지닌, 환상적 스타-연기자 명콤비' 안성기와 박중훈, '1990년대 한국영화의 페르소나' 한석규, '천의무봉天衣無縫, 전혀 다른 세 모습의 남자' 송강호, '신영균의 최적자' 최민식, '국제성을 겸비한 국내 유일의 월드 스타-연기자' 이병헌.

스타를 넘어 한국영화 100년을 빛내며 시대의 얼굴을 포착·표출한, 총 11인으로 이뤄진 남자 배우들이다. 그때로부터 1년여가 지난 이 시점, 박중훈을 안성기와 통합시켜 1인으로 치면 모를까, 그 선택 이유도 그렇거니와 그 면면을 바꿀 마음은 전혀 없다.

지금 이 순간, 다분히 선정적일 수도 있을 궁금증이 밀려든다. 상기 11인 중 한국영화 100년의 최고 남배우 딱 한 명만 꼽아보라면 과연 누가 선택될까? 2019년 어느 조사에서는 송강호가 그 주인공이었다. 오늘날의 눈으로 판단한 연기력 덕분이었을 터다. 수긍이 가고도 남을 결과다. 하지만 송강호가 늘 최상의 연기를 펼쳐왔던 것은 아니다. 〈마약왕〉(2018, 우민호), 〈나랏말싸미〉(2019, 조철현) 등 최근작들에서도 흔들리는 모습을 드러내지 않았는가. 연기 스펙트럼에서는 최민식에 다소 불리한 것도 사실이다. 더욱이 안성기 이후의 후배 배우들이 최고 영예를 차지하려면, 좀 더 긴 세월의 흔적이 필요하지 않을까.

1968년 〈젊은 느티나무〉(이성구) 이후 1977년 〈병사와 아가씨들〉(김기)로 컴백하기까지 10년 가까이를 일신상의 연유로 쉬긴 했어도, 데뷔작 〈황혼열차〉(1957, 김기영)부터 〈아들의 이름으로〉(2020, 이정국)까지 60여 년에 걸친 연기의 지속성과 생명력에서 비교를 허용하지 않을 안성기는 어떨까. 위대한 선배들과 후배 배우들을 잇는 가교 말이다. 신화성에서 가히 절대적인 나운규는 어떻고? 그는 〈심청전〉(1925, 이경손)에서 〈아리랑(3편)〉(1936, 나운규)까지 22편(이하 한국영상자료원 한국영화데이터베이스 www.kmdb.or.kr 기준)으로 출연작이 상대적으로 적고, 30대 중반에 단명한 한국영화사의 전설로 남았다. 거의 모든 이 땅의 남자 배우들은 예외 없이 그의 아들이라는 점에서는 김승호에게, 〈하녀〉(1960, 김기영), 〈오발탄〉(1961, 유현목), 〈삼포가는 길〉(1975, 이만희) 등 주연작들의 영화사적 의의에서는 김진규에게, 역사적 스타성에서는 신성일에게 그 영예가 귀결돼야 마땅할 수도 있다.

이 원고를 쓰고 있어서는 아니다. 종합적 시선으로 접근·평가하면 그러나, 그 어느 배우도 이 거목에 대적하기란 무리라는 것이 내 최종 결론이요 총평이다. 신영균. 그야말로 아무런 조건 및 제약 없이, 한국영화의 영원한 남성 아이콘! '남성'이란 한계를 떨쳐내도 마찬가지다. 내가 아는 한 신영균은 한국영화사 전 분야에서 이런 폭넓은 규정을 주저 없이 받을 수 있는 유일한 경우다. 기회 있을 때마다 밝혔듯, 이 규정은 2012년 제17회 부산국제영화제로 거슬러 올라간다. 당시 한국영화 담당 프로그래머로서 회고전을 준비하며, 고심 끝에 발간한 단행본 제목을 《신영균, 한국영화의 남성 아이콘: 머슴에서 왕까지》(이하《신영균》)로 결정했던 때로. 일찍이 평론가 김홍숙이 '우직한 시골 머슴 형', '뚝심 있는 맏이 형', '의리의 돌쇠 형', '폭군 형', '멜로드라마의 주인공 형' 다섯 가지로 신영균의 이미지를 소개한바, 그 분류를 차용해 그렇게 제시한 것이다.

다섯은 물론 상징적 수치다. 그 수치는 얼마든 더 늘어날 수 있다. 여섯이든 일곱이든 그 이상으로. 신영균의 배역과 연기 폭이 그만큼 다채롭고 넓은 것이다. 타의 추종을 불허할 정도로, 압도적으로. 폭발적이면서도 복합적인 연기력은 물론이고 캐릭터·연기 스펙트럼의 다채성과 압도성이야말로 한국영화사의 다른 배우들과의 비교에서 신영균을 단연 두드러지게 하는 으뜸 요인이다.《신영균》의 필자 중 하나였던 신강호 대진대 영화과 교수는 김홍숙보다 한결 더 섬세하고 설득력 있게, 신영균의 대표적 캐릭터와 이미지를 여섯 범주로 요약한다.

그 첫째가 '결코 길들지 않은 야성: 머슴, 떠돌이 사내'다. '경이적 연기' 등의 극찬을 받은 본격 데뷔작 〈과부〉(1960, 조긍하)를 비롯해 〈열녀문〉(1962, 신상옥), 〈갯마을〉(1965, 김수용), 〈물레방아〉(1966, 이만희), 〈산불〉(1967, 김수용) 등이 그 예들이다. 감독의 위용으로 봐도 그렇고 예외 없이 한국영화 100년사의 문제적 수·걸작들이다. 특히 〈물레방아〉에서, 떠돌이 처지에 분이(고은아 분)에게 첫눈에 반해 평생 머슴살이를 마다하지 않는 우직하면서도 낭만적인 방원 역 신영균의 야성은 정점을 뿜낸다. 신영균의 인물해석과 연기는, 나도향의 동명 단편을 자유롭게 해체시켜 재조립한 시나리오 작가 백결의 걸출한 각색과 거장다운 면모를 물씬 풍기는 이만희의 입체적 연출에 완벽히 부응한다. 방원의 체현이랄까.

두 번째 범주는 '하늘이 내린 군주의 두 얼굴: 문제적 인간으로서의 임금'이다. 신상옥 감독의 〈연산군(장한사모편)〉(1961),

〈폭군연산(복수, 쾌거편)〉(1962), 〈강화도령〉(1963)과 이규웅의 〈세종대왕〉(1970), 〈세조대왕〉(1970) 등이다. 특히 두 '연산군 시리즈'는 평생 지속될 신영균 그만의 강력한 카리스마와 연기 파워, 스타 이미지 등을 확립시켰다. 이 기념비적 토속 역사영화들에서 신영균은 "상승하는 에너지로 화면을 장악해 나간다. 그것은 왕이라는 절대 권력의 힘이기도 하지만, 그 이면에는 억울하게 어머니를 잃은 한과 분노, 그것으로부터 기인한 복수 욕망에 사로잡힌 진한 그림자가 도사리고 있는 것이기도 하다(유지나, 《신영균》)." 그는 〈연산군〉으로 1962년 제1회 대종상영화상과 1963년 제6회 부일영화상 남우주연상 등을 거머쥐었다. 그러니 그 이후 그에게 줄곧 왕 배역이 단골로 주어지는 것은 당연했다. 단도직입적으로 묻자. 신영균의 동세대든 선후배든 그처럼 왕 역할을 통해 한국영화사를 각인시킨 배우가 존재해 왔는가? 단언컨대, 없다. 신영균 하면 자동적으로 '카리스마', '남성적' 등의, 어느 모로는 마초적 수식어들이 떠오르고 따라다니는 것은 무엇보다 그래서였다.

신영균이 그렇다고 왕 전문 배우가 아니었음은 두말할 나위 없다. 왕 역할과 일정 정도 상통하나 '마음속 신념을 행동으로: 이상적인 지도자, 실천가'나 '어지러운 세상을 구하고 의롭게 사라지다: 영웅, 비극적 영웅'도 신영균을 대변하는 명품 캐릭터들이다. 전자로는 〈상록수〉(1961, 신상옥), 〈5인의 해병〉(1961, 김기덕), 〈노란 샤쓰 입은 사나이〉(1962, 엄심호), 〈쌀〉(1963, 신상옥), 〈빨간 마후라〉(1964, 신상옥), 〈대원군〉(1968, 신상옥), 〈월남에서 돌아온 김상사〉(1971, 이성구), 〈저 높은 곳을 향하여〉(1977, 임원식) 등이, 후자로는 〈임꺽정〉(1961, 유현목), 〈바보온달과 평강공주〉(1961, 이규웅), 〈의적 일지매〉(1961, 장일호), 〈남이장군〉(1964, 안현철), 〈석가모니〉(1964, 장일호), 〈십년세도〉(1964, 임권택), 〈사르빈강에 노을이 진다〉(1965, 정창화), 〈무관의 제왕 장보고〉(1965, 안현철), 〈무숙자〉(1968, 신상옥) 등이 있다. 왕 아닌 한국역사의 온갖 영웅적 인물들을 총동원했다고 해도 과언이 아닐 듯하다.

신영균 본인의 최애작 중 한 편 〈빨간 마후라〉는 말할 것 없고 하나 같이 소홀히 여겨선 안 될 문제작들이다. 개인적으로는 과도한 계몽성 등으로 인해 비교적 저평가된 〈쌀〉이나, 평론가 정성일이 "걸작은 아니지만 비로소 임권택이 임권택이 된 첫 번째 장편영화라고 말할 수는 없는 것일까"라고 평한 〈십년세도〉, 위안부를 향한 시선 등에서 논란의 소지 다분하고 한국영화 연구자들에 의해 으레 홀대받아왔으나 유현목, 임권택 등 후배 감독들에게 일종의 멘토였던 거장 정창화의 영화적 수준을 웅변하는 〈사르빈강에 노을이 진다〉, 1960년대 한국식 액션 활극을 확인할 수 있는 한국판 마카로니 웨스턴이자 만주 서부극 〈무숙자〉에 각별한 주목을 권하련다.

신영균 캐릭터·연기의 다섯 번째 범주는 '가족 드라마의 기둥: 믿음직한 아들'이다. 제11회 베를린국제영화제 은곰상-심사위원특별상, 2014년 영상자료원 선정 한국영화 100선 5위, 2019년 〈한겨레〉와 CJ문화재단이 공동 선정한 '한국영화 100년, 한국영화 100선' 중 10선 등에 빛나는 강대진 감독의 걸작 가족 멜로드라마 〈마부〉(1961)가 그 대표작 중 대표작이다. 감독의 전작 〈박서방〉(1960)이 그렇듯 이 걸작은, 신영균이 아니라 '김승호의, 김승호에 의한, 김승호를 위한' 영화다. 그럼에도 영화는 뚝심 있고 성실한 맏아들 역으로 신영균을 제시하는 대표 사례로 손색없다. 신상옥 감독의 〈로맨스 그레이〉(1963), 김수용의 〈혈맥〉(1963), 이만희의 〈군번 없는 용사〉(1966) 등이 그 뒤를 잇는다. 이 범주의 영화들은 대체로, 신영균의 연기나 캐릭터가 극의 중심을 차지하진 않는다. 주요하긴 하되 그보다는 극의 다수 캐릭터들 중 하나로, 앙상블에 초점을 맞춘다고 할까. 신영균 연기의 폭넓은 외연과 깊이 있는 내포를 시사하는 예시랄까.

신강호가 분류한 마지막 여섯 번째 범주는 '사랑에 속고 사랑에 울고: 삼각관계에 헤매는 남자'다. 앞선 다섯 범주들에 비해 상대적으로 그 수가 적으나, 대표성에서는 330여 편에 달하는 신영균의 출연작 전체에서 최상위를 자랑하는 범주다. '최루성 신파'라는 한계 아닌 한계가 있긴 해도, 한국 멜로영화 역사의 단 한 편이라 할 수 있을 정소영 감독의 〈미워도 다시 한번〉(1968)과 혜영(문희)에 중점으로 전개됐던 전편과 달리 강신호(신영균)에 한층 더 집중하는 속편 〈미워도 다시 한번(속)〉(1968), 삼각관계물이면서도 여느 반공영화의 상투적 도식을 탈피해 분단현실의 비극을 사실적이면서도 파격적으로 극화하며 〈JSA 공동경비구역〉(2000, 박찬욱)을 일찌감치 선취하고 있는 〈남과 북〉(1965, 김기덕) 등이 그들이다.

이쯤이면 신영균의 아이콘성은 넉넉히 전달되지 않았을까. 그럼에도 문득 일련의 의구심이 드는 것도 사실이다. 그는 100년 한국영화사의 스타 중 스타였으나, 스타성에서는 그토록 아꼈던 후배 신성일에 다소 밀렸다. 신성일이나 동갑내기 최무룡처럼 꽃미남도 아니다. 선배 김진규와 같은 지적 이미지도 부재한다. 장동휘나 박노식처럼 확고한 액션 배우도 아니었다. 평론가 강성률도 진단했듯, 하지만 그는 "신성일 김진규 최무룡과는 다른 외모로, 장동휘 박노식 허장강과는 다른 아우라로 당대 최고 스타가 되었"고, 나아가 한국영화사를 대변하는 남성 아이콘으로서의 위상을 지켜오고 있다. '아이콘'이라는 용어의 의미에서 신영균 그는 대체불가의 거인인 것이다.

배우는 의당 연기와 캐릭터로 존재 이유를 증명한다. 때로는 그러나 그 너머의 삶으로 관계자들은 물론 대중들의 인정과 사랑, 존경을 두루 누리는 스타-배우가 있다. 다름 아닌 신영균이 그런 흔치 않은 사례다. 그 삶에로 눈길을 향하면, 놀라지 않을 도리 없다. 다른 지면에서도 말했듯, 그는 2010년대까지 연기를 지속했던 후배 신성일과는 달리 1978년 한국 최초의 여성 서양화가였던 나혜석 스토리 〈화조〉(김수용) 이후 영화배우로는 사실상 은퇴했다. 이후에는 연기가 아닌 사업이나 정치 등에 열중했다. 명보극장을 경영했고 제주에는 신영영화박물관을 개관했다. 1996년에는 신한국당에 입당해 국회의원이 됐다. 하지만 2004년에 정계에서 은퇴한다.

연기를 향한 열정을 잊지 못해 2012년에는 서울대 연극동문회 소속 연극인들이 제작한 〈하얀 중립극〉이란 연극에 출연하기도 했다. 당시 나는 그 연극을 관람했는데, 1980년대 초반의 신영균이 구사했던 명확한 발성과 여전한 몸짓 연기를 잊지 않고 있다. 그는 2010년 제주신영영화박물관 외에 명보아트홀을 사회에 기부했다. 한국영화계 후진 양성을 위해서였다. 그해 12월 30일에는 재단법인 신영균예술문화재단을 창립해, 지금껏 '신영균 회장-안성기 이사장' 체제를 유지하고 있다. 재단은 필름게이트를 통해 2011년부터 지속적으로, 단편영화 창작 지원 사업을 펼쳐오고 있다. 2020년 올해로 19회를 치렀다. 아는가? 봉준호가 장편 〈기생충〉으로 세계 영화사를 뒤흔들기 이전에, 2013년 한국 단편영화로는 최초로 제66회 칸영화제 단편 경쟁 부문 황금종려상을 거머쥔 〈세이프〉(문병곤)가 다름 아닌 이 필름게이트 수혜작이었다는 것을. 그 얼마나 멋진 노블레스 오블리주인가.

90대 초반인 그는 "아직도 연기를 꿈꾼다"고 한다. 정당하다 못해 그 꿈이 아름답다. 이래저래 신영균 그는, 한국영화의 영원한 아이콘으로 일컬어질 자격이 충분하다.

전찬일

영화평론가
한국문화콘텐츠비평협회 회장

빨간 마후라 신영균의
엔딩 크레딧

1판 1쇄 인쇄 2020년 10월 8일
1판 1쇄 발행 2020년 10월 23일

지은이 신영균

발행인 양원석 **편집장** 박나미
디자인 강소정, 김미선 **영업마케팅** 조아라, 신예은

펴낸 곳 ㈜알에이치코리아
주소 서울시 금천구 가산디지털2로 53, 20층 (가산동, 한라시그마밸리)
편집문의 02-6443-8865 **도서문의** 02-6443-8800
홈페이지 http://rhk.co.kr
등록 2004년 1월 15일 제2-3726호

ISBN 978-89-255-9168-1 (03810)